Aber es waren schöne Zeiten

Hans Dieter Baroth

Aber es waren schöne Zeiten

Büchergilde Gutenberg
Frankfurt am Main Wien Zürich

Lizenzausgabe für die Büchergilde Gutenberg,
Frankfurt am Main Wien Zürich
mit Genehmigung des Verlages Kiepenheuer & Witsch, Köln

Schutzumschlag und Einband Günther Stiller, Taunusstein
Gesamtherstellung Bercker Graphischer Betrieb, Kevelaer
Printed in Germany 1980 · ISBN 3 7632 2407 6

»Proust hat die Tatsache herausgestrichen, daß wer, wenn er etwas in der Erinnerung nachvollziehe, alles sogar noch intensiver erfahre als in dem Augenblick, da er es tatsächlich durchgemacht habe. Ich finde das sehr wahr. Ich weiß nicht, warum das so ist, vielleicht, weil man beim Schreiben außerordentlich bewußt und klar, weil man ganz wach und konzentriert ist. Man empfindet stärker, alles geht viel tiefer.

Es bereitet mir einen sinnlichen Genuß, eine Erfahrung noch einmal zu durchleben – vielleicht sogar einen gesteigerten Genuß. Die Erfahrung erscheint verstärkt. Man spielt ein doppeltes Spiel. Wenn man etwas tut, ist man sich dessen sozusagen nicht bewußt. Man sieht dabei nicht in den Spiegel. Wenn man dann darüber schreibt, ist es, als ob man sich im Spiegel betrachtet und zusieht, wie man alles noch einmal tut. Man beugt sich über sich selbst. Während des Schreibens beobachtet man sich beim Handeln. Und diesmal durchschaut man sich. Das ist der Unterschied zwischen bewußtem und unbewußtem Handeln.«

HENRY MILLER, *Mein Leben und meine Welt*

Der Ort O. Ein Samstag im Herbst. Es war bedrückend still und sehr grau. Samstagnachmittags ist es in O. immer still. Dann sind die Autos geputzt. Der Einkauf für das Wochenende ist bereits erledigt. Gelegentlich hört man aus einer Wohnung: im alten Dampfradio werden die Spiele der Bundesliga übertragen. Gerade in einer solchen Stunde wollte ich die Straße wiedersehen, in der ich Kindheit, Krieg und Jugend erlebt hatte. An dem äußeren Bild hatte sich kaum etwas verändert. In Reih' und Glied säumten die einheitlichen Zechenhäuser die Straße. Sie schien mir stiller als still. Und kleiner als früher. Sie wirkte jetzt verhärmt. Die kleinen Vorgärten waren ungepflegt oder einfach nicht mehr vorhanden. Kinder spielten nicht auf der Straße. Und weil überhaupt kein Mensch zu sehen war, schien es eher die Kulisse für einen Arbeiterfilm der Weimarer Zeit zu sein. Eine Filmstraße, die in einem alten Fernsehstudio vergammelt. Ich betrachtete das erste Haus rechts. Im Erdgeschoß hatte Bernhard Schäch mit seinen zwei Töchtern gelebt. Er hatte hier für ein bescheidenes Reihenhaus gedarbt. Vom Munde abgespart ist der treffende Satz. Er ist tot. Schlimm gestorben, wie es hieß. In der Wohnung darüber? Ein ehemaliger Arbeitskumpel von mir kam aus der Seitenpforte des Hauses in einem kleinen Opel gefahren. Für ihn kam ich wohl von einem anderen Stern. Obwohl wir uns nur von der Zeche her kannten, schien er sich aufrichtig zu freuen, mich wiederzusehen.
»Kerl, was machst Du denn hier?«
»Mal gucken.«
»Die alte Heimat sehen, was?«
Ich fragte nach den Söhnen. Einer lebt noch bei den Eltern. Und der andere habe »nach Stuttgart gemacht«. Stuttgart sagte er nicht ohne Stolz. Wer hier wegzieht, der ist etwas

geworden. Raus aus O. und weg vom Pütt. Wer das geschafft hat, der scheint die proletarische Wiege mit einem bürgerlichen Federbett getauscht zu haben.

Ich blickte auf die zweite Wohnung in dem alten Zechenhaus und fragte: »Lebt denn der Silvers noch?«
»Nein, die sind beide schon tot.«
Zwei Söhne und eine Tochter haben sie großgezogen, die Silvers. Er war ein Spaßvogel. Seine Frau war ein Leben lang krank gewesen, so sagte man. Über zwanzig Jahre hatte er ehrenamtlich für den Fußballklub gearbeitet. Und seine kranke Frau hatte in den Jahren die Kluften der Reservemannschaft gewaschen. Montags sah man die Hemden an der Wäscheleine flattern. Die Reihenfolge der Rükkennummern stimmte meist nicht. Das hatte die Kinder stets beschäftigt.
Wer findet zuerst die Nummer fünf, die neun oder die zwei?
»Und oben rechts?«, wollte ich wissen.
»Auch tot, schon lange.«
Die Familie Thomas war streng katholisch gewesen. Sie hatten ebenfalls zwei Söhne und eine Tochter. Er war viele Jahre Übertagearbeiter gewesen. Übertagearbeiter verdienten weniger als Untertagearbeiter. Auch die beiden Thomas hatten nur gedarbt, sie hatten die Kinder »großgezogen« und dann waren sie »verbraucht«. Und tot.

Aus meiner Kinderzeit wohnte in dem ersten Haus niemand mehr. Werkswohnungen werden nicht vererbt. Die Kinder ziehen weg, die Alten bleiben darin wohnen. Eine kleinere Wohnung suchen, ist nicht üblich. Denn kleinere gibt es kaum. Wer von den Alten noch hier wohnt, der wartet im Grunde auf seinen Tod. Und wenn man sich nach vielen Wochen mal wieder sieht, dann spricht man über die Toten. Es gibt immer welche, denn hier in O. kennt man sich über viele Jahrzehnte. Die meisten kennen sich ein Leben lang.

Das erste Haus rechts schien mir dann noch grauer. Es wirkte trostlos. Eigentlich selbst schon tot.

»Dann mach's mal gut.«

»Auch so.«

Zwischen dieser kurzen Unterhaltung lagen zwanzig gelebte Jahre. Seine Jahre und meine Jahre.

Das dritte Haus rechts, Nummer 48. Hier bin ich geboren worden. Kinder kamen damals nur bei den reichen Leuten im Krankenhaus zur Welt. Und reiche Leute aus O. kannten wir nicht. Acht Wohnungen befinden sich in dem Haus. Jeweils zu zwei Zimmern, Wohnküche und Schlafzimmer, das Klo auf dem Flur, für jeweils zwei Familien und je Wohneinheit einen Keller. Dazu ein Stall hinter dem Haus. Also acht Ställe, alle gleich groß. Dazu eine Waschküche für alle. Früher hatten sie alle je ein Schwein gehalten. Die Schweine wurden dann im Herbst in der Waschküche geschlachtet. Ein paar Nachbarn auf der Straße halfen dann als Metzger. Die Schlachttage sind mir stark in Erinnerung geblieben, weil es dann immer ein üppiges Fleischessen gab. Und weil die Mutter dann schlecht gelaunt war, wegen der vielen Arbeit.

Vierzehn Kinder hatten die acht Familien damals. Mit zwei Mädchen aus dem Hause ging ich in die gleiche Schulklasse. Zwei der vierzehn Kinder von damals sind schon tot.

Die Stille um das Haus Nr. 48 wirkte auf mich bedrückend, die Stille wirkte abweisend. Meine Perspektive hatte sich geändert, der Hof am Haus war klein, unsagbar klein für vierzehn Kinder. Die Stalltüren wirkten winzig, und die Waschküche war im Prinzip ein Erkerchen. In meiner Erinnerung war alles viel größer, farbiger, lebendiger gewesen. Erst der Abstand zeigte die Erbärmlichkeit. Wer drinsteckt, merkt es nicht, weil ihm die Vergleiche fehlen. Oder weil man sich mit seiner Lage abgefunden hat.

In dem Haus Nr. 48 wohnten nur noch alte Leute, die den sogenannten Lebensabend hier verbringen. Ihre kleinen Hühnerställe hatten sie inzwischen abgerissen, auch die Zäune, die früher die Spielplätze zwischen den Häusern trennten. Im kleinen Hof hatte sogar Moos angesetzt. Da hatten wir früher stundenlang Funßball gespielt, und jetzt Moos . . .

Hinter dem Haus traf ich zwei Frauen. Die Frauen hatten in dem Haus Nr. 48 länger gelebt als ich alt war, denn seit ihrer Heirat wohnten sie hier. Und seit dem Kriege waren sie Witwen. Schnell rechnete ich zurück, sie müßten damals jünger gewesen sein als ich heute.

Erheblich sogar. Seit dem Kriegsende haben sie keine Ehemänner mehr, denn beide gelten in Rußland als vermißt. Ich kann mich sogar noch an sie erinnern. Ich kenne beide nur in der grünen Uniform der Hitler-Wehrmacht. Einer war groß, der andere zog ein Bein nach. Der mit dem nachziehenden Bein hatte einmal bei uns den Nikolaus gespielt. Wahrscheinlich war das 1944 gewesen, oder auch 1943? Aber 1944 im Sommer hat er mich noch durch sein Militär-Fernrohr schauen lassen. Es war ein langer Sommerabend. Die englischen Flugzeuge flogen tief. Nach Berlin fliegen die, sagten unsere Eltern. Die Flak hatte eine Maschine getroffen. Als sie brennend abstürzte, jubelten die Erwachsenen, denn sie tanzten vor dem Haus. Ich glaube, ich habe mitgejubelt.

Die beiden Frauen erinnerten sich an diesen Abend nicht mehr. Ich glaube nicht, daß sie sich nicht mehr erinnern wollten, etwa wegen des Jubels. Eigenartig an ihnen war, daß ich sie schon immer als alt in der Erinnerung hatte. Wahrscheinlich aus dem Abstand heraus, sie waren ja immer alt für mich, selbst als sie noch jung waren. Ein gutes Leben hatten sie nicht gehabt: Der Verlust der Männer nach den ersten Ehejahren, dann kümmerliche Renten. Die eine hatte jahrelang ihre beiden Kinder durch Putzen ernähren müssen. Ihre Tochter war mit mir in einer Schulklasse. Über dreißig Jahre lebten sie in einer Wohnung aus zwei Räumen, einem Keller und einem Klo, gemeinsam benutzt mit der Nachbarin, dazu ein Stall, einige Fußbreit Garten. Über dreißig Jahre Leben in O., in dem Haus Nr. 48. Niemals hatten sie Urlaub gemacht. Seit fünfundzwanzig Jahren die gleiche Tageszeitung, sie haben stets die SPD gewählt. Wenn sie reisten, dann per Straßenbahn zu Verwandten und Kindern, denn die wohnen alle im Ruhrpott, straßenbahnnah.
»Ja früher«, sagten sie abwechselnd zu mir, und dann brachen sie jeweils ab. Das »Früher« wurde nicht konkret, jeder mochte wohl was anderes gedacht haben. Und jeder kannte jeden Winkel im Leben des anderen, denn hier gab es keine Geheimnisse. Das jeweilige Einkommen war bekannt, die Wohnungen waren hellhörig, selbst laut furzen konnte man nicht. Es blieb nichts ungehört, kein Ehekrach blieb unter zweien, denn die anderen sieben Familien hörten mit. Genüßlich sogar. Wenn einer von den vierzehn Kindern Prügel bekam, freuten sich die restlichen dreizehn, es war ja so gut zu hören. Prügel nannten wir »den Arsch voll hauen«, oder »der kriegt den Arsch voll«.
»Das waren schöne Zeiten«, sagten die beiden Frauen im-

mer wieder. Was für schöne Zeiten? Als es nichts zu essen gab? Als wir Steckrüben kochten? Als wir im Januar 1945 laut um unser Leben gefleht haben? Zu einem Gott, der uns vor dem Bombenhagel schützen sollte?
Ich sagte zu der einen: »Wissen sie noch, wie meine Mutter mit dem Hans (das war ihr Sohn) nach dem Angriff durch Rapen gefahren ist? Wo die Pferde mit aufgerissenen Bäuchen durch die Straßen liefen?«
»Ja, das waren Zeiten«, sagte sie darauf. Schnell wechselte das Gespräch, sie erzählte von einer lustigen Begebenheit, aus der Zeit von damals.
»Wir haben immer gut zusammengehalten«, sagte die eine. Ich war überrascht, denn das stimmte nicht. Ständig waren einzelne Familien untereinander wegen der Kinder zerstritten, weil dieser jenen geschlagen hatte, oder wegen irgendwelcher Dinge, die im Abstand der Jahre noch kleinkarierter wirken als sie damals schon waren.
»Wir haben uns immer gegenseitig geholfen«, das stimmte sogar. Wenn einer starb, organisierten die Nachbarn die Leichenfeier. Mein Vater wurde von einem Nachbarn auf den Armen ins Krankenhaus getragen. Ich selbst wurde auch von einer Nachbarin zum Krankenwagen getragen. Das war in den frühen Morgenstunden des 1. August 1947. Man lieh sich Salz, Zucker oder mal eine Zwiebel, viel zu verleihen gab es nicht. Mal einen größeren Waschkessel, wenn Hausschlachtung war, oder mal ein Fahrrad, wenn das eigene kaputt war.
»Es waren schöne Zeiten damals.«
Und dann sagten sie, was man auf Beerdigungen oft hört: »Ja, so ist das Leben.«
Sie berichteten von den Kindern. »Helmut ist tüchtig im Beruf, du hast ihn ja mal im Ruhrfestspielhaus getroffen.«

Es stimmte, er hatte dort die elektrischen Leitungen gelegt.
Und die andere sagte: »Marianne ist gut verheiratet.« Mit Marianne war ich zusammen in einer Schulklasse. »Und Hans ist Angestellter.« Dann gingen wir nach vorn. Die Straße war immer noch leer, es war wohl inzwischen »Sportschau-Zeit« geworden.
»Und dir geht es gut?«, fragten sie. Wer sagt da schon nein?

Mein Vater Mein Vater ist 46 Jahre alt geworden. Drei Tage vor Weihnachten, am 22. Dezember 1951, haben wir ihn beerdigt. Er hat mir eine Taschenuhr hinterlassen, es war seine Junggesellen-Uhr. Hinterlassen hat er mir auch ein paar Sprüche, wie: »Jeder ist nur ein kleines Rad im Getriebe.« Hinterlassen hat er mir auch noch seinen eigenen sozialen Stand: Die einfachste Bildung, gewissermaßen die Standardausführung und somit den Zwang, sich mit der Hände Arbeit durchschlagen zu müssen. Da ist jedoch das Angebot der Konkurrenz groß. Da Kapital und Arbeit nicht gleichberechtigt sind, kann man damit keine großen Sprünge machen.
Mit der Biographie meines Vaters kann man nicht mehr hinterlassen als eine Uhr und Sprüche über die eigene Ohnmacht, und die soziale Ohnmacht selbst. Mein Vater ist am 14. Mai 1905 geboren worden, in Recklinghausen. Er war der älteste von insgesamt vier Söhnen. Sein Vater war Bergarbeiter, seine Mutter Hausfrau. Vaters Vater nahm sich in einer ausweglosen Situation das Leben. Weil Selbstmord damals noch geächtet war, hat man ihn am Friedhofszaun begraben. Als er selbst noch ein Kind war, da mußte mein Vater Vaters Rolle übernehmen.
Als seine Mutter krank war und sein Vater tot, mußten die Kinder eine zeitlang in ein Waisenhaus. Dort herrschte bei den Nonnen freudlose preußische Zucht, geweckt wurde in aller Herrgottsfrühe. Einmal mußte er sein Erbrochenes vom Teller essen. Er hatte vorher sein Essen erbrochen, weil er es nicht gemocht hatte.
Als mein Vater vierzehn war, kam er aus der Schule. Er war klein und schmächtig. Am 1. Juni 1919 fing er auf der Zeche an zu arbeiten, die Zeche hieß König Ludwig. Das schmächtige Kerlchen mußte Steine von Kohle trennen.

Leseband nannte man diese Arbeitsstelle, weil hier die Auslese von Kohle und Steinen stattfand. Es war eine schwere Arbeit, sie war hart und nervtötend. Und geisttötend, wie Bandarbeit in der Fabrik.
Als er 16 war, kam er auf der Zeche König Ludwig in die Grube, da verdiente er etwas mehr, dafür mußte er aber noch schwerer arbeiten. Er war jetzt der Ernährer seiner Mutter und seiner Brüder.
Während dieser Zeit sparte er jeden Pfennig. Was er sparen konnte, das waren wirklich nur Pfennigbeträge, davon kaufte er sich dann nach Jahren die Junggesellen-Uhr. Es war am Beerdigungstag seines Schwiegervaters, meines Opas. Die Uhr hatte einen Sekundenzeiger und Klappdeckel hinten, stilistisch ist sie keineswegs wertvoll. Zeiger und Zahlen wirken wie bei einer alten Bahnhofsuhr aus der Weimarer Zeit. Die Uhr geht noch heute genau, wertvoll ist sie dennoch nicht. Am 10. 1. 1930 hat er geheiratet. Drei Kinder hat er seiner Frau gemacht. Das erste starb unmittelbar nach der Geburt, sie hatten es nach meinem Vater Heinrich genannt. Wie es bei reichen Familien üblich war, wo es was zu vererben gab, wo ein Stand gehalten wurde. Zwischenzeitlich waren sie dann nach O. gezogen. Mein Vater hatte den Pütt gewechselt, nicht die Arbeit, er war weiterhin Bergmann unter Tage. Die Urteile über meinen Vater sind unterschiedlich. Einige meinen, er habe auch nach unten getreten, wie es in der sozialen Hackordnung eben üblich ist, obwohl es eigentlich unter ihm kaum etwas zu treten gab. Viele sagten auch, er sei ein guter Kumpel gewesen, freundlich und hilfsbereit. Andere wiederum beschreiben ihn recht kernig: Er war ein armes Schwein, so sagt man bei uns. Und weil er hilfreich war, soll er auch ein dummes Schwein gewesen sein. Das sagen Arbeiter, wenn sie zu Zynismus neigen.

Ein Pechvogel muß er auf alle Fälle gewesen sein. Einmal riß ein Preßluftschlauch in der Grube von der Leitung. Das Ende des Schlauches schlug durch die unterirdische Strecke meinem Vater direkt vor den Magen. Das Schlauchende muß den Magen verletzt haben, denn seitdem war er schwer magenkrank. Doch als Unfall wurde das von den Ärzten nicht anerkannt.

Dann half er mal einem Kumpel. Der Kumpel hatte eine Eisenbahnschiene zu schleppen. Mein Vater ergriff das eine Ende der schweren Schiene, sie schleppten sie gemeinsam, weil es leichter war. Der andere ließ die Schiene dann fallen, ohne vorher ein Signal gegeben zu haben. Durch den Schlag des Aufpralls am anderen Ende konnte mein Vater die Schiene nicht mehr halten, sie schlug auf seine Fußspitze. Seitdem hatte er einen verkrüppelten Nagel, der nur mit einer Zange bearbeitet werden konnte und ihm oft Schmerzen bereitete. Der Arbeitskollege hat sich um meinen Vater nicht einmal gekümmert. Und als Arbeitsunfall galt das auch nicht. So einen Pechvogel bezeichneten andere dann als das dumme Schwein.

Seit jenem Unfall mit dem Preßluftschlauch ging es der ganzen Familie schlecht. Der Vater konnte vieles nicht mehr essen, deshalb war er sehr oft schlecht gelaunt, denn er litt unter Magenschmerzen. Oft mußte er krankgeschrieben werden. Dann bekam er drei Tage lang keinen Lohn. Wer aber schon wenig Lohn hatte, konnte sich keinen Ausfall leisten. Und weil er durch die Magenkrankheit geschwächt war, konnte er im Akkord nicht mehr viel verdienen. Diese Situation schlug voll nach unten durch. Trotzdem hat er, wie ich es heute sehe, seine Leiden mit einer unwahrscheinlichen Geduld ertragen. Auch damals begriff ich schon nicht, warum man zu einer solchen Si-

tuation »krankfeiern« sagte. Urlaub gab es drei Tage im Jahr. Die nahm er dann, wenn jemand in der Familie krank war.
Während des Nazi-Regimes mußte er besonders viel erleiden. Da mußte man schon halbtot sein, bevor der Arzt wegen Krankheit Arbeitsverschonung verschrieb. Die Vorgesetzten waren stärker als die Ärzte. Sie behaupteten oft, mein Vater sei gar nicht so krank, wie der Arzt meinte.
Damals wurde noch unverblümter als heute die Produktion über alle menschlichen Probleme gestellt. Ein Kumpel meines Vaters erzählte mir später, er habe gesehen, wie er in der Grube oft vor Schmerzen in die Schienen gebissen habe. Unter Tage fahren bekanntlich Kohlenzüge. Dafür mußte er seinem Vaterland zunächst nicht in einer Uniform dienen. Erst als die Hitlerei auf Kinder, Kranke und Alte zurückgriff, war auch er dran. In den letzten Monaten wurde er noch zur Flak gezogen. Erst war er in Münster, dann in Brambauer, bei Dortmund. Wir haben ihn dort oft besucht, er nahm die Soldaterei nicht sehr ernst. Eines Tages galt er plötzlich als vermißt. Meine Mutter weinte immer dann, wenn die Bombenangriffe besonders heftig waren. Ihm war aber nichts passiert, er hatte die erste Gelegenheit ergriffen, die Brocken hinzuwerfen, er war einfach getürmt, denn es war nicht sein Krieg. Fast zwei Wochen lang hat er sich von Brambauer nach O. durchschlagen müssen. Die Bauern hatten für ihn Verständnis, wenn er sich bei ihnen versteckt hatte. Bevor die Amerikaner nach O. kamen, war für ihn der Krieg schon zu Ende.
Das habe ich an meinem Vater immer bewundert.
Er war auch nach dem Krieg oft sehr krank. Es gab keine Medikamente, und es gab wenig zu essen. Das war für einen Magenkranken besonders schlimm. Er konnte nicht

hamstern gehen, weil er mit vierzig schon zu gebrechlich war, das mußte meine Mutter tun. Sie fuhr ins Oldenburgische, dort tauschte, schacherte und bettelte sie für uns. Oft hat sie dann in Diepholz auf den Fliesen des Bahnsteigs schlafen müssen. Mein Vater konnte wegen der Krankheit nicht mehr unter Tage arbeiten. Er kam wieder ans Leseband zurück. Früher war das so, der Bergmann begann am Leseband seinen »Beruf«, konnte er nicht mehr im Gedinge (Akkord) arbeiten, landete er wieder am Leseband. So erging es auch meinem Vater. Als er immer kränker wurde, versetzte man ihn schließlich zum Werkschutz. Er bekam den Posten, weil er kein Nazi gewesen war. Dort mußte er die Kollegen kontrollieren, ob sie nichts vom Betrieb mitgehen ließen, oder er mußte auf Baustellen aufpassen.

Auch hier blieb ihm sein Pech treu. Ein Kohlenschieber hatte die Aufmerksamkeit auf sich gerichtet. Er tauchte im Werksgelände auf und dirigierte Kohlentransporte um, Kohlen-Willy hatte man ihn genannt. Keiner kannte ihn. Als mein Vater Dienst im Werkschutz hatte, soll er dem Kohlen-Willy begegnet sein. Ihm war ein Mann im Lodenmantel begegnet, der hatte forsch, doch freundlich mit »Glück auf« gegrüßt, so wie es leitende Herren des Unternehmens stets taten. Deshalb hielt mein Vater ihn für einen Leitenden. Später machte man ihm schwere Vorwürfe, weil er Kohlen-Willy nicht gestellt hatte. Ein Kollege hatte meinen Vater bei dem gemeinsamen Vorgesetzten in die Pfanne gehauen.

Das Pech blieb ihm noch weiter treu. Wegen des Ärgers bekam er einen Schlaganfall, er fiel zwischen die Schienen der Werksbahn. Ein Zug hatte ihn überrollt, jedoch ohne ihn zu verletzen. Es war wiederum kein Betriebsunfall im versicherungsrechtlichen Sinne.

Ein Mann in Feuerwehr-Uniform informierte meine Mutter. Er sagte, daß mein Vater im Krankenhaus liege. Bei Betriebsunfällen kam immer die Feuerwehr ins Haus, sie war eine Art Todesengel, denn auch die Bescheide von tödlichen Unfällen hatte sie den Hinterbliebenen zu überbringen.

Mein Vater war fortan halbseitig gelähmt. Nach der Währungsreform hatte sich die Ernährungslage gebessert. Es gab sogar plötzlich Bananen. Ich brachte ihm Bananen ins Krankenhaus. Er konnte nicht essen, ich mußte ihn füttern. Um die Peinlickeit zu überspielen, erzählte ich von dem Länderspiel gegen die Schweiz und von Toni Turek. Turek hatte im Tor der Deutschen gestanden.

Meinem Vater kamen die Tränen in die Augen, sicherlich wegen seiner schlimmen Lage. Seine Tränen liefen ihm seitlich am Gesicht hinunter, genau in die Ohren. Ich mußte ihm den Mund säubern. Wie beiläufig ging ich mit dem Tuch über die Wangen, um die Tränenkanäle zu beseitigen. Es war beiden sehr peinlich, beide taten wir, als weinte er nicht, und beide wußten wir, daß wir so taten. Draußen schien die Sonne, die Menschen hatten es eilig.

Er erholte sich wieder. Langsam begann er wieder zu laufen, zu sprechen und war guter Dinge. Er konnte sogar wieder arbeiten gehen. Nach ein paar Tagen hatte er plötzlich Durst und Sodbrennen. Zur Mittagsschicht konnte er nicht fahren. Ich mußte mit dem Fahrrad zu seinem Arbeitsort fahren, dem Kollegen mußte ich sagen, mein Vater komme nicht, er sei krank. Damit die Baubude nicht unbewacht blieb.

Es ging ihm zunächst wiederum nicht gut, doch dann wieder. Er konnte wieder einiges essen, er war sogar richtig fröhlich. Mein Vater wußte, was Hering mit Kartoffelsalat auf polnisch heißt. Mit dem Ausdruck scherzte er noch. Als meine Mutter dann sein Bett machte, fühlte sie wie zufällig seine Füße, sie waren ganz kalt. Sofort wurde der Arzt gerufen. Er sagte meiner Mutter, mein Vater sterbe jetzt. Das wollten wir nicht glauben, denn er war vorher viele Jahre viel kranker. Er bekam eine Spritze, damit er besser einschläft, sagte der Arzt.

Mein Vater starb am 18. Dezember 1951 um 18.40 Uhr, mit einem lauten Seufzer im Schlaf. Seine Leiche wurde zu Hause aufgebahrt. Zu seiner Beerdigung waren viele Menschen gekommen. Feuerwehrleute hatten, bevor sie den Sarg schlossen, das Leichentuch bis über sein Gesicht gezogen. Das habe ich noch durch den Türspalt sehen können. Sie haben mich weggeschickt, als sie merkten, daß ich zuschaute.

Am Grab sagte sein Vorgesetzter: Wir stehen am Grabe eines braven Mannes. Als er das sagte, weinte meine Mutter besonders laut. Eigentlich hätte sie dem eines in die Schnauze schlagen sollen, denn wegen des Kohlen-Willy hatte dieser Vorgesetzte meinen Vater besonders verfolgt. Im Grunde hat aber auch er nur nach unten getreten. Er hätte sagen müssen, wir stehen am Grabe eines zu früh verstorbenen Menschen. Er starb, weil er eigentlich in seinem Leben nur hat einstecken müssen. Der Vorgesetzte hat es nicht gesagt, aber die am Grabe meines Vaters standen, wußten es auch so.

Meine Mutter Meine Mutter wurde 1910 geboren. Den Geburtsort gibt es nicht mehr, denn er gehört heute zu Herne. Als sie mit 63 Jahren den ersten Reisepaß ihres Lebens erhielt, stand als Geburtsdatum 30. Dezember 1910 drin, doch ihren Geburtstag hat sie immer Silvester gefeiert. Sie war das Jüngste von vierzehn Kindern. Nach der Geburt war der Vater über Silvester und Neujahr betrunken gewesen, am 2. Januar hat er dann den Geburtstag verwechselt. Somit ist sie laut Register am 30. Dezember geboren worden, tatsächlich aber am 31. Dezember. Und eingetragen wurde sie zunächst sogar als Junge, mit dem Namen Josef.

Der Vater hatte nach dem Suff die Geburt eines Sohnes gemeldet, deshalb nannten wir meine Mutter im Scherz oft Jupp. Als sie meinen Vater heiratete, war sie achtzehn. Zwei der drei geborenen Söhne hat sie aufgezogen, einer starb nach der Geburt. Obwohl körperlich gesund, hat sie unter und mit der Krankheit meines Vaters viel gelitten. Oft hat sie für die Ernährung sorgen müssen, zuweilen gab sie den Druck nach unten weiter.

Einige Jahre nach dem Tod meines Vaters hat sie wieder geheiratet, denn sie erhielt eine sehr karge Rente.

Ihr zweiter Mann war ein gestandener Junggeselle aus der Nachbarschaft. Er war auch Bergmann, die Ernährer- und Vaterfunktion übernahm er voll.

Mit 62 Jahren verlor meine Mutter ihren ältesten Sohn durch Selbstmord. Ich glaube, das war der härteste Schlag in ihrem Leben.

Die Wohnung Wir sagten für »die« Wohnung »unsere« Wohnung. »Unsere« Wohnung war eine der gleichkleinen Arbeiter-Parzellen. Sie war nicht nach unseren Bedürfnissen gebaut worden, sie war gebaut worden nach den Interessen des Vermieters. Der Vermieter war die Bergwerksgesellschaft, eine Gesellschaft aus Aktionären. Man sagt immer Aktiengesellschaft, nicht Aktionärs-Gesellschaft. Diese Werkswohnungen banden Arbeitskräfte, sie fesselten sie an die Firma und senkten die Steuern für die Aktionäre.

Wir hatten in dem Haus Nr. 48 eine Wohnung im zweiten Eingang rechts. Das Haus hatte vier Eingänge, zwei rechts, zwei links.

Der gemeinsame Eingangsflur galt für jeweils zwei Familien; ein Flur, zwei Familien. Eine wohnte unten, die andere oben, wir lebten unten.

Im Flur gab es schwarz-weiße Fliesen. Eine Treppe führte hinunter zu dem ebenfalls gemeinsamen Klo. Es war ein sogenanntes Plumpsklo; ohne Wasserspülung. Die Klotür konnte man von innen nicht verschließen. Man hielt sie zu, wenn man auf dem Klo saß. Die graue Farbe an der Klotür war teilweise abgesplittert. Als Kinder hielten wir uns oft lange auf dem Klo auf, weil man nur dort eine zeitlang allein sein konnte, in der Wohnung war das selten möglich. Die abgesplitterte Farbe erregte unsere Kinderphantasie. Mein Bruder sah in den grauweißen Farbresten einen Mann, der Rollschuhe an die Hände und Füße gebunden hatte. Ich sah Gesichter und Menschen, er auch noch Blumen und Landschaften. Oft erklärten wir uns gegenseitig die Phantasiegebilde, dann sahen wir in den Farbrissen die gleichen Bilder. Wenn man auf dem Klo pinkelte, dann hörte man Sekunden später, wie es in die Jauchegrube floß.

War sie leer, klang es heller, man hörte, wann es Zeit war, die Jauchegrube zu leeren. Im Winter war es nicht so angenehm auf dem Klo, da blies einem der kalte Wind an den Arsch. Deshalb hielten wir uns an den kalten Tagen nicht lange auf dem Klo auf. Wer den Flur betrat, zog sich die Schuhe aus, denn die Pantoffeln wurden hier angezogen, es galt, Flur und Wohnung sauber zu halten. Die Flurfliesen wurden samstags sauber gemacht. Meine Mutter sang dann immer: »Das kannst Du nicht ahnen, du munteres Rehlein du, ein Jägersmann vom Rhein wird dein Beschützer sein«. Dieses Lied sang sie immer, die anderen Frauen sangen meist auch, aber ganz andere Lieder. Saubere Flure waren die sogenannten Visitenkarten. Als höchstes Lob galt es, wenn man sagte, dort kann man vom Fußboden essen. Als Kinder mochten wir alle Flure nicht, weil sie so steril und sauber waren. Sie wirkten kalt, selbst wenn es warm war. Hatte man den Flur durchschritten, stand man direkt vor der Wohnungstür. »Unsere« Wohnung und die der Nachbarn bestand nur aus zwei Räumen, in diesem Haus Nr. 48 zumindest. Es gab auch Häuser mit Dreizimmerwohnungen. Die waren für Kinderreiche, das heißt, für Leute, die arm waren, weil sie reich an Kindern waren. Wer die Wohnungstür erreicht hatte, stand direkt in unserem Wohnzimmer, hier hielten sich tagsüber alle Personen auf. Das Schlafzimmer hieß nicht nur so, denn hier wurde nur geschlafen. In dem Wohnzimmer befanden sich ein Eßtisch, ein Ledersofa, ein Kohleherd, ein Waschbecken, ferner vier Stühle und zwei Schränke. Um das Waschbekken befanden sich weiße Fliesen. Die mußte man sich in der Werkswohnung aber selbst kaufen. Fliesen waren eine der ersten Anschaffungen, denn das Spülbecken war ebenfalls weiß, und stets sauber. Der Herd hatte vorn Emaille, die Herdplatte konnte nur mit viel Schweiß auf Hochglanz

gebracht werden. Pfannekuchenbacken war für die Hausfrau eine doppelt schwere Sache. Mühsam wurde die Temperatur im Kohleofen gleichgehalten, das Fett spritzte aus der Pfanne und beschmierte die Herdplatte. Dieser sogenannte Schmutz wurde dann mit unsagbaren Mühen von der Mutter wieder beseitigt. Viel Schweiß verlor sie für ein paar Kartoffelpfannekuchen.
Bilder hingen nicht im Wohnraum, lediglich bis kurz vor Ostern 1945 hing neben dem Spülbecken ein Hitlerbild. Meine Mutter hatte es einfach verschwinden lassen, als die Nazis noch am Ruder waren. Nach Hitler kam kein Bild mehr in die Wohnung.
Eine Tischdecke gab es nicht. Auch wurden nach der Suppe die Teller nicht gewechselt, die Suppe wurde ausgelöffelt, dann kamen Fleisch und Kartoffeln und Gemüse in den Teller. Gegessen wurde nur mit der Gabel, mit dem Messer wurde das Fleisch vorher kleingeschnitten. Die Kartoffeln wurden zerdrückt, Braten mit Salzkartoffeln und Gemüse waren sonntags obligatorisch. Das war das stetige Festtagsmenü. Feierte oder aß man anderswo, dann gab es immer Würstchen mit Kartoffelsalat.
Direkt von der Wohnküche trat man in das Schlafzimmer. Die Schlafzimmereinrichtung bestand aus zwei Betten, einem Kleiderschrank, einer Frisierkommode, die Schlafzimmermöbel waren blauschwarz. Über den Betten hing ein Kaufhausbild, die heilige Familie. Eine ungemein weibliche oder gar sinnliche Maria, wie mit dem Weichzeichner gemalt. Auf den Knien hatte sie eine Art dickliches Mondamin-Baby, das kam mit ausgebreiteten Händen und einem molligen Kinderlächeln auf einen sehr männlichen Mann zu. Dieser Über-Mann war der heilige

Josef, finster, kernig, dunkelhaarig, bärtig, mit einem geschliffenen Beil über seiner Schulter. So eindringlich habe ich die Frauen- und Männerrollen nie mehr gemalt gesehen. Angezogen war ich nie von der sinnlichen Weiblichkeit der Maria, immer von der finsteren Herbheit des Josef, dessen strenge Männlichkeit imponierte mir. Wir hatten zwei Betten, sie waren immer weiß bezogen. Tagsüber standen zwei große Paradekissen auf den Betten. Mein Bruder und ich schliefen in dem einen Bett, Vater und Mutter gemeinsam in dem anderen. Bei den anderen Familien war es genau so, bei einigen schliefen sogar drei Kinder in einem Bett. Bei unseren Nachbarn zum Beispiel: da schliefen sie mit fünf Personen in dem einen Schlafzimmer.

Jedes Geräusch war in dem Haus zu hören. Besonders laute Geräusche konnte man auch von nebenan hören. Niemals haben die Eltern vor den Kindern Zärtlichkeiten ausgetauscht, bei den Nachbarn war das auch so.

»Unsere« Wohnung kannte keine Intimitäten, weil sie keine gestattete. Wenn der Vater Nachtschicht hatte, schlief er tagsüber, dann mußten wir uns in der Wohnküche besonders ruhig verhalten. Das galt auch, wenn ein Nachbar im Hause Nachtschicht hatte. Da man fast alles hörte, war Ruhe auch dann das höchste Gebot.

Wenn der Vater wach im Bett lag, dann hörte er jedes Geräusch in der Wohnküche. Konnten wir nicht einschlafen, hörten wir, worüber die Eltern sprachen, sie wiederum konnten unsere Gespräche belauschen. »Unsere« Wohnung kannte keine Intimitäten.

Das Schlafzimmer, das so dunkel und ungemütlich wirkte, galt dem Vater als Versteck. Unter einem Wäschefach sparte er ein paar Kröten für Mini-Geschenke. Er hat mir das Versteck einmal gezeigt. Mein Vater meinte, meine Mutter kenne sein Versteck nicht, doch sie kannte es, denn die Wohnung war in erster Linie ihr Reich. »Unsere« Wohnung kannte keine Intimitäten.

Im Schlafzimmer durfte man sich tagsüber nicht aufhalten. Wir hätten als Kinder auch keine Lust gehabt, uns darin aufzuhalten, denn es war akkurat und sauber, so sauber, daß man meinte, es rieche nach Mottenkugeln. Ich glaubte, die Sauberkeit riechen zu können. Und die Paradekissen hießen nicht umsonst so. Auch sie waren akkurat aufgestellt, herausgeputzt wie die NVA bei der Wachablösung Unter den Linden. Wenn ich heute an diese Paradekissen denke, dann höre ich im Kopf Preußens Gloria, dann sehe ich einen Schellenbaum und herausgewichste Soldatenstiefel, ich sehe Paradegrün leuchten, obwohl unser Zimmer die preußischen Farben schwarzweiß trug. Wir haben nie mitbekommen, wann unsere Eltern gefickt haben. In der Wohnküche konnten sie es kaum tun, denn man war vom Flur aus sofort in dem Zimmer. Man hätte die Tür verschließen müssen. Wer in so enger Nachbarschaft die Tür verschloß, machte sich verdächtig. Tagsüber konnten sie es in der Wohnküche auch kaum treiben, denn tagsüber konnte man schon gar nicht die Tür von innen verschließen, dann sah man den Schlüssel stecken. Zudem konnte man, da wir Parterre wohnten, auch durch das Küchenfenster in die Wohnung sehen.

Entweder sie fickten dann, wenn die Kinder im Bett daneben schliefen oder sie trieben es im Schlafzimmer dann, wenn die Kinder auf der Straße spielten. Aber dann hätten sie am hellichten Tag bumsen müssen, das wiederum traute ich ihnen und allen Nachbarn nicht zu. Taten sie es doch – am Abend neben den schlafenden Kindern oder tagsüber im Schlafzimmer –, dann mußten sie jeden Laut unterdrücken. Das Haus war hellhörig, die enge Nachbarschaft ließ kaum einen Rückzug auf Zweisamkeit zu. »Unsere« Wohnung kannte keine Intimitäten.

Wenn also unsere Eltern oder die Nachbarn in den Wohnungen fickten, dann mußten sie jeden Laut unterdrücken, selbst bei dem einzigen Spaß spielte die Unterdrückung eine Rolle. Ob sie überhaupt Spaß beim Ficken hatten? »Unsere« Wohnung, die ja dem Konzern gehörte, wird auch das nicht zugelassen haben.

Der Stiefvater Er hat das erste Dreiviertel dieses Jahrhunderts erlebt, aber er hat es nur am Rande erlebt, denn sein Leben ist für Historiker nicht interessant. Er ist 1903 in Neudorf in der Tschechoslowakei geboren worden. Mein Stiefvater sagt aber nie neunzehnhundertdrei, er sei nulldrei geboren, und sein eigentliches Heimatland nennt er stets Tschechei. Als Kleinstkind hat er die Tschechoslowakei mit den Eltern verlassen müssen, weil sie im Deutschen Reich das Glück gesucht haben. Dieses Glück hieß Arbeit im gerade florierenden Bergbau. So kamen sie zunächst nach Lünen, wo der Vater Arbeit gefunden hatte. Dort muß er aber nicht lange gearbeitet haben, denn man siedelte über nach O. Vielleicht deshalb, weil es hier schon eine kleine, parzellierte Werkswohnung gab; so läßt sich der Grund der Ansiedlung nach O. im Grunde erahnen. Über die Motive der Ansiedlung und über die Familie seiner Eltern weiß mein Stiefvater nichts, er hat die Großeltern überhaupt nicht in Erinnerung. Sie müssen in der Tschechoslowakei geblieben sein, und er hat in seinem langen Arbeiterleben die Tschechoslowakei nie besucht. Er würde das Geburtshaus nicht kennen, gar nichts. Was also sollte er auch dort? Wahrscheinlich waren die Großeltern auch Arbeiter gewesen, vielleicht Landarbeiter, er weiß es nicht. Und zu Hause ist darüber zu seiner Kinderzeit nicht gesprochen worden. Die Eltern meines Stiefvaters wohnten in der ersten Arbeitersiedlung von O. Eine solche Siedlung nannte man Kolonie, vielleicht deshalb, weil die Preußen das Ruhrgebiet als so eine Art wirtschaftliche Kolonie sahen. Die Siedlung lag am Rand des Ortes, noch heute ist es eine Randlage. Es reihte sich eine Straße lang Haus an Haus, jeweils gleich groß, mit den jeweils gleichen Zweizimmerwohnungen, einem kleinen Stall hinter dem Haus und ein Stückchen Garten. Die Straße mündete in die grüne Landschaft des Münsterlandes. Die Eltern meines Stiefvaters und die Eltern der anderen Kinder seines Jahrgangs hatten Ziegen oder Gänse, ein Schwein und meist auch Hühner. Die Ziegen und die Gänse wurden an das Ende der Straße getrieben, die Kinder mußten auf die Tiere aufpassen. Im Sommer liefen sie barfuß, auch in die Schule, die zwei Kilometer entfernt schon in einer anderen Stadt lag. Mein Stiefvater erhielt, wie die anderen damals, die Mindestbildung: Schreiben, einfaches Rechnen, ein wenig Schlachtengeschichte. Keinesfalls wurde den Kindern beigebracht, in Zusammenhängen denken zu lernen, etwas zu hinterfragen oder einem Wort von oben zu mißtrauen. Die Schule war eine Drillschule, und doch sagt er heute immer wieder, es sei eine schöne Zeit gewesen, als er die Tiere hüten mußte und barfuß in die Schule ging. Auch seine Kommunion war angemessen für seinen Stand. Zu Fuß ging es in die Kirche der Nachbarstadt, das waren so rund vier Kilometer. Die Kommunionkleidung stammte vom Bruder, er hörte eine Predigt, deren Inhalt er nicht verstand, am Nachmittag erhielt er von der Mutter ein kleines Geldstück, das war alles. Aber eine schöne Zeit war das, wie er behauptet.

Als er die Schule verließ, da war er noch nicht vierzehn Jahre alt und dreimal sitzen geblieben. Das war an sich nicht tragisch, denn er hätte auch mit guten Noten den gleichen Lebensweg beschreiten müssen: Arbeit auf der Zeche, so wie es beim Vater und den Brüdern der Fall war.

Er war direkt ein paar Wochen arbeitslos, denn mit dreizehn durfte er noch nicht arbeiten. Als er dann im Juni vierzehn Jahre alt geworden war, war der Geburtstag schon der erste Arbeitstag. Über vierzig Jahre sollte er mit seinen Händen sein Brot verdienen, exakt neunundreißig Jahre davon mußte er im Akkord arbeiten. Wie mein Vater, so begann auch der lange Arbeitsweg meines Stiefvaters an dem Leseband, wo er Steine von Kohle mit den Händen aussortierte. An dem Leseband hat er ein Jahr verbracht, dann durfte er schon in die Grube fahren. Zu seiner Zeit sah man das wirklich als ein »dürfen«, denn in der Grube gab es etwas mehr Geld, und was zu Hause an allen Ecken und Enden fehlte, war das Geld um über die Runden zu kommen. Mein Stiefvater wurde unter Tage Pferdejunge. Auch diese Zeit bezeichnet er im Rückblick als eine sehr schöne Zeit. Schon mit sechzehn Jahren kam er dann ins Gedinge, so nennen die Bergleute den Akkord. Wie er sich erinnert, verdiente er in der Woche fünf Mark. Und die Mutter habe immer gesagt, das sei zu wenig, um damit über die Runden zu kommen. Er aber sei auf seinen Verdienst von fünf Mark unwahrscheinlich stolz gewesen.

Der April des Jahres 1920 hat meinen Stiefvater zumindest politisch geprägt. Im März hatten in Berlin Kapp und Lüttwitz gegen die Reichsregierung geputscht. Nach dem Generalstreik der Gewerkschaften wollten politisierte Arbeiter an der Ruhr mehr, sie wollten die politischen Machtverhältnisse ändern, denn mit dem Rücktritt des Kaisers zwei Jahre zuvor war nur eine äußerliche Änderung eingetreten. Die wirtschaftlichen Machtverhältnisse waren geblieben, und das sollte nach dem Kapp-Putsch geändert werden. An der Ruhr organisierte sich eine sogenannte rote Ruhrarmee. Ein Bruder meines Stiefvaters war aktiv dabei. Der achtzehnjährige Bruder meines Stiefvaters hatte die Aufforderung der Reichsregierung, die Waffen im April 1920 freiwillig abzugeben, einfach ignoriert. Reichswehr und Freikorps marschierten in das Revier ein und errichteten ein Schreckensregiment. In die Geschichte ist das als weißer Terror eingegangen, an den Schulen wird diese Zeit nicht gelehrt. Ein ebenfalls dunkler Fleck in der deutschen Geschichte. Der achtzehnjährige Bruder meines Stiefvaters hatte mit einem Trupp von bewaffneten Arbeitern Munition aus Dortmund nach Recklinghausen transportiert. Dort fielen die Arbeiter in die Hände der Reichswehr, die alle festnahm. Die Gerichtsverhandlung der Reichswehr hieß Standgericht, was so viel war wie kurzer Prozeß. In einem Standgericht sitzen die Starken über die Schwachen zu Gericht. So wohl auch hier. Von der gesamten gefangenen Truppe verurteilte man vier zum Tode durch Erschießen. Drei der zum Tode Verurteilten waren geborene Franzosen, einer, der Bruder meines Stiefvaters, war ein geborener Tscheche. Die als Deutsche geborenen Arbeiter ließ man frei, sicherlich hätte die Reichswehr diese Tatsache als Zufall bezeichnet, aber in der Familie meines Stiefvaters glaubte man nicht an einen Zufall. Am Tage der hastigen Vollstreckung des Urteils klopfte ein ehemaliger Mitgefangener gegen vier Uhr in der Frühe an das Schlafzimmerfenster der Zweizimmerwohnung. Der Mutter des Bruders meines Stiefvaters gab er einen Brief, den er aus der provisorischen Gefangenschaft der Reichswehr herausgeschmuggelt hatte. Darin stand, so erinnert sich mein Stiefvater, daß sein Bruder wohl schon tot sei, wenn die Mutter den Brief in der Hand halte, denn man habe ihn zum Tode verurteilt und er glaube, daß die von der Reichswehr auch Ernst machen würden. Sofort stand die Mutter auf und begab sich zu Fuß in das sieben Kilometer entfernt liegende Recklinghausen. Als sie an einer

Gaststätte angelangt war, wo die Gefangenen eingepfercht waren, war das Urteil schon vollstreckt, die vier Arbeiter waren auch schon verscharrt worden. In den Ansätzen einer Schlucht fand die Mutter meines Stiefvaters die frischen Erdhügel, sie waren nicht einmal auf einem Friedhof verscharrt worden. Die Heimkehr seiner Mutter an diesem Tage muß meinen Stiefvater sehr getroffen haben, denn jahrelang war er nicht bereit, über diesen Vorfall in seiner Familie zu reden. Da mein Stiefvater fast nie historische Bücher gelesen hat, ist ihm auch nicht bekannt geworden, daß die Erschießung seines Bruders in den Erinnerungen des damaligen Reichskommissars für das Revier, Carl Severing, erwähnt wird. In seinem 1927 veröffentlichten Rechenschaftsbericht mit dem Titel »Im Wetter- und Watterwinkel« schrieb Carl Severing auf Seite 216: »Allein im Recklinghauser Bezirk wurden von dem dortigen Standgericht in wenigen Tagen 33 Todesurteile gefällt, von denen der Militärbefehlshaber 4 vollstrecken ließ. Die militärische Dienststelle in Recklinghausen, die diese Ziffern der Presse bekanntgab, fügte der Anzeige hinzu, › daß die doppelte Anzahl von Personen angesichts der der Truppe und der friedlichen Bevölkerung zugefügten Verluste ihr Leben gerechterweise im Standgericht hätten beenden müssen‹. In diesen Auslassungen offenbarte sich ungefähr die geistige und seelische Atmosphäre, in der sich die militärischen Dienststellen damals durchweg befanden.«
Wenn von unserer Familie jemand in der historischen Literatur erscheint, dann namenlos und grundsätzlich auf der Seite der Verlierer. Diese Niederlage seines Bruders hat meinen Stiefvater mit Sicherheit geprägt. Er war ein grundsätzlich unpolitischer Mensch. Reichskanzler Cuno als Macher der Inflation sowie eine Reihe von Koalitions-

regierungen in Berlin interessierten ihn nicht. Er verlor Ende der zwanziger Jahre seine Arbeit als Bergmann, weil die Pütts nach und nach dichtgemacht wurden, wegen der Weltwirtschaftskrise. Er wurde als einer der ersten entlassen, denn es wurde Zug um Zug, Monat für Monat entlassen. Weil er Tscheche war, war er zuerst dran.

Reichskanzler Brüning und die Brüningschen Notverordnungen wären an ihm vorbeigerauscht wie fünfzehn Regierungen vorher, hätten die Notverordnungen nicht sein Leben direkt betroffen. Die Mutter erhielt damals eine Monatsrente von zwanzig Mark. Fünf Mark betrug die Miete für die kleine Zechenwohnung. Die Rente war auf fünfundzwanzig Mark erhöht worden, es ging ein bißchen besser. Da kam die Brüningsche Notverordnung und der Mutter wurde die Rente wiederum um fünf Mark gekürzt. Deshalb erinnerte er sich an den Reichskanzler Brüning. Mein Stiefvater erhielt Arbeit bei einem Bauern in Ostpreußen. »Denn arbeiten konnte ich«, pflegte er zu sagen. »Ich habe mich vor Arbeit nie gedrückt«, sagte er auch. Das wird sicherlich stimmen, denn er hatte sich von frühester Kindheit an damit abgefunden, daß er immer nur Arbeiter bleiben würde und wollte daher mit seiner Arbeit zumindest gut verdienen. Gut für seine Ansprüche und Möglichkeiten. Als er in Ostpreußen war, erhielt er vom örtlichen Pfarrer einen Brief, die Mutter sei schwer krank und werde wohl sterben. Er kam zurück. Doch die Mutter starb nicht, und er bekam Schwierigkeiten. Die Fahrkarte vierter Klasse von Ostpreußen ins Ruhrgebiet bekam er auch nicht bezahlt, denn die Mutter war ja nicht gestorben.

Er arbeitete dann wiederum bei einem Bauern, aber nicht mehr in Ostpreußen, in Schleswig-Holstein. Er erinnert sich nicht einmal an den Ort, aber es soll eine schöne Zeit gewesen sein.

Auch einen Herrn Hitler nahm er nur am Rande wahr. Mein Stiefvater war im höchsten Grade unpolitisch geworden. Er wird sich nicht einmal an die vielen sarkastischen Äußerungen der Bergleute über Hitler beteiligt haben, sie interessierten ihn nicht. Mein Stiefvater hatte wieder Arbeit unter Tage erhalten. Er wird nicht einmal gesagt haben, Arbeit dank Hitler, er hatte Arbeit, das war entscheidend. Und weil die Bergleute für die anlaufende Kriegswirtschaft wichtig waren, so wurde er nicht einmal Soldat. Bergleute waren am Kohlenstoß gefragt. Für ihn war die Nazi-Zeit: Arbeit, Ausruhen, Arbeit, Ausruhen, Arbeit, Ausruhen, Woche für Woche, Monat für Monat. Tausend Jahre hätte das dauern sollen.
Dann war auch die Hitler-Zeit vorbei, die Engländer waren auf die Ruhrkohle scharf. Wieder hatte er als Bergmann Arbeit. Die politischen Ereignisse liefen an ihm vorbei: die Werksbesetzung und die Reichsmarkzeit, die Demarkzeit und die Adenauerzeit. Er interessierte sich für Fußball, denn der Ortsklub spielte in der höchsten Klasse. Damit konnte er sich identifizieren. Es ging ihm in der Demarkzeit besser. Er machte, als er meine Mutter geheiratet hatte, seinen ersten Urlaub außerhalb von O. Das Werk ermöglichte eine Urlaubsreise nach Berchtesgaden. »Ich wußte gar nicht, daß die Welt so schön ist«, sagte er nach diesem Urlaub.
Als es ihm, für seine Verhältnisse, endlich hätte gut gehen können, wurde er krank. Direkt aus dem Akkord heraus wurde er Rentner. Als er sich krank gemeldet hatte, setzte sich der Arzt für die Rente ein. Weil er so viel gearbeitet hatte, bekam er eine stattliche Rente. Doch er konnte nicht reisen, er konnte sich nicht in der Welt umsehen, er hatte kein Hobby, er wurde Fernseher. »Aber eine schöne Zeit war das.«

Die Oma Wir nannten sie große Oma, denn Vaters Mutter war kleiner. Der Titel galt der Unterscheidung. Geboren wurde sie am 12. Dezember 1871, im Jahr der Reichsgründung. Wie die meisten Menschen damals im Revier muß sie aus polnischen Gebieten gekommen sein, denn sie sprach nur polnisch. Deutsch nur brockenweise. Lesen konnte sie gar nicht, natürlich konnte sie auch nicht schreiben. Ihren Mann, meinen Großvater also, habe ich nie gesehen, er ist im Februar 1929 gestorben, sieben Jahre vor meiner Geburt. Nachdem er seiner Frau vierzehn Kinder gemacht hatte. Und gesoffen muß er auch haben. Das waren wohl die einzigen Späße, die einem männlichen Arbeiter damals blieben: Kindermachen und trinken; und die Frauen kommandieren. Im Ruhrgebiet hatten sie, wie es so schön hieß, ihr Glück gesucht. Das Glück hieß Wechsel von der unterbezahlten Landarbeit zu Hause zu der etwas besser bezahlten Arbeit im Pütt. Aus dieser Lebenslage mag der Spruch stammen: zum Leben zu wenig, zum Sterben zu viel.

Doch auch im Ruhrgebiet muß das Glück nicht überzeugend gewesen sein, berauschend schon gar nicht, denn nach einigen Jahren im Kohlenpott ist er dann mit Frau und Kindern nach Frankreich gezogen, um dort erneut das Glück zu suchen. Sein Glück in Frankreich: schlechte Bezahlung, überlange Arbeitszeit, Kinderarbeit und Beschimpfung durch die Franzosen, die auf die Deutschen herabsahen. Sie mußten mit Kind und Kegel wohl außerhalb gearbeitet haben müssen, denn schon um fünf mußten die Kinder aufstehen. Dann ging es in die Fabrik zur Arbeit, auf dem Weg zur Fabrik suchten die Kinder noch den Schlaf.

Wenn aus einem zweimal angestrebten Glück nichts wird,

wird eines von beiden das bessere. Die Situation im Ruhrgebiet schien dann doch besser, so suchten sie dann wieder ihr Glück dort. Mein Großvater zeugte keine Kinder mehr, 1929 starb er dann, seine Kinder sprachen nie gut von ihm. Die große Oma sprach jahrzehntelang überhaupt nicht über ihn. Später hat sie dann aber ihren Kindern erzählt, wie gut er gewesen sein soll. Dann gab es stets Streit, weil die Kinder widersprachen. Meine Mutter war überhaupt nicht gut auf ihn zu sprechen, für sie war er ein Tyrann der Familie gewesen.

Er hinterließ der großen Oma große Not und viele Kinder. Die Mädchen heirateten früh und gingen aus dem Haus, was die Kassenlage erleichterte. Die Älteste bekam von ihrem Mann zehn Kinder gezeugt. Die große Oma zog nach Datteln zu einer ihrer Töchter. Diese Tochter, also meine Tante, war verheiratet und hatte keine Kinder. Die Rente der großen Oma muß ungewöhnlich niedrig gewesen sein, denn die große Oma konnte uns fast nie Geschenke machen. Im Gegenteil: Die Enkelkinder brachten ihr etwas mit, ein paar Hühnereier, ein Stück Fleisch vom geschlachteten Karnickel, frischen Salat aus dem Garten. Fast dreißig Jahre ihres Lebens verbrachte sie in einem Bereich von der Größe eines Fußballfeldes. Einhundertzwanzig Meter lang, vierzig Meter breit, wobei die Breite im Prinzip umstritten bleibt. Die Länge ihres Gettos entspricht der Länge der Straße, in der sie wohnte. Erst wohnte sie bei meiner Tante, also am Fußballtor links. Dann zog sie zur Untermiete auf ein Zimmer in der gleichen Straße, das waren sechzig Meter weiter, gewissermaßen die Spielfeldmitte, also am Anstoßpunkt. Nach weiteren Jahren veränderte sie sich wiederum um sechzig Meter, denn sie zog als Mieterin in eine Kleinstwohnung. Die Wohnung bestand aus

einem Zimmer mit Blick in den Hof und zum Garten, aber Gartenland hatte sie nicht. Somit war sie zum anderen Fußballtor gezogen, vom linken zum rechten Tor im Laufe von Jahren.
Ein Schrank, ein Tisch, ein Bett, ein Korbsessel, ein Kohleherd von Anno dazumal, ein Kruzifix, ein paar angebleichte Bilder waren der Bestand ihrer Wohnungseinrichtung. An die Motive der Bilder kann ich mich trotz intensiven Nachdenkens nicht mehr erinnern. Die große Oma hatte Kleider stets bis zu den Knöcheln getragen, darüber trug sie eine Schürze, die sie hinten zugeknöpft hatte. Nonnen in den Krankenhäusern tragen ähnlich gebundene Schürzen. Die große Oma hatte dünnes Haar, deshalb trug sie die ganzen Jahre eine blaue Baskenmütze. Ich traue ihr zu, daß es dreißig Jahre lang die gleiche war. Ihr dünnes graues Haar war gescheitelt, dazu trug sie einen Knoten. Zumindest die Frisur trug sie drei Jahrzehnte lang. Sehen konnte sie gut, denn sie benützte entgegen allgemeiner Oma-Art nie eine Brille. Mit dem Gehör haperte es ein wenig, wenn sie zuhörte, verzog sie angestrengt ihr Gesicht. Die große Oma hat ihr Wohngebiet von zuletzt 120 Meter in der Länge in Jahrzehnten kaum noch verlassen. Diesen Bereich verließ sie eigentlich nur, wenn eines ihrer Kinder oder Schwiegerkinder gestorben war. Zehn von vierzehn Kindern hat sie beerdigt, dazu kamen noch Schwiegerkinder. Außerhalb ihres Wohnbereiches habe ich sie nur bei Leichenfeiern erlebt. Dann weinte sie immer mit einer ungewöhnlich hohen Stimme, sie stand dann am Sarg und hielt diesen hohen Ton konsequent. Meist trug sie dabei einen dunkelblauen Mantel und die Baskenmütze. In den letzten Jahren nahm sie an den Beerdigungen auf dem Friedhof nicht mehr teil. Wenn die Leiche zum Friedhof

gefahren wurde, blieb sie im sogenannten Trauerhaus zurück und wartete, bis die Verwandten vom Friedhof zurückkamen. Die große Oma machte keine Besuche, sie wurde besucht. Sie machte auch keine Einkäufe, denn das erledigten mein Onkel oder meine Tante. Sie las natürlich auch keine Zeitung, denn sie konnte ja nicht lesen. Sie hörte aber auch nicht Radio, weil sie wohl kein Interesse für die Umwelt hatte, sie unterhielt sich nur mit älteren Leuten über Belanglosigkeiten. Selbst über Preissteigerungen konnte sie nicht mitreden, denn sie ging ja nicht einkaufen.

Wenn ich die große Oma besuchte, dann saß sie stets neben ihrem Tisch. Sie lächelte mich an, sie hatte nichts getan, sie schlürfte gelegentlich einen Kaffee. Eier machte sie sich mit Zucker roh an. »Sie schlägt sie sich in der Tasse«, sagte meine Mutter. Die große Oma zerschlug die Schale des Eies am Tassenrand, Eiweiß und Eigelb liefen in die Tasse, dann kamen zwei Löffel Zucker hinzu. Mit einem Teelöffel wurden Eiweiß und Eigelb zu einer Einheit »geschlagen«. Eine besondere Freude machte man ihr, wenn man Rotwein mitbrachte. Denn dann gab sie dem Ei noch einen Strich Rotwein bei. Rotwein mit rohem Ei waren die Gala-Essen der großen Oma. Dreißig Jahre hat sie so auf der Sophienstraße in Datteln gelebt. Dreißig Jahre lang hat ihre Welt nur aus ihrem Zimmer bestanden und gelegentlichen Beerdigungen. Dreißig Jahre lang hat sie diesen Bereich kaum verlassen, ihre Umwelt außerhalb des Fußballfeldes überhaupt nicht wahrgenommen. Dreißig Jahre lang hat die große Oma auf dem Stuhl neben dem Tisch gesessen. Im Alter von 96 Jahren ist sie dann gestorben. Einfach so, ohne Aufwand und Dramatik.

Fakten 1902 wurde in Bochum die polnische Berufsvereinigung gegründet. Sie hieß »Zjednoczenie Zwadowe Polskie, ZZP«.
Im Jahre 1903 warb die Zechenverwaltung der Grube »Graf Schwerin« in Castrop-Rauxel in der Provinz Posen für die »reizende, ganz neu erbaute Kolonie bei Rauxel«. Sie liege »abseits vom großen Getriebe des Ruhrgebietes, in ländlicher Gegend, umgeben von Feldern, Wiesen und Wäldern.«
Im Jahre 1903 betrug der Lohn in Posen für einen Arbeitstag 1 Mark, 13 Pfennige. Im Ruhrpott 3 Mark, 39 Pfennige.
Im Jahre 1905 waren ein Drittel aller Beschäftigten im Bergbau »Preußen polnischer Abkunft«. Das teilte der Knappschaftsverein Bochum in jenem Jahr mit. Auf der Zeche »Graf Schwerin« in Castrop betrug der Anteil dieser Volksgruppe sogar 51,2 Prozent.
1905 schrieb die Zeitung »Wiarus Polski« (»Polnischer Getreuer«): »Du sollst nicht begehren ein Weib fremder Nationalität, sondern dich nur mit einer Polin verheiraten«.
1912 gab es im Ruhrgebiet 1038 Polenvereine. Sie hatten insgesamt 111 000 Mitglieder. 40 Prozent der Mitglieder waren Nationalpolen. 1919 hatte der Polnische Bergarbeiterverband 46 000 Mitglieder im Ruhrgebiet.

Bruktererstraße Von meiner kleinen Oma besteht noch ein Hochzeitsbild. Wir nannten sie die kleine Oma, weil sie kleiner war als die andere Oma. Sie war Vaters Mutter. Das Hochzeitsbild zeigt ein Paar um die Jahrhundertwende, das gar nicht wie ein Arbeiter-Ehepaar wirkt. Sie wirken bürgerlich: er sieht aus wie ein ostpreußischer Landschaftsdirektor im Anzug mit Gamaschen, kurzes Haar wie später Hindenburg; Bürstenhaarschnitt sozusagen. Sie im weißen Brautkleid, Schleier nur halblang, weiße hohe Schuhe, Omalocken aus der Zeit. Auf dem Foto sieht man nicht, daß sie einen sogenannten Gehfehler hatte. Die kleine Oma hatte ein Hüftleiden, oder ein Bein war ein wenig kürzer, denn sie hinkte erkennbar. Er hatte einen kleinen Orden an der Brust, wahrscheinlich für entgangenen Lohn. Nur nannte man den Orden nicht Orden für Lohnbetrug.
Sie müssen in Gelsenkirchen-Erle geheiratet haben, denn das Foto wurde laut Stempel bei einem Fotografen in Erle gemacht. Vielleicht war Erle damals noch selbständig. Für Kohlenpottler ist es ein bekannter Ort, denn in den dreißiger Jahren war Erle 08 ein guter Fußballklub. Zu dem Zeitpunkt des Fotos kann es aber den 08-Verein noch nicht gegeben haben. Umso erstaunlicher, wie schnell die Erler hochgekommen sind, denn sie waren viele Jahre Kontrahent des vier Jahre älteren Klubs Schalke 04.
Und die Zeche Graf Bismarck gab es in Erle. Sie wurde Opfer der Kohlenkrise in den sechziger Jahren. Unmittelbar nach der Hochzeit muß mein Großvater Arbeit auf der Zeche König Ludwig bekommen haben, denn sie zogen nach Suderwich, einem Stadtteil von Recklinghausen. Dort erhielten sie vom Konzern eine Zechenwohnung in der Bruktererstraße, Hausnummer 15. In der Brukterer-

straße endete praktisch Großmutters Leben, obwohl sie hier noch Jahrzehnte wohnte, denn die Bruktererstraße hat sie im Grunde nie mehr verlassen.
Nur die Wohnungen wurden noch gewechselt im Laufe der Jahre. Die Häuser waren äußerlich alle gleich, eine typische Arbeitersiedlung, diese Bruktererstraße. Einem Bauern war vom Konzern ein Stück Weide abgekauft worden, schnurgerade Straßen wurden dann gezogen, dazu Häuser gebaut wie eine Reihe grauer Häftlinge, die zu einer Zählung angetreten waren. So wirkten zumindest die Häuser. Das Klo befand sich auf dem Hof, mit Herzchen an den Türen. Hinter dem Haus ein besonders kleines Stück Garten, dahinter floß ein kleiner Bach und dahinter wiederum verblieb das Reich des Bauern, seine Weiden. Hinter Omas Garten grasten Kühe. Das fanden wir Kinder schöner als zu Hause in O.
In der Bruktererstraße 15 haben die Großeltern nicht lange gewohnt. Denn als bald das erste Kind kam, zogen sie um in die Bruktererstraße 5. Das erste Kind war mein Vater. Vaters Vater machte meiner Großmutter hier in der Bruktererstraße 5 insgesamt vier Söhne. Einige Fehlgeburten soll es auch gegeben haben. Oft hat die Großmutter die Fehlgeburten bewirkt, obwohl sie eine gläubige Katholikin war. Auf der Bruktererstraße 5 hat Vaters Mutter ihr Leben durchlebt. Vier Söhne zog sie hier groß. Als sie noch kleine Buben waren, nahm sich Vaters Vater das Leben. Jahre später verlor sie ihren zweitjüngsten Sohn durch einen Unfall unter Tage. Kurz danach nahm sich der zweitälteste Sohn das Leben. Der jüngste Sohn war der einzige, der kein Bergmann geworden war, er durfte das »Handwerk« des Friseurs erlernen. Dieser Sohn trat später in die NSDAP ein und wurde deren Funktionär. Er mel-

dete sich freiwillig zur sogenannten Wehrmacht und wurde dann in Rußland eingesetzt. Sie sagte damals, er kämpfe in Rußland.
Seine Braut lernte er in Ostpreußen kennen. Sie glaubte damals auch an die Nazirei. Beide, Onkel und Tante, verloren aber sehr bald den Glauben an die Sache, wie sie nach dem Krieg beteuerten.
In der Bruktererstraße 5 hat sie ihren Mann und zwei Söhne durch frühen Tod verloren. Hier wohnte sie auch noch, als sie meinen Vater beerdigen mußte. Zusammen mit dem jüngsten Sohn und dessen Familie lebte sie dann in der gemeinsamen Wohnung. Sie hatte nur noch eines der drei Zimmer. Weil sie sich im wahrsten Sinne des Wortes um alles kümmerte, lebte sie nicht friedlich mit ihrem letzten Kind.
Ich selbst ging als Kind nicht gern zur Oma. Sie hatte eine große Standuhr, die des Nachts ganz laut schlug, zu laut für ein ängstliches Kind. Und außerdem schnarchte die kleine Oma zum Gotterbarmen. Sie war in der Bruktererstraße 5 eine alte Frau geworden. Später zog sie dann noch einmal um. Sie nahm sich im Nebenhaus zwei Zimmer, in der Bruktererstraße 3. Es war das zweite Haus am Anfang der Straße.
Direkt neben einer Metzgerei lag es. Der Metzger hatte früher einen bösen Hund, der Senta hieß. Deshalb mag ich wohl keine Frauen, die Senta heißen.
Die Rente der Oma war nie so schlecht gewesen, weil einer ihrer Söhne tödlich im Bergwerk verunglückt war, als unverheirateter Ernährer der Mutter. So lebte sie dann auf der Bruktererstraße 3 in den letzten Jahren finanziell gut. Sie wurde weit über siebzig und war nie ernsthaft krank. Bis auf den Gehfehler, aber das wurde später kaum noch

als Krankheit registriert. Sie blieb ihr Leben lang eine praktizierende Katholikin. Sie kam mit dem Pfarrer gut aus und wollte nie wahrhaben, daß Pfarrer sich auch mal besaufen können, oder daß sie Mädchen unter den Rock greifen. Bis zuletzt konnte man sie damit ärgern, wenn man behauptete, im Radio sei gemeldet worden, der Papst sei tot. In der Bruktererstraße 3 ist sie dann 1968 auch gestorben. Meine Tante hatte mir eine Karte geschrieben: »Wenn Du Oma noch mal lebend sehen willst, mußt Du kommen.« Ich wollte sie noch einmal lebend sehen.

In der Bruktererstraße 3 lag sie in ihrem kleinen Schlafzimmer. Ein altes Ehebett hatte sie mit hinübergenommen. Sie lag in ihrem Bett und atmete schwer, zeitweise verlor sie ihr Bewußtsein. Der Arzt hatte festgestellt, daß sie eine Lungenentzündung hatte. »Da ist wenig zu machen«, soll er gesagt haben. »Wenn nichts außergewöhnliches passiert . . .«, und dann soll er mit der Hand in Richtung Himmel gewiesen haben. Darüber hat sich mein Onkel sehr geärgert. Nachbarn umstanden in hilfreicher Neugier das Bett. Sie rüttelten die Oma immer wieder wach. Ich sei da, erklärten sie ihr. Sie sah mich, ich glaube aber, sie sah mich gar nicht. »Ach du bist es . . .«. Dann legte sie ihren Kopf zur Seite und schlief weiter, dabei rang sie röchelnd nach Atem. Ich ging aus dem Zimmer.

»Ich kann sowas nicht sehen«, sagte ich zu meiner Tante.

»So ist das Leben«, sagte sie und hantierte auf dem Küchentisch.

»Hier nimm«, sagte sie dann und hielt mir einen Aschenbecher entgegen.

»Warum?«, fragte ich.

»Als Andenken an die Oma.«

»Das kann ich jetzt nicht«, sagte ich. Ich hatte Hemmungen, denn nebenan atmete sie tief. Sie lebte ja noch.
Vier Tage danach war sie nachts um drei Uhr im Schlaf gestorben, auf der Bruktererstraße drei. Der einzige noch lebende Sohn meiner Großmutter ist auf der Bruktererstraße geblieben. Er ist von dem Haus Nummer 5 in das Haus Nummer 10 gezogen. Von seinem Wohnzimmer aus kann er beide Häuser sehen. Nummer 5, in dem er geboren wurde, aufwuchs und in die Jahre kam und Nummer 3. Hier ist seine Mutter gestorben. Das Haus Nr. 15 kann er nur mit Mühen sehen, er muß sich dabei aus dem Fenster lehnen.
Nach der Beerdigung meiner Oma habe ich zwei alte Frauen vom Friedhof nach Hause gefahren. Die eine sprach von meiner Großmutter nur mit deren Mädchennamen.
»So ist das Leben«, sagte die eine und schaute aus dem Wagenfenster. »Jetzt ist Winkelmanns Anna auch nicht mehr«, sagte die andere. Mehr für sich. »Ja«, seufzte die andere wieder, »so ist das Leben.« Auch das sagte sie mehr für sich.
Und dann schwiegen beide.

Ein Unfall »Mein Mann hat sich aufs Fahrrad geschwungen. Als er dann über den Berg kam, wußte er, was los war, denn auf Ludwig wehte die schwarze Fahne. Der Franz war tot.«

Ich habe die Geschichte zigmal in meinem Leben hören müssen. Meine Mutter hat sie oft erzählt, denn mein Onkel ist im Pütt tödlich verunglückt. Sowas bleibt haften. Und über den tödlich verunglückten Onkel Franz haben sie immer gut gesprochen. Er soll der Luftikus der Familie gewesen sein. Er war noch jung und unverheiratet, als er verunglückte. An seinem Todestag ist Chamberlain gestorben. Die Mutter hat es ihm noch gesagt, mittags, als er die Wohnung zu seiner Todes-Schicht verlassen wollte. »Du spinnst ganz schön«, soll er darauf gesagt haben. Das waren seine letzten Worte. Er glaubte seiner Mutter nicht, weil er oft behauptet hatte, der Papst sei gestorben. Bei Chamberlain hatte er wohl an eine Retourkutsche geglaubt. Die fröhlich-freche Antwort von ihm ist geblieben, sie wurde oft zitiert, denn nur die Toten bleiben jung. Er war gerade über zwanzig Jahre alt geworden. Und dann hat es in jenem Revier eine Schlagwetterexplosion gegeben, in dem mein Onkel Franz gearbeitet hatte. Dabei explodierte buchstäblich die Luft. Weil eine Explosion unter Tage nicht verpuffen kann, nimmt sie an Gewalt zu. Gewalt, Wucht und Feuer töten in Sekundenschnelle alles. Auch die Leichen konnte man nicht bergen, oder die Leichenreste. Man mußte das verwüstete Revier zumauern, mit dem toten Onkel Franz darin.

Mein Onkel Franz hatte die Markennummer neun auf der Zeche König Ludwig in Suderwich. Die Zechen trugen stets die Namen der Geschichtsgrößen. Oder die Namen jener, für die die Arbeiter schuften mußte. König Ludwig,

Minister Stein, Graf Bismarck, Königin Elisabeth, Auguste Viktoria, Graf Moltke, Minister Achenbach und so weiter. Oder etwa »Fröhliche Morgensonne«, »Alter Fritz«. Doch den König ließen die Bergleute beim Nennen der Zeche stets weg. Es hieß immer, der Franz ist auf Ludwig umgekommen, oder er liegt auf Ludwig, oder er arbeitete auf Ludwig. Mit der Markennummer neun.

Wenn ein Kumpel seine Schicht antritt, holt er seine Blechmarke. Onkel Franz sagte dann immer moin. Moin ist die westfälische Art von guten Morgen. Phonetisch klingt neun ähnlich. Onkel Franz sagte beides mit einem Wort. Moin, das hieß guten Morgen, die Markennummer neun. Moin. Als es 1940 dann passiert war, war ein Nachbar mit dem Fahrrad zu uns nach O. gekommen. Zwischen O. und Suderwich liegt ein sanfter Hügel, knapp fünf Kilometer trennen die Orte. Kirchtürme und Fördertürme lassen sich über den Hügel ausmachen. Der Nachbar hatte gesagt, mein Vater solle mal sofort nach Hause kommen. Nach Suderwich also. Als mein Vater von der Zeche gekommen war, erhielt er die Nachricht, mehr nicht. Er wußte nicht, warum er nach Hause kommen sollte, aber sowas signalisierte schon ein Unglück. Und als mein Vater über den Hügel kam, wußte er, was die Stunde geschlagen hatte. Auf dem Förderturm wehte eine schwarze Fahne. Meine Mutter hatte nie Flagge zur Fahne gesagt, immer nur Fahne. Heute flaggt man schwarzrotgold auf halbmast. Die Nazis mochten ihr Tuch nicht auf halbmast hängen, sie zeigten das schwarze Trauertuch am Förderturm.

Weil man den Onkel Franz nicht aus der Grube holen konnte, wurde ein leerer Sarg beigesetzt. Toten Bergleuten steht eine pompöse Feierstunde zu. Sie wird umso wuchtiger, je länger die Liste der Toten bei einem Unfall ist. Jener tödliche Unfall des Onkel Franz ist mir in der Erinnerung haften geblieben. Nicht das Leid an sich, nicht die dramatische Stunde meines Vaters, als er mit dem Fahrrad den Hügel erklommen hatte, nicht das Leid meiner Großmutter.

Das aufgeregte Drumherum. Zur Beerdigung wurden wir herausgeputzt. Mein Vater fuhr wiederum mit dem Fahrrad nach Suderwich, wir mit der Straßenbahn. Das war schon eine besondere Sache. In Omas Wohnung waren viele Menschen und alle besonders fein angezogen. Weil uns Kindern das lange Ritual einer Massenbeisetzung erspart werden sollte, wurden wir von einem Mädchen abgeholt. Wahrscheinlich war das Mädchen aus der Nachbarschaft. So sehr ich auch gebohrt habe, an dieses Mädchen erinnert sich niemand mehr. Sie müßte ja heute weit über fünfzig sein, denn sie war damals in einem Alter, in dem man schon mit Jungen geht.

Das Mädchen hatte uns die Zeit bis zur Beerdigung zu vertreiben. Sie war besonders nett zu uns Kindern, sie war freundlich, sie stauchte uns nicht zusammen, obwohl das gegenüber Kindern üblich war. Vielleicht hat sie sich deshalb so sehr in mein Gedächtnis gegraben. Wir standen am Straßenrand in der Nähe des Friedhofes. Ich wurde auf eine halbhohe Mauer gestellt, damit reichte ich mit meinem Gesicht an den Kopf des Mädchen. Es war die Straße, die von O. nach Suderwich führte. Die Straße fiel hier sanft ab, sie führt direkt in den Ortskern von Sunderwich. Kam man von O., so lag der Friedhof rechter Hand, folglich mußte der sogenannte Trauerzug von links kommen. Tote Bergleute erhalten mehr Aufmerksamkeit als lebende. Sie bekommen notfalls leere Särge. Und von der Firma noch

ein Gemeinschaftsdenkmal. Brutalität in Stein. Denn meist bestehen derartige Denkmäler aus heroisierten Muskelmännern. Bei dem Unglück auf Ludwig wurde sogar ein separater Friedhof eröffnet, extra für die Toten, die man hier gar nicht beerdigen konnte. Als der Trauerzug dann die Straße heraufkam, wurden die Kinder zu den Verwandten hinter dem Leichenwagen geschoben. Meine Oma nahm mich bei der Hand. Und ich weiß noch heute, daß ich zu ihr aufschaute. Sie weinte, das sah ich, obwohl sie einen Hut mit Gesichtsnetz trug. Damals war das modern. Nur wenn man fein ausging oder zur Beerdigung mußte, trugen die Frauen Netze an den Hüten.
Was dann kam, war langweilig. Ich stand eingekeilt zwischen viel zu großen erwachsenen Menschen. In der Entfernung redete einer laut. Später habe ich erfahren, wer es war. Es war Robert Ley, der Boß der DAF, der sogenannten Deutschen Arbeitsfont. Die Nazis hatten aus dem Unglück des Onkel Franz einen großen kultischen Akt gemacht. Und mein anderer Onkel hat über Robert Ley gesagt: »Besoffen war das Schwein.« Obwohl der Onkel, der das sagte, in der NSDAP war.

Tod am Freitag In einer bürgerlichen Familie hätte mein Bruder das Geschäft oder das Haus geerbt. Er hätte auch das Familienvermögen durchbringen können, denn er war der älteste Sohn von zweien. Doch er erbte weder ein Haus noch ein Geschäft, noch konnte er ein Vermögen verjubeln, denn wir hatten nichts. Doch mein älterer Bruder sollte einen besseren Start haben als die anderen. »Der soll es mal besser haben«, sagten sie zu Hause und legten sich für ihn krumm. Mein Bruder durfte die Mittelschule besuchen, und dafür mußten wir uns noch mehr einschränken, denn es wurde Schulgeld verlangt. Die Mittelschule besuchten damals nur Kinder von Beamten oder von Gewerbetreibenden oder Töchter von ganz reichen Leuten aus der Nachbarstadt. Mittelschule war schon was. Und die kleine Oma legte auch jeden Monat von ihrer Rente was drauf, denn ihr Lieblingsenkel sollte es mal besser haben als alle ihre Söhne. Und weil einer ihrer Söhne im Bergwerk tödlich verunglückt war, hatte sie eine bessere Rente, so daß sie monatlich was drauflegen konnte. Hätte die kleine Oma nicht etwas von ihrer Rente abgezweigt, mein Bruder hätte die Schule nicht besuchen können. Mein Bruder war intelligent. Aber er war ein Fluchttyp. Er versuchte jede Situation seines Lebens durch die Flucht zu lösen, bis er schließlich, mit 42 Jahren, aus dem Leben selbst floh. Er tötete sich an einem Freitag, indem er die Abgase des Motors in das Autoinnere ließ. Mein Bruder hinterließ eine Witwe und sechs Kinder. Allein diese Tatsache macht das Urteil über meinen Bruder recht widersprüchlich. Weil ihm die Ärzte chronische Depression bescheinigten, mußte sogar die Lebensversicherung bluten, aber chronische Depression sagt seinen Kritikern soviel wie Peking oder Taiwan; sowas macht man nicht. Ein Nachbar sagte zwar, egal, was sie sagen, er war ein guter Nachbar, aber viele Verwandte verzeihen ihm einfach seinen Tod nicht.

Schon aus der Schule war mein Bruder ziemlich regelmäßig geflohen. Er verließ am Morgen pflichtgemäß die elterliche Wohnung und begab sich in Richtung Mittelschule. Er ging aber zielstrebig an der Mittelschule vorbei und verbrachte dann die Schulzeit im nahen Wald. Nach Ablauf der Schulstunden kam er zurück in die Wohnung und erweckte glaubhaft den Eindruck, er sei in der Schule gewesen. Gelegentlich schimpfte er auf seinen Lehrer, erzählte einige Geschichten aus seiner Schulklasse. An den Schularbeiten fiel nichts auf, weil meine Eltern die Schularbeiten nicht kontrollieren konnten; sie verstanden nicht, was da in seinen Schulheften stand. Er hätte auch einfach nur Kringel malen und hätte behaupten können, das sei die Schrift der Südafrikaner, die hätten es geglaubt. Sein Lehrer in der Mittelschule war ein ortsbekannter Schreihals. Man sagte, seine Klasse finde man in dem Schulgebäude nach Gehör. Er konnte überhaupt nicht in einer angemessenen oder normalen Tonlage reden. Meines Bruders Lehrer war ein Pauker. Er paukte Naturkunde, Mathematik, Englisch und Deutsch in die Schüler. Bei Geschichte wurde er oft ausgelacht, denn zu Hause hatten die Kinder die Sache mit dem Führer ganz anders gehört. Deshalb paukte er eben diese Fächer gnadenlos in die Kinder.

Mein Bruder entwich diesem Unterricht durch die Flucht. Er haßte Disziplin. Deshalb hatten meine Eltern auch Schwierigkeiten mit der Führung der örtlichen Hitler-Jugend. Mein Bruder mochte die HJ nicht, weil er den Drill, das Marschieren und die Pünktlichkeit haßte. Auch hier floh er. Er verließ vorzeitig und ohne Angabe von Gründen HJ-Veranstaltungen und amüsierte sich lieber allein im Wald. Sein gelbes HJ-Hemd hat er nur einmal getragen. Deshalb gab es Krach. Weil das Hemd so teuer war für das eine Mal anziehen.

Mein Bruder war während seines verhältnismäßig kurzen Lebens widersprüchlich; er liebte Tiere und er quälte Tiere. Beides mit unwahrscheinlicher Hingabe. Mir hat er abends in dem gemeinsamen Schlafzimmer an den Sommerabenden vorgemacht, wie man den Stubenfliegen die Köpfe abreißt und sie dann starten läßt. Er hatte seinen unverhohlenen Spaß, wenn die kopflosen Fliegen starteten und gegen den Kleiderschrank flogen. Mit Wonne erzählte er, daß ein Nachbar ein Huhn geköpft habe, und dieses Huhn sei noch zwanzig Meter über die Straße geflattert. Er schwärmte, wie man Fröschen einen Strohhalm hinten einstecken könne und wie dick sie dann würden, wenn man durch den Halm blase. Ausführlich erzählte er auch, daß er bei einem Bauern eine Katze gefangen habe. Er habe der Katze ein Gewicht um den Hals gehängt und sie dann in einem alten Bombentrichter mit Wasser versenkt. Freudestrahlend hat er dann immer gefragt: »Wißt ihr, wo die letzten Luftblasen herauskamen?« Da niemand die Antwort wußte, beantwortete er seine Frage selbst: »Aus dem Arsch sind sie gekommen.«

Ganz anders war er zu den Hunden, die meine Eltern nacheinander hielten. Wir hatten insgesamt vier Hunde, drei sind an Staupe krepiert und einer war plötzlich verschwunden. Ein Nachbar, ein Flüchtling, soll ihn »gefressen« haben. Als der erste Hund wegen seiner Krankheit nicht zu retten war, holten die Eltern einen Tierarzt. Er empfahl die Spritze. Man führte den Hund in den Flur vor der Zweizimmerwohnung, als die Spritze eingeführt wurde, heulte der Hund auf. Mein Bruder weinte laut und warf die Arme hoch. Er litt mit dem Hund. Zu Lebzeiten hatten die Hunde ihn auch lieber gemocht als mich. Denn sie liefen immer zuerst zu meinem Bruder, wenn wir gemeinsam nach Hause kamen.

Mein Bruder nagelte dem Hund einen Sarg. Hinter dem Stall hob er eine kleine Grube aus, nachdem der Hund zwei Tage aufgebahrt im Flur gelegen hatte. Wir beerdigten den Hund. Mein Bruder weinte laut und ohne jede Scham. Langsam schloß er den kleinen Hundesarg, und mit den Händen schloß er das Grab. Dann fertigte er ein kleines Kreuz, auf dem Kreuz standen der Name und die Lebensdaten des Tieres. Jeder Hund wurde mit dem gleichen Aufwand an Gefühl beerdigt. Langsam verkamen dann die Hundegräber, denn genau in die Ecke hinter dem Stall pinkelten wir immer, wenn wir unser Spiel im angrenzenden Garten durch einen Weg zum Klo nicht zu lange unterbrechen wollten. Mein Bruder schaffte die Mittelschule nicht. Angeblich hatte er Förster werden wollen. Ich glaube, daß er das einfach nur so gesagt hat.

Mein Bruder sollte es besser haben als mein Vater und mein Großvater und wahrscheinlich auch mein Urgroßvater, über den niemand in der Familie etwas wußte. Deshalb wurde er nach dem mißglückten Start durch die Mittelschule nicht etwa wie die Nachbarjungen seines Alters Bergmann. Meine Eltern suchten nach einer Lehrstelle für ihn. Auf der Zeche wurden auch Handwerker ausgebildet. Also sollte er ein Handwerk erlernen, damit er nicht unter Tage arbeiten mußte. Er sollte Maurer werden. Aber dieser Beruf gefiel meinem Bruder nicht. Auch hier lief er oft weg. Immer wieder mußten sich meine Eltern mit der Zechenleitung arrangieren. Weil er keine Lust hatte, lernte er auch nichts, weil er nichts gelernt hatte, sauste er durch die praktische Prüfung. Wieder lief er einen halben Tag lang einfach weg. Er machte die Prüfung ein halbes Jahr später und bestand sie mit Mühen.

Mein Bruder arbeitete dann bei mehreren Baufirmen. Er wechselte die Stellen sehr oft, denn schnell bekam er Krach mit den Kollegen. Er konnte gut argumentieren und dagegen waren seine Arbeitskollegen mißtrauisch. Plötzlich bekam er eine schwere Rippenfellentzündung. Viele Monate war er krank. Er wurde in Kur geschickt. Das war gar nicht so weit von O. entfernt, vielleicht vierzig Kilometer. Hier hatte er eine geordnete Welt, denn in einem Kurheim ist alles geregelt. Das mißfiel ihm. Mein Bruder hatte Heimweh nach O., hier war für ihn alles vertraut, übersichtlich und in seinem Sinne auch geordnet. Wieder flüchtete er. Mein Bruder verließ das Sanatorium und stand eines Tages vor der Wohnungstür zu Hause. Aber die Krankenkasse bezahlt eine abgebrochene Kur nicht. Meine Eltern brachten meinen Bruder zurück in das Sanatorium, und wir erlebten noch oft: Flucht, Rückkehr nach gutem Zureden, Flucht, Rückkehr nach gutem Zureden. Kuraufenthalte waren für ihn die Hölle.

Nach seiner Krankheit bekam er eine Arbeit auf der Zeche. Mein Bruder brauchte Anerkennung von außen. Zu Hause bekam er sie nicht mehr, weil seine ständigen Fluchtversuche meine Eltern in Atem hielten. Und da in O. fast alle Arbeiter waren, gab es sehr wenig, womit man auffallen konnte. Man fiel auf, wenn man besser Fußball spielen konnte, oder ein schnelles Motorrad besaß oder tolle Unfälle überlebt hatte. Oder man hatte besonders gute Tauben. Sportlich war mein Bruder Durchschnitt. Ein Motorrad konnten meine Eltern ihm nicht kaufen. Tauben durfte er auch nicht halten. Wer Tauben hielt, mußte erst viel Geld ausgeben, um sich gute Zuchttiere zu kaufen. Und das teure Futter. Da mein Vater oft krank war, konnte mein Bruder keine Tauben kaufen. Mein Bruder verschaffte sich selbst Anerkennung. Auf eine recht unangenehme Weise. Während er sich nach der Arbeit umzog, sah er die Lohnkarte eines Arbeitskollegen auf einer Bank liegen. Er hob dessen Wochenlohn ab. Auf der Kirmes hat er dann für zwanzig Mark nach Blumen geschossen. Eine ganze Traube von Jungen hing um ihn. Für zwanzig Mark an der Schießbude, das war was.

Die Geschichte kam heraus. Es stand sogar in der Lokalzeitung. Mein Vater weinte mittags am Tisch. Kein Wort wurde gesprochen. Wir taten so, als würden wir das nicht sehen. Tagelang wurde über die Sache zu Hause nicht gesprochen. Meine Mutter ging nur noch einkaufen, wenn sie wußte, daß die anderen Frauen gerade nicht im Laden waren. Wo doch unsere Lebensmaxime hieß: keine Schulden, nichts mit der Polizei zu tun haben.

Er verlor seine Arbeit. Wieder ging es von Baustelle zu Baustelle. Als die anderen schon lange mit Mädchen gingen, betätigte er sich in einem Radsportverein. Der Verein wurde wieder aufgelöst. Er ging in den Spielmannszug, doch die Proben machten ihm keinen Spaß. Eines Tages hatte er eine Freundin. Die Freundin war in meiner Schulklasse gewesen. Er brachte sie mit zu uns nach Hause. Es war wohl seine erste Freundin. Bis er dann meiner Mutter erklärte, er habe sie geschwängert. Schwängern war nicht unüblich, aber es war üblich, dann zu heiraten. Über eine andere Möglichkeit wurde gar nicht diskutiert. Sie bekamen einen Sohn. In einem anderen Stadtteil von O. bekamen sie ein Zimmer zur Untermiete. Dann bekam er wieder Arbeit auf der Zeche. Aber nur unter Tage. Sie erhielten eine größere Wohnung. Und regelmäßig Kinder. Bis es dann sechs waren. Dafür mußte mein Bruder in den Kneipen viel einstecken. Wer fickte, war der King, wer Kinder machte, ein Trottel.

Wegen der Krankheit konnte mein Bruder umschulen. Er wurde nach einer langen Ausbildung technischer Zeichner. Von dem Dreck in der Grube ins Büro, das war schon ein Aufstieg. So empfand er es auch. Mein Bruder wurde bei einer Kreisverwaltung angestellt. Er kaufte sich einen kleinen Wagen, gebraucht natürlich. In der Werkswohnung der Zeche durfte er wohnen bleiben, obwohl er nicht mehr auf dem Pütt tätig war. Er machte auch Bauzeichnungen privat und verdiente sich was dazu. Im örtlichen Fußballklub machte er die Jugendarbeit, damit hatte er auch genug Anerkennung.

Er schien nicht mehr zu fliehen. Sein Leben sollte als Angestellter angepaßt und ruhig werden.

Da machte er wieder eine krumme Sache. Da mein Bruder Maurer gelernt hatte, richtete er seine Werkswohnung besonders gut ein. Er hatte sich eine Garage für den Kleinwagen gebaut. Der Vorgarten war gepflegt. Den Hof neben dem Haus wollte er betonieren und am Rande mit Steinen verzieren. Die Steine und den Beton ließ er von der Kreisverwaltung schwarz anfahren. Juristisch gesprochen, hatte er das Material unterschlagen. Das ist nicht unüblich, man darf sich aber nicht erwischen lassen. Er wurde erwischt und fristlos entlassen. Den Personalrat suchte mein Bruder nicht auf. Er versuchte die fristlose Entlassung auch nicht irgendwie zu unterlaufen. Er nahm sie an. So darf man es nennen. Zu Hause sagte er nichts. Er sagte nur, er sei krank, der Arzt habe ihn krank geschrieben. Drei Tage lang war er nicht zugänglich. Aber sehr schien er sich nicht verändert zu haben. Am Mittwoch in der Nacht sah er sich noch ein Fußballspiel im Fernsehen an, danach ging er nach draußen und kam um drei in der Nacht ziemlich verstört zurück.

Die Frau meines Bruders glaubte an seine Krankheit. Die Kinder beschäftigten sich mit sich selbst. Er machte einige Kneipenbesuche. Einmal soll er in einer Kneipe ohne Zusammenhang »diese Schweine« gesagt haben. Dann half er seiner Frau noch beim Einkauf. Die Lebensmittel fuhr er von dem Geschäft in die gemeinsame Wohnung, danach fuhr er weg. Mit seinem Kleinwagen fuhr er noch einmal durch die ganze Stadt. Dann besuchte er seine Stammkneipe. Dort trank er nur ein Bier, sagte aber nichts. Er zahlte und ging dann. Von der Kneipe aus fuhr er sieben Kilometer von O. entfernt in eine kleine Bauerngemeinde. In einem Kornfeld, nahe dem Wald, parkte er seinen Wagen. Er ließ die Abgase in den Wagen. Bis zuletzt hat er über sich und über diesen Schritt Buch geführt. Er starb an einem Freitag.

Vor der Schule Weil ich ein wenig schwächlich war, kam ich ein Jahr später in die Schule. Sowas war 1943 leicht nachzuweisen. Welches Kind war das nicht? Ein Arzt, der das bestätigte, ließ sich finden. Denn Schwäche war das Opfer der Kinder für den Faschismus.
Ich kam also zunächst nicht in die Schule. Dafür fuhr ich einige Wochen nach Thorn in Ostpreußen. Ostpreußen nannten wir die Gegend hinter Berlin. Mein Onkel hatte dort seine Braut sitzen. Und in Thorn gab es keine Fliegerangriffe. Um den Angriffen einmal zu entkommen, dazu war keine Reise zu lang.
So fuhren wir dann im Sommer 1943, meine Mutter und ich, nach Thorn. Zunächst ging es nach Hamm, von Hamm nach Berlin, von Berlin nach Thorn. Die Züge waren gerammelt voll. Weil der Faschismus die Kinder brauchte, räumte er ihnen Privilegien ein. Es gab für sie Extraabteile in der Reichsbahn, als eine Art von Entgelt für den Hunger. Wir reisten in einem Abteil »Mutter und Kind.«
In Berlin hatten wir einen Aufenthalt. Die Pause war lang genug, um das Bahnhofsgelände für einige Zeit zu verlassen. Angegriffen wurde Berlin während unseres Aufenthaltes nicht. Es war noch nicht soweit. Von Berlin wußte ich nur, daß Hitler hier wohnte. In Berlin habe ich die erste geschminkte Frau meines Lebens gesehen. Meine Mutter fragte vor dem Bahnhof nach einem Weg, sie prach eine geschminkte Dame an. Die Dame hatte einen Hut auf, darunter trug sie eine Kranzfrisur. Ihr dunkles Kostüm hatte wattierte Schultern und ihre Lippen waren kirschrot geschminkt. Ich habe aus der Frosch-Kinderperspektive fasziniert auf diese vollen roten Lippen gestarrt. Dabei war ich mir nicht im klaren, ob diese Lippen wegen der unna-

türlichen Farbe schön oder grundhäßlich waren. Auffallend waren sie, und darauf mag es wohl angekommen sein.
Die Stadt Thorn war für mich ein Paradies. In den Cafes gab es zuweilen sogar noch Eis. Im Gegensatz zu O. gab es hier überhaupt Cafes. Und Bombenflugzeuge gab es auch keine. Das war das Himmlische an Thorn. Zwar kamen oft sehr tief Maschinen über die Stadt geflogen, aber niemand ging in Deckung, denn es waren deutsche Flugzeuge. In O. glaubte ich kaum, daß es sie gebe. »Die kommen aus dem Reich«, kommentierte mein angehender Verwandter die deutschen Tiefflieger. Bei ihm hatte alles etwas mit dem Reich zu tun. Nicht nur die Flugzeuge kamen von dort, auch die Deutschen von dort waren keine gewöhnlichen Deutschen, denn es waren Reichsdeutsche. Man reiste ins Reich und kämpfte für das Reich. Weil er soviel vom Reich sprach, erinnere ich mich so genau daran. Denn dieser Ausdruck wurde bei uns in O. nie gebraucht. Nur mein Vater sagte zuweilen: »Los, heim ins Reich.« Doch das hieß auf gut deutsch: »Los, ins Bett mit dir.« oder: »Marsch, ins Bett.« Ansonsten kannten wir kein Reich.
Meine angehenden Verwandten waren demnach auch Reichsdeutsche. Sie wohnten nur einen Steinwurf von der Weichsel entfernt, in einem geräumigen Haus. Hier hatten sie eine große Wohnung, wie es Reichsdeutschen in Thorn wohl zustand. Die anderen Einwohner in Thorn – in den schlechteren Wohnungen – waren Polen.
Meines Onkels künftiger Schwiegervater war nicht nur Reichsdeutscher, er war auch aktiver Nazi. Er stand einer achtköpfigen Familie vor, die aus einer Mischung von blonden Töchtern und kräftigen Söhnen bestand. Die Jungen waren in der HJ, die Mädchen aktiv im BDM. Zu den

Auftritten ihrer Organisationen mußten sie sich uniformieren, was sie offensichtlich mit kindlicher Freude gern taten. Seine Frau führte den Haushalt. Sie war im Grunde unpolitisch, deshalb wohl glaubte sie alles, was das Familienoberhaupt an kernigen Sprüchen von sich gab. Er selbst war ein personifizierter Preuße. Ich habe ihn nur kernig sprechen hören. Stets trug er einen dunklen Anzug, er hatte eine strenge Frisur, den sogenannten Vatermörder als Kragen, dazu ein Bärtchen ähnlich wie Hitler. Sein Scheitel war akkurat gezogen. Er trug nur Zweireiher, wie damals üblich, ein etwas jüngerer Hugenberg; Typ Prokurist bei Mannesmann von damals. Er hätte von Heinrich Mann geschaffen sein können.

In seiner Familie war er als Autorität gefürchtet. Die Mutter wurde wohl von den Kindern geliebt. Er war zumindest in der Nachbarschaft nicht beliebt, wohl auch, weil die Polen keine Nazis mochten.

Für mich war das alles ein wohlbehütetes deutsches Familienparadies. Ein strenger Vater, der der Familie ein gutes Leben ermöglichte, eine Mutter, die gut kochte und wusch, Kinder, die Zeit hatten, Kind zu sein. Und keine Bombenangriffe. Nicht einmal Fliegeralarm gab es in Thorn. Dinge, die es in Wirklichkeit gar nicht zu geben schien. Zwei Dinge haben die schönsten Wochen meiner Kindheit überschattet. Überschattet insofern, als ich sie nicht vergessen habe.

Es war den Kindern verboten worden, sich oberhalb der Wohnung im Hause herumzutreiben. Betreten durften wir den Hausflur bis zur Wohnungstür, Wohnung und Balkon, die Treppe nach oben durften wir nicht gehen, auch den Keller durften wir nicht betreten. Der Sinn des Verbotes wurde uns nicht erläutert, denn so verfährt man ja mit Kindern.

Trotzdem gingen eine gleichaltrige künftige Verwandte und ich eines Nachmittags die verbotene Treppe hinauf. Es ging vorbei an Wohnungstüren von Menschen, denen wir im Flur ständig begegnet waren, mit denen wir aber keine Kontakte knüpfen durften. Wahrscheinlich weil es Polen waren. Eine Etage höher wohnte noch eine Frau mit einem großen Hund. Die kannten wir. Je höher es ging, umso unheimlicher wurde es uns, weil es auch verboten war oder weil wir Neuland betraten. So erreichten wir dann sogar den Dachboden des Hauses. Es war ein unheimlich großer, gähnend leerer Speicher. Er wirkte beängstigend durch die Leere, durch sein dunkles Grau, durch seine Unbewohntheit. Links von der Eingangstür führte ein langer Gang weg. Er war in der Mitte durch die Schornsteine des Hauses durchbrochen, am Ende hatte er eine Lichtquelle. Dadurch wirkten die Kamine wie schwarze Silhouetten oder Scherenschnitte. In diesem Gang befand sich ein Mann. Als er uns sah und wir ihn, verschwand er hinter einem Kamin. Wir sahen ihn nur verschwinden, zu hören war nichts.

War es ein Pole, der sich verstecken mußte?

Auch mein Bruder befand sich mit uns in Thorn. Er hatte einen gleichaltrigen künftigen Verwandten als Spielgefährten und Freund gefunden. Wann immer es ging, die beiden spielten an der nahen Weichsel. Beide müssen damals zwischen zehn und zwölf Jahre alt gewesen sein. Meist warfen sie Steine in die Weichsel. Flache Steine, die mehrmals von der Wasserfläche hochschnellten, bevor sie versanken.

Einige Meter unterhalb von ihnen an der Weichsel spielte ein kleiner Polenjunge. Er war schwarzhaarig, und er war ärmlich gekleidet. Der Pole hatte ein kleines Boot. Eine

Seltenheit damals, denn dieses Spielboot war aus Metall, es stellte ein Ruderboot dar. Das Modell hatte sogar kleine Fußbodenrillen, wie die Abtritte in größeren Ruderbooten. Aus Kindersicht war der arme Polenjunge eigentlich sehr reich, denn er besaß ein zünftiges und seltenes Spielzeug. Der Polenjunge ließ sein Spielzeugschiff ganz in Ufernähe auf der Weichsel treiben, so daß es nicht abteiben konnte. Eine Leine hatte er nicht. Er ließ es nicht weiter treiben, als er es knietief verfolgen konnte.
Mein angehender Verwandter lenkte den Polenjungen einen Augenblick ab, und mein Bruder trieb dann das kleine Spielschiff auf die Weichsel. Plötzlich hatte der Junge begriffen, welch böses Spiel man mit ihm getrieben hatte. Hilflos lief er am Ufer auf und ab. Ich glaubte, er stürze sich jeden Augenblick in die Weichsel.
Doch sie trieben ihr Spiel noch weiter. Sicherlich davon ausgehend, daß ein Pole sie nicht angreifen durfte, warfen sie mit Steinen nach dem Boot. Der Pole bat mit weinerlicher Stimme, es zu lassen. Mein Verwandter, mein Bruder und ich verstanden kein Wort polnisch. Er sprach nur polnisch. Wir begriffen aber, daß er bettelte, es zu lassen.
Sie ließen sich nicht erweichen und bombardierten mit Steinen das kleine immer noch abwärts treibende Boot. Einer von ihnen muß es dann auch voll getroffen haben. Das Boot sank sofort. Jetzt beschimpfte der Polenjunge in seiner Ohnmacht die beiden. Dabei weinte er laut mit einer ungewöhnlich trockenen Stimme. Zorn, Ohnmacht und Wut waren zu hören. Aber besonders stark spürte ich die Traurigkeit des Jungen. Seine Klagen in der fremden Sprache. Die Klagen konnten wir nur empfinden. Mein Bruder und sein Freund verprügelten den Polenjungen dann noch.

Die Einschulung Es war ein sonnenkalter Apriltag im April 1944. Die Einschulung, so nennt man es, wenn der angebliche Ernst des Lebens beginnt. An der Schule war ich oft vorbeigegangen. Es war ein roter Backsteinbau, kühl und karg wirkte er. Mehr eine Kadettenanstalt als Schule. Davor ein großer Schulhof, darauf weißer Kies. Spielen durften die Kinder außerhalb der Schulzeit hier auf diesem Kiesplatz nicht.
Dann stand ich auch auf jenem Kies. Die Mütter hatten die Kinder zur Schule gebracht, eine Schultüte gab es nicht. Mein Bruder hatte noch eine bekommen. Auch ein Schulfoto wurde nicht gemacht. Es war Krieg, und die Nazirei lag in den letzten Zügen.
Mit Hilfe der Eltern wurden wir in Reih und Glied gestellt. Unsere Reihe stand direkt an der Backsteinwand der Schule, hautnah neben der Reihe der gerade Aufgestiegenen, derjenigen, die ab jetzt in der zweiten Klasse waren. Versetzt worden waren sie vor den Ferien. Jetzt aber erst sahen sie Leibhaftige unter sich, die sogenannten i-Männchen.
Sie brüllten ununterbrochen i-Männchen, i-Männchen, i-Männchen, auch zu den Mädchen. Dabei zeigten sie mit den Fingern auf uns, so als beschimpften sie uns wegen einer begangenen Untat. Verschüchtert und stumm blickten die i-Männchen auf die Schreier. Einer war mir besonders aufgefallen: der Poliwka vom oberen Ende unserer Straße. Er war krebsrot angelaufen. Da er sehr gedrungen war, wirkte er wie ein Frosch, denn sein Mund schien durch diese Freude besonders breit zu sein, und die Augen schienen aus dem Kopf zu quillen. Mein Bruder hatte mir oft erzählt, man könne Frösche aufblasen: Man stecke ihnen einen Strohhalm in den Arsch und blase dann, die Frösche würden dann ganz dick.

An einen solchen aufgeblasenen Frosch dachte ich in diesem Augenblick. Poliwka wirkte dicker geworden, gedrungener als sonst schon. Weil er so brüllte, quollen ihm auch die Augen aus dem Kopf. Er hatte einen Froschkopf. Noch viele Jahre später war immer wieder diese Erinnerung in mir hochgekommen.
Das Schulhaus hatte ausgetretene Holztreppen. An den weißen schmucklosen Wänden hingen vereinzelt graue und vergilbte Klassenfotos von Jahrgängen vor uns. Irgendwo hing auch Adolf.
Unser Klassenzimmer lag im hinteren Teil der Schule, dort wo die Sonne an den Vormittagen nie hineinschien. Aus den Fenstern im Vorderteil des Hauses konnte man die Zeche sehen. Die Schule trug auch den Namen des Pütts; Ewald-Schule hieß sie. Hier wurden diejenigen ausgebildet und vorprogrammiert, die später einige Schritte weiter auf der Zeche ihr Brot verdienen mußten. Bis zum Zechentor waren es nur zweihundert Meter. Man konnte in den Klassenräumen der Schule die Schachtanlage röhren hören. Hier in der Schule wurde man für's Leben fertiggemacht.
Unsere Lehrerin erzählte zunächst den Eltern etwas, was wir vom Inhalt her nicht verstanden. Und dann geschah, was mein Bruder vorausgesagt hatte, sie las »Jans Mümmelmann, der alte Heidhase« von Hermann Löns. Die Prozedur muß in all den Jahren die gleiche gewesen sein, stets wurde der Mümmelmann vorgelesen, denn die selbe Lehrerin bekam jahrelang die i-Männchen zugeteilt.
Fräulein Menne hieß sie. Nach meiner Erinnerung muß sie damals Ende dreißig gewesen sein. Sie hatte nichts von der kargen Strenge anderer Lehrerinnen an sich. Fräulein Menne schien mir freundlich und nachsichtig, denn sie ließ

sich von den Kindern viel erzählen, aber sie horchte sie nicht aus, wie das damals üblich war.
Als ersten Buchstaben lehrte sie uns traditionell das i schreiben. Schiefertafeln hatten die Eltern noch ergattern können, Schreibhefte gab es gar nicht; auch in den höheren Klassen nicht. Fräulein Menne brachte uns zunächst bei, uns morgens zum Gruße von den Sitzen zu erheben. Dann, nach mindestens drei Wochen, versuchte sie uns zu erläutern, warum wir aufzustehen und Heil Hitler zu rufen hätten. Das wäre so üblich, sagte sie uns. Ausführliche Reden über den Führer gab es bei ihr nicht. Natürlich hatte ich in dieser Zeit keinen Spürsinn und kein kritisches Wissen. Je öfter ich mich zu erinnern versuche, um so klarer wird mir: Es war unserer Lehrerin peinlich, uns den Hitler-Gruß aufzuerlegen.
Fräulein Menne konnte uns nur wenig beibringen. Immer öfter wurde der Schulunterricht unterbrochen und die Kinder wurden in den Luftschutzbunker getrieben: Monatelang, tagein, tagaus. Irgendwann im Winter 44/45 gingen wir überhaupt nicht mehr zur Schule.

Der Angriff Der 15. Januar des Jahres 1945 war ein geradezu warmer Wintertag. Obwohl der Schnee fußhoch lag. Es blies fast kein Wind, denn der graudunkle Rauch aus den vielen Schornsteinen der Bergmannshäuser stieg fast kerzengerade in den Himmel.
An diesem 15. Januar des Jahres 1945 wurde auch mehrere Male Fliegeralarm gegeben, aber diese jeweilige Warnung war durch ihre Häufigkeit verharmlost worden. Im Rundfunk waren Bomberverbände über Zwolle angesagt. Zwolle, das Wort hörte ich auch so oft, Zwolle war ein Begriff für Einflugschneise geworden. Darunter stellte ich mir zuweilen ein großes Hornissennest vor, aus dem wütend surrend eiserne Hornissen mit Bomben in Richtung Ruhrgebiet starteten. Daß Zwolle eine niederländische Stadt war, das kam mir nicht in den Sinn; es hatte mir auch niemand erklärt.
Der Rundfunk sendete zu Zeiten von Fliegerangriffen kein Programm, sowas mag in Südamerika üblich sein. Aus den Lautsprechern kam ununterbrochen Getrappse, so als übertrage man Pferdegeläuf und habe dabei die Höhen des Mikrofons zu stark eingestellt. Gelegentlich wurde das Getrappse gestoppt, dann kam eine nüchterne Frauenstimme und meldete den Anflug der eisernen Hornissen über Zwolle. So auch am 15. Januar 1945. Die nüchterne Frauenstimme kündigte »Luftangriffe feindlicher Bombenverbände« auf das Revier an. Was sagte uns der Begriff Revier? Unsere Heimatstadt lag am äußersten Rande des Kohlenpotts, folglich konnten mit Revier nur Essen oder Gelsenkirchen gemeint sein; und auf diese Städte warfen die eisernen Hornissen aus Zwolle täglich ihre stählerne Ladung ab.
Das sollte auch am 15. Januar 1945 nicht anders sein.

»Kuck mal der Biermann, der läuft zum Bunker und will seinen Arsch retten.«
Mein Bruder hatte in der Haustür gestanden und hatte beobachtet, wie der Lehrer Biermann durch den fußhohen Schnee in Richtung Luftschutzbunker lief, der ungefähr fünfhundert Meter von unserer Siedlung entfernt lag. Der Biermann galt als katholisches Hasenherz, denn ihm war der Weg von seiner eigentlichen Lehrerwohnung zum Luftschutzbunker zu weit, so daß er sich bei uns in der Nähe ein Zimmer gemietet hatte, um eher in Sicherheit sein zu können. Meine Mutter, mein Bruder und ich standen auf dem obersten Absatz der drei Treppenstufen, die zu unserem Hausflur führten und lachten über den Biermann, der in der eigenartigen Körperhaltung eines alten und unsportlichen Mannes durch den Schnee lief.
Die Rundfunk-Frau sagte wieder etwas. »Schnauze«, rief mein Bruder plötzlich. Das sollte heißen: Ruhe, denn Ruhe hieß Schnauze. Ein kurzes Bellen des Wortes, von der Klanglage ein Imperativ. Mein Brüder hörte genauer hin. »Die greifen uns an«, rief er. Fast synchron mit seinem Ausruf ging es los.
Ohne jedes Pfeifgeräusch setzten schlagartig die Detonationen ein. Sie waren ohrenbetäubend und überdeckten jeden anderen Laut. Die Erde zitterte, unser Haus schien zu stöhnen. Es schien sich zu winden in seinen Mauern. Wie mit Riesenfäusten schien jemand auf den Boden zu trommeln. Meine Mutter riß uns in den Keller. Wir waren allein, denn der Vater war bei der Flak in Brambauer und die meisten Nachbarn mit Biermann im Bunker.
Die Mutter nahm uns in die Arme. Sie winselte und weinte. Scheinbar direkt neben uns schlug es ein, mit einer Gewalt, die nicht zu beschreiben ist. Meine Mutter betete. Zum er-

stenmal in ihrem Leben hörte ich sie beten. Sie sprach zu einem Gott, von dem ich noch nie etwas gehört hatte. Sie bat ihn, uns zu verschonen. In meiner Vorstellung schien dieser Gott noch gewaltiger zu sein, als die Bomben. Als eine Form von Über-Gewalt schien er Gewalt über die Gewalt zu haben. Bombastische Größen taten sich in meiner Vorstellung auf. Das Haus stöhnte weiter. Ich meinte zu spüren, daß es auseinandergerissen werde. Ein übergroßer Riese schien durch die obersten Stockwerke des Hauses zu poltern. Alles schien er zu zerstören. Schlagartig war es ganz still. Wir hörten niemand wimmern, keinen Seufzer, keinen Wind, diese Stille wirkte unheimlich. Sie war angenehm schön. So als lasse ein rasender Schmerz plötzlich nach. Etwas Wohlgefälliges schien sich zu verbreiten.
Dieses Glücksgefühl der Stille mag nur ein bis zwei Minuten gedauert haben. Der tobende Zerstörer hatte nur Luft geholt. Er mag eingehalten haben, um sich den Schaden anzusehen, um dann aber noch gewaltiger zuzuschlagen. Wieder ohne jedes Pfeifgeräusch setzten die Detonationen ein. Die zweite Welle schien länger, gewaltiger, lauter, furchtbarer, wütender. Sogar die Atemluft schien man mit Detonationen zu zerstören. Dazwischen pfiffen die Bomben. Das Pfeifen hörte sich harmlos an, fast angenehm. Die Bomben schienen direkt über »unser« Haus zu pfeifen, um dann nach dem angenehmen Ton brutal laut zuzuschlagen.
Ohne jeden Übergang war dann wieder Pause.
»Raus hier«. Meine Mutter stieß uns aus dem Keller, aus dem Haus, über den Hof hinter dem Haus. Ich sah entfernt die Kirche und die Schule, in die mein Bruder ging. »Weiter, weiter«, die Mutter trieb uns vor sich her, auf die an-

dere Seite des Hauses. Dort hatte man mit bergmännischen Sicherheiten einen Keller befestigt. Man hatte ihn abgestützt, so wie es die Väter achthundert Meter unter der Erde auch taten, um bei einem Einbruch zu überleben. So sollte es auch in dem Keller sein.

Wir waren mit den Nachbarn verfeindet. Wir eigentlich nicht, nur die Eltern. Was die Kinder nie gekümmert hat.

In diesen Keller wurden wir gestoßen. Zwei Nachbarinnen kauerten hier unter den Absicherungen. Frau Brendel und Frau Ley und der Nachbar Mackrodt. Gerade waren wir dort angelangt, da holte der Gewaltige zum dritten Schlag aus. Seine Zerstörungstechnik kannten wir inzwischen schon. Keine Warnung, betörend schönes Pfeifen, und dann der unheimliche Hammerschlag. Eine Gewalt, die alles zerschlug: Haus und Blume, Mensch und Tier. Doch der dritte Totentanz hatte seine fürchterliche Wirkung verloren, weil wir zu mehreren waren und weil wir uns sicher glaubten. Weil wir die Angriffsstelle geortet hatten und weil der brutale Riese die anderen traf. Weil wir glaubten, er zerstöre eigentlich nur den Pütt, weniger die Menschen.

Nach dem dritten Atemzug machte die Gewalt Schluß. Sie schien sich verausgabt zu haben. Sie hatte alles zertreten und machte sich jetzt aus dem Staub. So als trolle man sich nach getaner Arbeit heimlich davon. Wobei man aber vorher noch befriedigt auf die Zerstörung gesehen hatte. Wieder über Zwolle? Ich weiß es nicht. Die Gewalt hatte die anderen erwischt, das erleichterte und machte ängstlich zugleich. Hat die Gewalt den Bunker getroffen? Hat der Biermann jetzt seinen Triumph? Ist den Männern auf der Zeche etwas passiert? Waren etwa Kinder unterwegs? Von

dem Streit mit den Nachbarn war nichts mehr zu spüren. Der große Gewaltige aus der Luft hatte alle treffen wollen, das schien zu einigen.
Nach dem Abzug der Gewalt folgte das Gerücht. Ein Gerücht jagte das andere. Wo überall die Bomben lägen, was zerstört sei und so. Die Bomben hatten den Pütt treffen und zerstören wollen. Man hatte ihn aber zum größten Teil verfehlt und stattdessen den dahinterliegenden Stadtteil getroffen, die Wohnhäuser und die Straßen dort zerstört. Vom Pütt hatten die Bomben nur den hinteren Teil der Anlagen, gewissermaßen den Arsch der Zeche getroffen.
Frauen liefen aufgeregt durch die Straßen, einige schwangen sich auf ihr Fahrrad, denn es galt, die nächsten Verwandten aufzusuchen, die meist nur ein paar Straßen weiter wohnten. Die Gewalt hatte wahllos zugeschlagen. Nun galt es zu ordnen, wer und was getroffen und betroffen war.
Meine Mutter holte ihr Fahrrad aus dem Keller. Gemeinsam mit Hans Brendel, einem Nachbarjungen, fuhr sie zum Pütt. Es war der Nachmittag des 15. Januar 1945.
Sie hörten eingeschlossene Menschen wimmern. Menschen, die in den Kellern saßen, während das Haus über ihnen zerstört war. Sie sahen Männer in den Trümmern nach ihren Familienmitgliedern wühlen. Hans Brendel und meine Mutter sahen Pferde durch die Stadt rasen, in einem Galopp der Schmerzen, denn sie hatten aufgerissene Bäuche. Niemand hielt sie auf. Der Werkschutz erschoß sie dann. Wasser sprudelte aus den Leitungen und überflutete Straßen und Keller. Ich war wahnsinnig neugierig. Gern hätte ich mich über die Schauergeschichten selbst informiert. Sogar in der Kirche hatte es eingeschlagen. Den Pastor und ein paar seiner Getreuen hatte man aus den

Trümmern gezogen. Das sei ein Zeichen dafür, daß es keinen Gott gebe, meinten die meisten. Warum hatte dieser Gott sein Haus zerstören lassen? Er könne sein Haus nicht schonen, hatte der Pfarrer dann gesagt, den Gott habe strafen wollen. Dafür holte ihn die Gestapo ab, ließ ihn dann aber wieder laufen.

Ich durfte erst am 16. zusehen. Zusehen, wie die Menschen mit ihrer Lage fertig wurden. Ich sah die zerstörten Häuser und begriff dabei nicht, warum die Kamine meist noch herausragten. An der einen Straße zog man Menschen aus dem Keller. Einen Tag und eine Nacht hatte man in den Trümmern gestochert. Die Menschen waren völlig verstaubt, sie wirkten grau und uralt, als sie aus den Kellerlöchern krochen. Die Menschen umarmten sich. »Das Leben hat sie wieder«, sagte ein Mann, der wie ich zugesehen hatte.

Wir kamen zu einer Brücke, über ihr war die Zechenbahn gefahren. Während des Angriffs hatte ein Mann Schutz unter der Brücke gesucht. Eine nicht besonders gezielt abgeworfene Bombe hatte ausgerechnet die Brücke voll getroffen und den Mann unter den Trümmern begraben. Als wir ankamen, beseitigte man gerade die Trümmer. Ein paar Menschen schauten zu. Russische Verschleppte erledigten diese Arbeit. Sie arbeiteten stoisch ruhig und abgestumpft, sie holten ihn heraus. Die russischen Gefangenen legten ihn auf einen Schlitten, über den Toten legten sie eine Art Pferdedecke. Der Mann war schwarzhaarig, denn ich sah das dunkle Haar, weil ein Teil des Kopfes zu sehen war. Der Tote lag bäuchlings auf dem Schlitten. Seine rechte Hand schliff über den Boden. Bei jeder Bodenwelle bewegte sie sich. Die Hand war schmutzig. Ob von den Trümmern, das vermochte ich nicht zu orten. Der Mann

war verheiratet, denn ich sah seinen Ring, der an der schmutzigen Hand glänzte. Die Russen zogen den Schlitten weg, seine Hand legte niemand auf den Schlitten. Sie baumelte weiter über den Boden. Alle starrten auf diese schmutzige Hand, die über den Boden schleifte.
Meine Mutter weinte, die anderen Menschen auch. Die Russen pfiffen ein Lied, denn sie erledigten nur ihre »Zwangsarbeit«.

Das Kriegsende »Draußen sind die mit die platten Helme.«
Einige Frauen kreischten auf, eine wimmerte und zog ihr Kleinstkind – so hieß das damals – an ihre Brust. Es war in der Zelle 404 des Bunkers, in dem wir die meisten Nächte verbracht haben. Nachbar Mackrodt hatte sich einen derben Spaß geleistet, denn »die mit die platten Helme«, das waren im Sprachverständnis der Erwachsenen die Engländer. Ihre Stahlhelme wirkten im Gegensatz zu den Helmen der sogenannten Deutschen Wehrmacht flach.
Es war in den Märztagen des Jahres 1945. Die militärische Lage war so, daß es dem Nachbarn Mackrodt geglaubt wurde. Der Nachbar hatte überhaupt einen grimmigen Humor. Immer schon hatte er den Untergang vorhergesagt und dann den Sieg der anderen zu früh angekündigt. Als meine Eltern mit ihm einmal im Garten standen, sagte er: »Wir enden alle hier in der Gartenfurche.« Er meinte damit, daß die Bomben uns ausgerechnet im Garten erwischen würden. »Quatsch doch nicht so dämlich«, das war dann die sprachliche Gegenwehr der anderen.
Das Ende des Jahres 1944 und den Beginn des Jahres 1945 hatten wir in der Zelle 404 des Bunkers verbracht. Als die Angriffe stärker geworden waren, war aufgerufen worden, den Bunker aufzusuchen. Das taten wir dann auch immer öfter. Meist waren es nur die Frauen und die Kinder, denn Männer kamen nur, wenn es besonders brenzlig wurde. Brenzlig war es dann, wenn rechts und links die Geschosse pfiffen. Es galt als männlich, möglichst spät den Schutz des Bunkers zu suchen.
Wer unter Tage arbeitete, bekam nichts davon mit, denn er war achthundert Meter tiefer recht sicher.
Drei Familien hatten sich in dieser Zelle 404 gefunden, bei

zweien war der Vater »im Kriege«. Das hieß konkret: Er war als Soldat an einer der vielen Fronten. Unseren Vater hatte es erst zuletzt mit dem Soldatsein erwischt. Die Nazis des Ortes saßen in der Zelle 202. Dort sollen sie oft gesoffen und gehurt haben. Das wurde zumindest immer behauptet. Wenn etwas verloren ging, wurde über Lautsprecher aufgerufen, es in der Zelle 202 abzugeben. Fundsachen wurden dort abgegeben, sie konnten dort abgeholt werden. Über Lautsprecher beruhigten die Insassen der Zelle 202 die anderen im Bunker, indem sie verniedlichende Berichte über die Front durchgaben. In der Tat flogen die Bomber auch meist über unseren Ort hinweg. Einmal sagte einer: »In 202 haben sie eine Karte hängen. Die wird immer kleiner.« Er meinte damit: Die Nazis konnten sich ausrechnen, wie lange sie noch in 202 sitzen würden, denn die Front rückte immer näher.
Wir verbrachten auch Weihnachten 1944 im Bunker. Es kam sogar ein Weihnachtsmann. Statt des Knecht Ruprecht brachte er einen verkleideten Soldaten mit. Die Nazis hatten auch Knecht Ruprecht entmachtet, ihr Ordnungsfaktor war ein Soldat. Aber das weiß ich noch: Er wirkte linkisch und unsoldatisch, die Propaganda war nicht gut beraten.
Im Januar 1945 stellten die von 202 eine Rede aus dem Radio über die Lautsprecher durch. Es sprach der Führer. An diese Hitler-Rede erinnere ich mich noch genau. Natürlich nicht an den Inhalt, diese Rede habe ich mehr sinnlich wahrgenommen, denn wir Kinder wurden dauernd von den Erwachsenen während der Rede zusammengeschissen: »Sei ruhig« oder einfach »Schschsch«. Zischlaute bedeuteten: Ruhe. Gläubig umstanden einige Erwachsene den Lautsprecher im Bunker. Frau Schumacher von der

Nachbarzelle fiel mir als besonders gläubig auf, sie war eine Verehrerin Hitlers. Man hat uns immer vor dieser Frau gewarnt, wir sollten nichts sagen, wenn sie in der Nähe sei. Zwei Jungen von ihr waren im Krieg umgekommen. »Ich habe dem Führer meine Söhne geopfert«, hat sie immer gesagt. Darüber waren viele empört. Frau Schumacher sagte besonders oft »Schschsch«, sie sah aus wie meine kleine Oma, denn sie trug die gleiche Brille und hatte auch Omas Frisur mit Knoten hinten.

Hitler klang nicht sehr sympathisch. Weil alle Kinder ruhig sein mußten, mochten wir ihn schon nicht. Seine Stimme war auch eine Tonlage zu hoch, und er rollte in unangenehmer Weise das R. Zudem war in seiner schnarrenden Stimme etwas Drohendes. Vielleicht reagieren Tiere auf Menschenstimmen so, wie wir Kinder auf die Hitler-Rede. Ende Januar und in den Monaten Februar und März kamen Flüchtlinge. Sie zogen in langen Trossen am Rande unserer Stadt entlang. Wir liefen stets dorthin und lachten darüber. Die Flüchtlinge kamen aus rheinischen Gebieten, überwiegend aus dem Raum Aachen.

Im März hat dann Vater bei den Nazis Schluß gemacht, er tauchte wieder bei uns auf. Kein Nachbar hat ihn angeschwärzt. Nicht einmal der einzige uniformierte Nazi der ganzen Straße. Der wohnte sogar schräg gegenüber. Meist hatte man ihn in gelber Uniform laufen sehen. Viele Jahre hat er eigentlich nur spöttische Bemerkungen der Nachbarn einstecken müssen. Vielleicht hatte er auch zuviel Schiß, meinen Vater wegen Fahnenflucht anzuzeigen. Unser Nazi-Nachbar hat wegen einer Krankheit nur über Tage arbeiten können, und das bedeutete geringeres Einkommen und weniger Ansehen. Mit brauner Uniform und schweinsledernen Stiefeln und gewichstem Gürtel hatte er wohl allen zeigen wollen, was ein ganzer Nazikerl ist. Die Nazirei hat seine Lage aber tatsächlich nicht verbessert. Man spottete über ihn nicht nur, man setzte ihn auch dem Spott aus. So hatte man nachts einen Aschekasten vor die Haustür gestellt. Es kam der Fliegeralarm, Licht durfte wegen der Verdunkelung nicht angezündet werden. Der Nazi-Nachbar hatte in vollem Wichs im Bunker Dienst tun wollen. Prompt stürzte er über den Aschekasten und holte sich eine blutige Nase. Mit seiner Pistole hat er zweimal in die Luft geschossen. Wieder hat er allen zeigen wollen, was ein ganzer Nazi-Kerl ist. Und wieder haben sie ihn nur ausgelacht, weil er mit seinen Schüssen keinen getroffen hatte. Trotzdem hat er meinen Vater nicht angeschissen. Und dann häuften sich die Witze des Nachbarn Mackrodt über das nahe Ende. Immer wieder behauptete jemand, außerhalb des Bunkers seien sie mit den platten (flachen) Helmen, und immer wieder wimmerten die Frauen. Mein Vater sagte dann: »Ich habe keine Angst. Auch wenn die Russen kommen, meine Kohlenschippe nehmen die mir nicht ab.« Egal, welche Besatzer: Arbeiter bleibt Arbeiter, System ist System. Das einzige was schwer drückt, die Arbeit, nimmt einem niemand ab. Das war die Philosophie meines Vaters.

Die Karwoche des Jahres 1945 hatte begonnen. Die alliierten Truppen waren nur noch fünfzehn Kilometer von unserem Ort entfernt. Karfreitag besetzten sie einen Vorort von O., drei Kilometer vom Stadtzentrum entfernt. Das Stadtzentrum von O. bildete die Kohlenzeche. Karsamstag machten die Alliierten Pause in dem Vorort. Vielleicht feierten sie schon Ostern.

An diesem Samstag kamen die Nachbarkinder und riefen: »Auf der Hochstraße hängt eine weiße Fahne.« Ganze

Kinderrudel näherten sich dem Haus, tatsächlich, auf dem Dach hing ein weißes Bettlaken als weiße Fahne. Wir gröhlten. Die Frau in dem Haus lachte uns an. Ob für sie der Krieg zu Ende war? Einige Stunden später gab es auf der Hochstraße schon die zweite weiße Fahne. Es wirkte direkt ansteckend, und die Nachbarn in unserem Haus hielten daraufhin Rat. Eigentlich war gar keiner gegen eine weiße Fahne. Man überlegte aber, wie die Nazis reagieren könnten. »Scheiß auf die Nazis.« Nachbar Mackrodt drückte sich sehr präzise aus. »Wenn wir keine hissen, setzen uns die Amis so'n Ding auf's Haus.« Mit dem Ding meinte er ein Geschoß. Da man auf die Nazis im Grunde schon immer geschissen hatte, mußte ein Bettlaken her. Mein Vater hißte die weiße Fahne. Ich stand vor dem Haus auf der Straße. Er entfernte zunächst ein paar Dachziegel, dann befestigte er das Bettlaken an einer Holzlatte oben auf dem Dach. Wir hatten eine weiße Fahne. Er winkte zu uns hinunter. Eigentlich haben wir uns recht fröhlich ergeben.

Nur die Orts-Nazis wollten noch durchdrehen. Die Amerikaner hatten gefordert, daß auf dem Bunker eine weiße Fahne gehißt werde. Dann werde der Ort kampflos und unblutig eingenommen. Ob besoffen oder nicht, auf alle Fälle wollten die NS-Funktionäre das Hakenkreuztuch demonstrativ zeigen. In dem Bunker befanden sich viele Menschen.

Als ruchbar wurde, die Nazis wollten den Bunker sogar sprengen, machten einige Männer nicht mehr mit. Es waren Leute, die beim Werkschutz so eine Art bewaffnete Feuerwehr waren, denn sie allein hatten Waffen. Deshalb konnten sie auch Widerstand leisten. Völlig überraschend haben sie auf dem Gelände der Zeche und davor die verantwortlichen Nazis erschossen und sofort auf den Friedhof gebracht. Den Bürgermeister haben sie samt Uniform ins Loch geworfen.

»Draußen sind sie.« Mit diesen undramatischen Worten meines Vaters wurde ich am ersten Ostertag des Jahres 1945 geweckt. Es war noch sehr früh. Ostereier gab es nicht. Mit »draußen sind sie« waren die Amerikaner gemeint. Meine Mutter stieß die Blendläden an den Schlafzimmerfenstern auf, das graue Morgenlicht fiel ins Zimmer. Mir war bewußt, daß mit dem »draußen sind sie« eine wichtige Sache signalisiert wurde. In den letzten Jahren hatten sich die Erwachsenen an den Sommerabenden sehr oft darüber unterhalten, wann »der Tommy« hier sei. Oder daß der »Tommy« bald da sei, »die mit die platten Helme«. Und ohne Fanfarenstöße oder Flakgetöse oder Kampflärm waren sie dann da.

Ich war nicht aufgeregt, ich war mehr benommen in Erwartung. Wie mögen »die« wohl aussehen? Wie deutsche Menschen auch? Ich hatte überhaupt keine Vorstellungen von einem Amerikaner. Auf Bildern hatte ich einen spitzbärtigen Mann in einem Cutt schon gesehen, aber so konnten die doch nicht aussehen, die die deutschen Soldaten so vor sich hertrieben. Gefangene Amerikaner oder »Tommys« hatte ich auch nie gesehen.

Als ich aus dem Schlafzimmerfenster blickte, habe ich von denen nichts gesehen. Der Hof hinter dem Nachbarhaus war grau, beklemmend still wirkte dieser frühe Ostermorgen: es war niemand zu sehen, und doch wußte ich, daß alle Nachbarn bereits aufgewacht waren und daß irgendwo »Tommys« waren. Schlichen sie etwa mit Messern um unser Haus.

Meine Mutter ließ mich vor das Haus. Zwei Häuser von

unserem entfernt standen zwei Nachbarn am Straßenrand. Die übliche, gerade Straße, nichts war zu sehen. Dann endlich der erste Amerikaner. Ich war enttäuscht. Ein langer, hakennasiger Mann, er hatte eine bräunliche Uniform an und wirkte doch ganz unkriegerisch – er hatte nicht einmal einen Helm auf. Er trug eine Offiziersmütze. Der Mann wirkte frisch rasiert. Er stieg aus einem Jeep und besichtigte, ohne von uns Notiz zu nehmen, die Straßenecke. Tausend Jahre waren zu Ende.

Als das »Heil Hitler« gestrichen wurde Und dann ging es weiter mit der Schule; irgendwann im Herbst 1945. Unser Ort gehörte zur britischen Besatzungszone. Die Amerikaner hatten ihn zwar eingenommen, die Briten haben ihn dann aber übernommen. Einen Bürgermeister hatten sie auch eingesetzt. Der war aus dem KZ gekommen. Als sie merkten, daß er ein Kommunist war, haben sie ihn wieder abgesetzt. So konnte man auch in O. spüren, wie sich die weltpolitische Lage zwischen West und Ost entwickelte. Doch für die Kinder konzentrierte sich das Leben wieder auf die Schule. Auf eine interessante Weise nahmen wir Abschied von der Ewald-Schule, jener kargen preußischen Bildungskaserne. Wo es 1944 begonnen hatte, ging es 1945 nach der Unterbrechung weiter. Wieder wurden wir in Reih' und Glied auf dem Schulhof aufgestellt. Ohne die Schule überhaupt bewußt erlebt zu haben, waren wir Zweitkläßler geworden. Geblieben waren vom ersten Jahr das Alphabet, der Hitler-Gruß und der Jans Mümmelmann. Jans Mümmelmann und das Alphabet konnten wir im Gedächtnis behalten, den Hitler-Gruß sollten wir vergessen. Die Lehrer waren überwiegend die selben. Einige neue Lehrer waren hinzugekommen, mehr Frauen als Männer.

Wir wurden vor der Schule stehend namentlich aufgerufen. Die jeweils Aufgerufenen mußten sich in eine andere Reihe stellen; wer nicht aufgerufen wurde, blieb in der alten Reihe. Das waren die evangelischen Schüler, die Katholiken mußten rechts heraustreten. Ich auch. Auf diese Weise erfuhr ich, daß ich katholisch war.

1944 waren wir nach den Straßenzügen eingeschult worden. Es kamen die in die Ewald-Schule, die in ihrer Nähe wohnten. Und wir wohnten sehr nah an diesem roten

Backsteingebäude. Die Ewald-Schule war von 1945 an die evangelische Schule, die Katholiken kamen in die Stimberg-Schule. Das war schon so eine Art gesellschaftlicher Aufstieg, denn die Stimberg-Schule war neuer und erheblich größer. Geradezu wuchtig. Und noch etwas hob das Ansehen der Stimberg-Schule: Ihr rechter Gebäudeflügel beherbergte die Mittelschule, die einzige Mittelschule in der gesamten Umgebung. Da kamen die Kaufmannskinder sogar aus den Nachbarstädten in die Stimbergschule. Das war schon was. Zwar lag sie in unmittelbarer Kirchennähe und war noch zu einem Teil zerstört, aber mehr als die schäbige Ewald-Schule war sie doch. Der scheinbare Aufstieg in die scheinbar bessere Schule verschmerzte die Trennung von Spielkameraden, die auf der gleichen Straße wohnten. Einer sogar im Hause gegenüber. Mit denen ging ich plötzlich nicht mehr in eine Schule. Und als die evangelischen Ewaldschüler wegen Lehrermangel dann auch noch nachmittags in die Schule mußten und die katholischen Schüler vormittags, waren Aufstieg und der Triumph perfekt.

Die Stimberg-Schule war keine Kaserne, mehr ein Schul-Kolosseum. Klein-Rom aus der Perspektive der Bewohner unseres Ortes. Ob Stimberg-Schule oder Ewald-Schule, Unterschiede gab es nicht: Ob evangelische Arbeiterkinder oder katholische Arbeiterkinder, wir bekamen in beiden Schulen nur das Mindestmaß an Ausbildung. Das wußten wir damals aber nicht.

In die Stimberg-Schule waren während des Krieges die Kinder aus einem anderen Stadtteil gegangen. Man wurde nach der Entfernung von der Schule eingeteilt. Die Bergmannshäuser aus dem anderen Stadtteil nannten wir Rattenkolonie; eine Portion Verachtung lag schon darin, nie-

mand wußte, warum die Rattenkolonie Rattenkolonie genannt wurde. Eigentlich war es ungerecht, verächtlich von den Kindern aus der Rattenkolonie zu reden.
Denn ihre Väter waren genauso arme Schlucker wie unsere. Daß sie in jener Kolonie wohnten, war rein zufällig.
Die katholischen Kinder aus der sogenannten Rattenkolonie kamen in die Stimberg-Schule. Die evangelischen Kinder aus der Rattenkolonie kamen in die Ewald-Schule. So waren die unlogisch weiten Wege gleichmäßig ungerecht verteilt. In unserer Gegend traf der weitere Weg die Katholiken, bei denen aus der sogenannten Rattenkolonie die Evangelischen.
In der neuen Schule hielt der Direktor eine Ansprache. Wir waren zu klein und zu jung, um den Inhalt zu verstehen. Es war alles aufregend neu. Zuviel Kinder und zu wenig Lehrer sorgten für eine übervolle Klasse und wenig Stunden. Über Heil Hitler sprach niemand mehr. Es wurde uns zunächst beigebracht, am Morgen mit guten Morgen den Lehrer zu begrüßen. Das paukte man uns in den ersten Wochen ein. Die Not diktierte die Form des Unterrichts. Wer seine Schiefertafel über die Ostertage 1945 gerettet hatte, konnte damit neu beginnen. Wer keine hatte, bekam auch keine. Einige brachten nur die Ecken einer zerbrochenen Tafel mit in die Schule. Lesebücher gab es ebenfalls nicht. Die alten mit den bunten HJ-Bildern galten nicht mehr. Für neue Lesebücher gab es kein Papier und zudem noch keine Richtlinien für die Inhalte neuer Lesebücher. Die Lehrer schickten uns dafür dann öfter nach Hause. Was sollten sie uns schon beibringen? Rechtschreibung und einfaches Rechnen. Geschichte war tabu, alle anderen Fächer waren ihnen sicher zu unsicher.

Langsam kam zumindest eine neue Form in die neue Schule. Der Gute-Morgen-Gruß galt nur für die ersten Wochen. Auch die Klassenlehrer wechselten in den ersten Wochen häufig. Nachdem einige Monate ins Land gegangen waren, bekamen wir eine Lehrerin. Sie war streng und katholisch, hager, spartanisch, fast lebensfeindlich. Irgendwie eine magere graue Maus, mit viel Lust für Prügel. Sie führte das neue Eröffnungsritual zu Unterrichtsbeginn ein: das Morgengebet. Als ich die zweite Klasse zu Ende gebracht hatte, hatte ich schon per Gruß drei politische Perioden durchschritten: Heil Hitler, gestrichen; dann in der Phase der politischen Unklarheit das guten Morgen, gestrichen; schließlich folgte nach der Konsolidierung christlich-politischer Normen das Morgengebet. Mit dem Einpauken des Gebetes waren zwanzig Jahre Entwicklung der noch zu gründenden Bundesrepublik eingeläutet. Auch kleine Leute spüren politische Entwicklungen. Sie haben sie aber nicht zu deuten gelernt. Und in dieser Schule bekamen wir das auch nicht beigebracht. Denn hier lehrte man nicht, hier paukte man!

Die Kindertage Unser Leben verlief in immer gleichen Bahnen. Veränderungen brachten lediglich die jeweiligen Jahreszeiten. Wir fanden den Rhythmus aber nicht als eintönig. Wir wohnten zwar im Revier, aber mit ländlichen Einschlägen, mit Grün und Gärten, Vieh und Wald. Die Abhängigkeit durch die Werkswohnung, durch die Deputatkohle und die Arbeit auf dem Pütt gaben Sicherheit.

Mit Ausnahme des Sonntags war der Tagesablauf fast immer gleich. Und die Sonntage waren es im Grunde auch. Der Unterschied der Sonntage: während eines Heimspiels der Fußballmannschaft war es anders, da war mehr los. An einem Sonntag mit Auswärtsspiel war es langweilig. Nachmittags standen wir auf der Straße, die umsäumt war von den kleinen Bergmannshäusern. Wir warteten auf die einfliegenden Tauben, denn die wurden immer dann auf des Gegners Platz aufgelassen, wenn ein Tor gefallen war. Wir warteten auf der Straße und redeten. Kreiste eine Taube, trat Ruhe ein. Verschwand sie im Schlag, kam gespannte Ruhe. Wenige Sekunden später hob sich die Dachluke, der Taubenvater rief das Zwischenergebnis auf die Straße zu uns herunter.

Die Wochentage verliefen anders. Gegen fünf Uhr wurden fast in jedem Haus die Fenster hell. Fast in jeder zweiten Wohnung war einer aufgestanden, Vater oder Bruder, denn gegen fünf rasselten die Wecker. Für die meisten männlichen Erwachsenen von O. begann der Tag mit dem Fünf-Uhr-Weckruf. Am Küchentisch wurde dann eine Stulle hinuntergeschlungen, Kaffee nachgekippt, wenige Minuten später schon löste sich ein Schatten von dem Haus. Es ging zum Pütt. Die Männer gingen meist mitten auf der Straße. Einige fuhren mit dem Rad, Autos und Mo-

torräder gab es erst viel später. Während meiner Kinderzeit gab es sie noch nicht für Arbeiter.
Die Männer gingen meist in Zweier- und Dreiergruppen. Sie schwiegen morgens. Mit »moin« gesellte sich meist ein Schatten hinzu, in größeren Gruppen als zu dritt sah ich sie selten gehen. Auch aus den anderen Straßen des Ortes kamen diese schweigenden Gruppen. Alle gingen in Richtung Pütt. Sie trugen oft eine dunkelblaue Mütze, eine dreiviertellange Jacke, rechts hatten sie eine blecherne Kaffeeflasche, Kaffeepulle genannt. In der anderen Tasche waren die Brote eingepackt. In Zeitungspapier gewikkelt oder in Brotdosen gesteckt, die man Brotbüchsen nannte.
Um sechs Uhr begann die Arbeit mit der Morgenschicht. Die Schicht begann mit der Fahrt nach unter Tage. Damals arbeiteten die Männer siebenhundert und achthundert Meter tief. Seilfahrt heißt die Fahrt in die Erde. Gegen sechs war dann wieder die Ruhe eingezogen, die Fenster waren dunkel, der Pütt rumorte leise. Grollend wirkte es. Aber es war kein drohendes Grollen, weil man es kannte, klang es zumindest nicht drohend. Auf der Zeche leuchteten einige Lichter. In den Siedlungen schliefen die Mütter und die Kinder. Erst gegen sieben Uhr gingen dann wieder die Lichter an den Fenstern an, sofern es durch die Jahreszeit bedingt war. Die Kinder mußten aufstehen für den Schulgang. Zuerst stand meist die Mutter auf und machte das Frühstück, dann wurden die Kinder aus den Betten gekämpft.
Der Gang der Kinder zur Schule war mit dem der Väter oder Brüder zur Zeche nicht vergleichbar. Zwar gingen sie nicht gerade fröhlich in die Schule, aber kindlich-laut, auch schon zu Streichen fähig. Der Müll, hier Asche ge-

nannt, kam in hölzerne Kästen. Aschenkästen hießen sie. Da wurden schon so mancher umgestoßen, der Ast eines Baumes geknickt, ein Gegenstand in die kleinen Blumengärten vor dem Haus des Nachbarn geworfen. Waren die Kinder dann in der Schule, trat noch einmal eine kleine Ruhepause ein. Erst zwischen neun und zehn Uhr kam der Milchmann, hier Milchbauer genannt. Korte hieß er. In den ersten Kriegsjahren kam er mit einem dreirädrigen Auto. Dann mit einem Pferdewagen, zum Kriegsende gar nicht mehr. Dann wieder mit dem Pferd, später wieder mit dem Auto, dann sogar mit einer Spezialanfertigung eines Autos. Später wurde er völlig überflüssig. Man nennt das Veränderung der Verbrauchergewohnheiten. Die Milch gab es dann in Tüten beim Lebensmittelhändler.
Auf unserer Straße hielt der Milchbauer Korte immer an den drei gleichen Stellen, am oberen Ende der Straße, in der Mitte, am unteren Ende. Dort wohnten wir. Da trafen sich die Hausfrauen, ein kleiner Schwatz, Austausch von Banalitäten, Auskosten intimer Feindschaften; immer, außer sonntags. War der Milchmann fort, gingen die Frauen einkaufen. Am unteren Ende der Straße befanden sich zwei Lebensmittelläden, Jaspar und Böhmer. Beide Händler waren Katholiken, sogar aktive. Beide Läden waren gleich in Größe, Ausstattung und Angebot. Während der Kriegszeit war es so, danach zu Zeiten der Lebensmittelkarten und auch im Zeitalter der neuen Mark. In beiden Läden war so ziemlich alles gleich, sogar die Preise waren ziemlich gleich. So kaufte ein Teil der Frauen bei Jasper, und war nicht dazu zu bewegen, bei Böhmer zu kaufen. Wer bei Böhmer kaufte, war bei Jasper nicht zu finden. Meine Mutter kaufte bei Jasper. Sie konnte nicht begründen warum, lehnte aber Böhmer ab. Wenn mich mal eine

Nachbarin zu Böhmer geschickt hatte, etwas für sie zu holen, dann empfand ich den Laden rundum als fremd, fast feindlich.
Man traf in »seinem« Laden immer die gleiche Bedienung, das gleiche Angebot, die gleichen Nachbarinnen. Wegen irgendeiner Sache hat meine Mutter dann mal Krach mit Jasper bekommen, von da an gingen wir zu Böhmer einkaufen. So brach mal auf jeder Seite irgendein fester Kunde wegen irgendeiner Kleinigkeit aus dem Stamm aus.
Die Zeit zwischen Abfahrt des Milchbauers und der Mittagszeit war verhältnismäßig ruhig. Die Schübe zur Arbeit, zur Schule und zum Milchbauern waren vorbei. Jetzt gingen die Frauen vereinzelt ins Lebensmittelgeschäft, fütterten die Tiere im Stall oder harkten im kleinen Vorgarten. Salat oder Gemüse wurde aus dem Garten hinter dem Haus geholt. Dünner Rauch stieg aus den Schornsteinen, das Essen wurde gekocht.
Die Kinder kamen aus der Schule zurück, jetzt aber lauter und lärmender. Gegessen wurde meist in zwei Schüben. Zunächst aß die Mutter mit den Kindern, eine Stunde später kam dann die Morgenschicht nach Hause. Dann war es schon halb drei, der Vater aß dann extra. Das Essen wurde ihm aufgewärmt. Während des Schichtwechsels in der Mittagszeit war O. besonders belebt. Gut ein Drittel der männlichen Einwohner ging um diese Zeit zum Pütt, zur Mittagschicht, und wohl die Hälfte der Männer kam zurück, von der Morgenschicht. Die Morgenschicht war personell besonders stark besetzt. Und die Verkäuferinnen gingen auch zu dieser Zeit nach Hause, ebenfalls zum Mittagessen. Denn die Läden waren zwei Stunden über Mittag geschlossen. Zwischen eins und halb drei waren in O. die meisten Menschen auf der Straße.

Dann begann der schönste Teil des Tages. Der Nachmittag nach den Schularbeiten.
Meist hielten wir uns im Stadion auf. Ganz in der Nähe unserer Straße bei Kinderspielen wie Fußball, Fuchsjagd, Fangenspielen, Cowboy, Indianer. Oder es gab eine handfeste Prügelei mit Kindern von einer anderen Straße. Prügel gab es oft nach zunächst friedlichen Fußballspielen. Weil nur ein Fußballtor auf dem Kinderplatz stand, war das gegnerische Tor durch Jacken gekennzeichnet. Streit gab es darüber, ob es ein Pfosten- oder Lattenschuß oder ob der Ball zu hoch war.
Die Anlässe zu großen Freuden waren klein. Ein neuer Gummiball, ein erfolgreicher gemeinsamer Diebstahl, der Fischfang in der Nähe von O. Niemand von uns besaß eine Uhr. Doch gab es ein unüberhörbares Zeichen für den Weg nach Hause. Wir mußten das Stadion verlassen und nach Hause, wenn die Zechenbahn vorbeidampfte. Am frühen Abend wurde das Ergebnis der Arbeit weggeschafft. Ein überlanger Kohlenzug quälte sich im Schrittempo einen leichten Hang hoch. Vorn eine Lokomotive unter Volldampf mit durchdrehenden Rädern, Ächzen und Stöhnen, Keuchen und Quälen. Dann folgten eine Unmenge Waggons, voll bis an den Rand, ächzend unter dem Gewicht, dunkel im Geräusch. Und hinten eine weitere Lok, ebenso dampfend und fauchend. Sie schob den Kohlenzug bis zur Spitze des Hanges, von dort lief er leichter. Der Kohlenzug quälte sich so langsam, daß wir aufspringen konnten. Auf den Trittbrettern und in den Bremserhäuschen fuhren wir mit, einige hundert Meter vielleicht. Wer zuletzt absprang, war der Held des Abends, denn der Zug gewann mit jedem Meter mehr Fahrt. Die Größeren unter uns sprangen zuletzt ab. Freude machte es auch, den Zug zu bewerfen.

Nach dem Waschen und dem Abendessen saßen wir noch ein wenig auf den warmen Steinen am Straßenrand. Nur im Sommer natürlich. Auch die Eltern standen dann an der Straße. Mal wurde eine Flasche Bier gereicht, die Unterhaltung führten die Erwachsenen. Meist sprachen sie von früher, wo alles anders gewesen sein soll. Entweder war es früher schwerer oder schöner. Das Leben war früher schlechter und gleichzeitig schöner, erzählten sie. Und im Krieg muß es viel zu lachen gegeben haben. Heldentaten hatten sie vollbracht, die zum Lachen waren. Und gehungert hatten sie, aber es muß schön gewesen sein, wie sie sagten.
Merkwürdigerweise redeten sie nie über die Zukunft. Manchmal spielten wir auch auf der Straße Ball. Die Erwachsenen schauten dann zu und kommentierten gönnerhaft. Wenn sie so richtig von früher redeten, dann waren sie großzügiger, denn dann mußten wir später ins Bett. Die praktizierenden Katholiken im untersten Haus der Straße waren strenger zu ihren Kindern, die mußten immer zur gleichen Zeit ins Bett. Bei ihnen verlief das Leben spartanischer.
Abwechslungen gab es dann, wenn irgendwo eine Familie zugezogen war. Dann bestaunten wir alle die neuen Kinder, begutachteten sie und bemühten uns, ihre Gunst zu finden. Aber nur, wenn sie Eindruck machten. Wer schwächlich wirkte, wurde zunächst durch Prügel und Schubserei in die richtige Ecke gedrängt. Wenn ein Mädchen von der Straße einen neuen Macker hatte, hatten wir ein Thema. Oder wenn einer sein Fahrrad reparierte, ein Schwein geschlachtet wurde, die Blase wurde als Fußball verwendet – wenn jemand einen Hund bekam, ein Schwein ausgerissen und über mehrere Höfe gerast war, darüber

redeten wir Wochen. Oder wenn der Nachbar Reiners seine Hunde dressierte, wenn das Laub im Herbst verbrannt wurde, wenn wir Kartoffeln ins Herbstfeuer warfen, das waren die großen Erlebnisse der Kinder von O.

An den Sommer-Sonntagen war es üblich, um zwölf Uhr zu essen. Dann war die Straße wie leergefegt. Die Wohnungstüren und Haustüren standen auf, wir hörten die Löffel über die Teller gehen, es roch nach Braten. Sonntags gab es meist Schweinebraten mit Gemüse und Salzkartoffeln. Vorher gab es Suppe, nachher Pudding. Obwohl man nur die Löffel beim Nachbarn hörte, spürte man, es schmeckte allen besonders gut. Vater arbeitete nicht, man war anders angezogen, und es gab anderes Essen. Das war Sonntag! Zuweilen gab es auch mittags mal Krach zwischen Eheleuten. Alle hörten dann zu, sie stellten das Essen ein, hielten mit den Löffeln an und hörten nur noch. Wenn mal eine Frau verprügelt wurde, gab es Abwechslung. Sowas spielte sich zwar in den vier Wänden ab, doch alle bekamen es mit.

Einmal saßen wir sonntags am Mittagstisch. Der Schweinebraten schmeckte, da rief ein Nachbarjunge: »Oma Wissel hängt sich auf.« Alles ließ Schweinebraten Schweinebraten sein. Drei Häuser weiter wohnte das Ehepaar Wissel. Er war als Opa Wissel bekannt, sie als Oma Wissel. Er schlachtete im Herbst immer unser Hausschwein. Tatsächlich, Oma Wissel hantierte mit einem Strick im Garten. An einem Wäschepfahl wollte sie sich offensichtlich aufhängen. Ein Krach der Oma Wissel mit Opa Wissel war vorausgegangen. Er hatte mal wieder sonntags gesoffen, und sie dann wohl verprügelt; sie wollte »Schluß machen«, gerade während der Essenszeit und draußen im Garten. In den Nachbargärten drängten sich die Beobachter. Kinder und Erwachsene wollten sehen, ob Oma Wissel jetzt Ernst macht. Sie hatte ein rotes Gesicht, wohl weil sie geheult hatte oder noch heulte. So genau konnte ich es nicht sehen. Sie hantierte mit dem Strick am Wäschepfahl. Niemand hinderte sie daran. Aber jemand mußte Opa Wissel geweckt haben. Der hatte zuvor auf dem Sofa gelegen und im Rausch laut geschnarcht. Opa Wissel kam aus dem Haus, nahm Oma Wissel den Strick ab, faßte sie ins Genick und führte sie in die Wohnung. Viele waren enttäuscht über den undramatischen Ausgang im Garten.

Die Familienereignisse waren die Höhepunkte im Leben der Menschen von O.: Heirat und Tod, Geburten, Kinderkommunion und Taufe waren geringer im Stellenwert.

Bei den Hochzeiten waren die Polterabende das Ereignis. Da dominierten die Nachbarn mehr als die Verwandten. Polterabende waren optisch die größte Freude der Menschen in unserer Straße.

Und doch überragte der Tod alle Ereignisse. Er veränderte die erwachsenen Menschen. Sie waren dann ernster als sonst schon, sicherlich weil jeder Tote einer aus ihrer Mitte war. Denn niemand konnte in O. isoliert leben. Die Erwachsenen hatten den Toten meist Jahrzehnte gekannt. Auch Kinder starben damals öfter als heute. Mehrere Kinder starben zwischen sieben und zehn Jahren. Sie lagen dann drei Tage lang in der Wohnung aufgebahrt. Jeden Tag gingen wir hin: Wir betrachteten den Toten, die Eltern standen dabei und redeten mit den Nachbarn über den kleinen Verstorbenen. Wie lieb er war, welche Späße er gemacht hatte. Bei einem Mädchen stand der kleine Sarg auf dem Küchentisch. Gewissermaßen auf der höchsten Erhebung im Raume. Die Küche selbst war gefüllt mit

Blumen und Kränzen, nur von der Zimmertür aus konnte man die Tote betrachten. Ich war zu klein, um sie zu sehen. Mein Bruder faßte unter meine Arme und hob mich hoch. Bei der Beerdigung des Mädchens gingen alle Nachbarn mit.

Der feierlich schwarze Leichenwagen kam von oben die Straße herab, zwei mit schwarzen Tüchern behangene Pferde zogen ihn. Die Pferde hatten Gucklöcher in ihren Überhängen und schwarze Federbüsche auf dem Kopf. Das war ein Wagen aus einer anderen Welt, aus einer unheimlichen zwar, aber sehr feierlichen. Wenn der Sarg herausgetragen wurde, schauten wir Kinder zu. Wir durften nur an einer Beerdigung teilnehmen, wenn es sich um Verwandte handelte oder Kinder. Nachbarn trugen den Sarg, das war ein ungeschriebenes Gesetz. Die Männer wirkten als Sargträger ganz anders. Sie setzten den Kopfteil des Sarges auf die Kante des Leichenwagens, dann schoben sie ihn auf die Ladefläche. Wenn der Sarg auf die Ladefläche geschoben wurde, quietschte es. »Hörst du, sie will nicht«, so kommentierte ein Nachbarjunge diesen Vorgang, als Oma Kurzbach auf den Wagen geschoben wurde.

Der Totengräber von O. hieß König. Deshalb wohl sagte niemand, man hat sie oder ihn zum Friedhof gebracht, man sagte, man hat sie oder ihn zum König gebracht. War einer schwer krank, dann hieß es, der wird wohl bald beim König sein, oder der König wartet schon. Wurde jemand zum König gefahren, dann wurde die schwerste Glocke der Kirche geläutet. Geläutet ist falsch, dunkle schwere Schläge hallten über die geduckten Bergmannssiedlungen. Alles schien dann trauriger, die Glocke ging aufs Gefühl, sie drückte die Stimmung. In der Kirche nannte man die Glocke den dicken Anton.

Ein besonderer Höhepunkt war der Unfalltod auf der Zeche. Dann wurde die Leiche nicht zu Hause aufgebahrt, sondern in der werkseigenen Leichenhalle. Bergbautote wurden mit Musik und von Männern in Uniform zu Grabe getragen. Da waren noch mehr Menschen da, alles war feierlicher, viel feierlicher.

Vom schwarzen Markt Man nannte ihn deshalb den schwarzen Markt, weil die Besatzungsmächte den Handel untersagt hatten. Seine Gesetze waren Marktgesetze: Wer hatte, konnte fordern. Da das Angebot schwach, die Nachfrage groß war, war der Anbieter der Stärkere. Erfolgreich im Markt war, wer wendig war, Beziehungen hatte, organisieren konnte zu seinen Gunsten. Dieser Markt in der sogenannten Reichsmarkzeit war demnach ein ganz normaler Markt. Während sonst der Markt von der Polizei geschützt wird, tat sie jetzt so, als bekämpfe sie ihn, weil er schwarz war. Gegen die Gesetze des Marktes an sich war die Polizei nicht.

Und die Not der Tage machte Händler. In unseren Kreisen sind Familiengeschichten überschaubar, sie reichen gerade noch bis zum Großvater, bis zum Urgroßvater nur dann, wenn er lange lebte. In dieser überschaubaren Familiengeschichte gab es bei uns keine Händler. Nur Arbeiter. Die Situation brachte das Geschäft des Handelns auch in unsere Familie. Es begann mit Öl. Meine Mutter hatte erfahren, daß eine Nachbarin Öl hatte. Dieses Öl nannte man Fischöl. Wie es gewonnen wurde, weiß ich nicht, es war nur dann genießbar, wenn es ganz heiß war. Es schmeckte aber auch dann noch penetrant nach Fisch. Während der Zubereitung eines Bratens stank es nach Fisch, selbst nach einigen Tagen war es noch in den Kleidern zu schnuppern. Frau Kolos oben am Straßenende wohnend, hatte Fischöl. Einhundertzwanzig Mark wollte Frau Kolos für die Flasche Fischöl. Das war viel Geld. Der Vater bekam wegen seiner Arbeit über Tage auf der Zeche nicht viel. Das Geld wurde zusammengekratzt, und dann sollte es endlich Pfannekuchen geben, die in Öl gebraten waren. Ein Ereignis war das. Es war üblich, daß Nachbarsfrauen mal auf einen Sprung hereinschauten. Frau Heck hatte den Gestank des Fischöls mitbekommen. Dem konnte man im Grunde auch nicht entgehen. Sie interessierte sich für das Öl und bot meiner Mutter einhundertfünfzig Mark für die Flasche. Sie sei nicht allein interessiert, sagte sie noch. Meine Mutter begriff schnell das Gesetz des Handels und des Handelns: Wenn sie vier Flaschen an die Nachbarn verkaufte, dann war eine frei für uns selbst. Das Geld für unser Öl mußte dann der Vater nicht erarbeiten. Es war gewissermaßen ohne Arbeit ins Haus gekommen. Das Geschäft florierte. Die Nachbarn freuten sich und kamen in die Wohnung und brachten auch einmal einen selbstgemachten Schnaps mit. Und weil der Markt ein schwarzer war, mußte geschwiegen werden. Er war noch weniger durchsichtig als der weiße Markt. Deshalb erfuhren die Nachbarn nicht, daß die Handelsquelle meiner Mutter nur sieben Häuser weiter lag. Auf dem Weg zwischen diesen wenigen Bergmannshäusern verteuerte sich die Flasche Fischöl um jeweils dreißig Mark. Das Gesetz des Marktes schreibt die Ausweitung des Handels vor. Antriebskraft für diesen Lehrsatz war in diesem Fall die Not und der Hunger. Für Fischöl gab es Schnaps, für Schnaps gab es Kartoffeln und Speck. Wer keinen Schnaps hatte, hatte noch Schmuck aus sogenannten besseren Tagen oder einen Teppich. Auch dafür gab es Dinge, die man essen konnte: Obst, Kartoffeln, Fleisch. Denn davon gab es auf dem weißen Markt zu wenig.

Obst, Kartoffeln und Fleisch wurde kaum in O. produziert. Die wenigen Bauern, die es in der Bergbaustadt gab, nutzten schon ihre Monopolstellung. Also mußte man zu den Produzenten nach außerhalb, die meist aber im Raume Oldenburg wohnten, rund dreihundert Kilometer von unserem Ort entfernt. Der Markt brauchte also kräftige und gesunde Leute. Da die Männer ihrer Arbeit auf der Zeche nachgehen mußten, war das Sache der Frauen geworden. Weil die Eisenbahn stets überfüllt war und besonders oft kontrolliert wurde, fuhren die Frauen mit dem Fahrrad in den Raum Oldenburg, nach Vechta und Dinklage. Sie nahmen Schnaps und Schmuck und Öl mit, zurück kamen sie mit den begehrten Dingen wie Obst, Kartoffeln und Fleisch. Unsere Mütter fuhren oft. Dann waren sie einige Tage in Oldenburg, denn wir nannten das Gebiet nach der Stadt. Die Nachbarinnen versorgten die Kinder.

Als die Eisenbahnverbindungen dann besser wurden, fuhr kaum noch jemand diese beschwerliche Strecke mit dem Fahrrad.

Ich fuhr hin und wieder mit. Wir fuhren bis Vechta, von dort fuhr nur täglich ein Postbus in die Richtung Dinklage. Verpaßten wir den Bus, mußten wir rund zwanzig Kilometer mit Gepäck zu Fuß gehen. Hamstern fahren, war die Erklärung der Reise und deren Sinn. Ich fuhr gern mit. Wegen der Fahrt in den überfüllten Zügen und weil es in dem kleinen Dorf etwas zu essen gab.

Zum Frühstück gab es Speckpfannkuchen, die in Fett angemacht und mit reichlich Speck zubereitet wurden. Das kannte man im Revier nicht, dafür allein lohnte sich schon die Fahrt. Trotzdem fühlte ich mich bei dem Bauern nicht wohl. Wir blieben meist zwei Tage. Tagsüber half meine Mutter bei der Arbeit oder besuchte die anderen Bauern in der Nachbarschaft des Hofes, um auch mit denen die sogenannten Tauschgeschäfte zu machen. Geld wollten die Bauern nicht: Schnaps und Schmuck waren die Schlüssel zum Essen. Ich habe mich dann auf dem Hof gelangweilt.

Die Familienmitglieder des Bauern arbeiteten, vor den Tieren auf dem Hof hatte ich Angst. Als ich einmal zusehen durfte, wie eine Gans geschlachtet wurde, habe ich Jahre darunter gelitten. Der Bauer hatte die Gans gefangen. Er hatte sie dann zwischen seine Beine geklemmt, den Kopf hielt er nach unten. Mit einem Küchenmesser schnitt er der Gans ein Stück aus dem Kopf, sie war ohne jede Betäubung. Die Gans versuchte mit den Flügeln zu schlagen als er schnitt. Dann hielt er den Kopf der Gans über einen kleinen Abfallhaufen, darin lief dann das Blut aus dem Kopf der Gans. Er hielt ihr auch den Schnabel zu. Deshalb war die ganze grausame Sache so still. Vielleicht zehn Minuten oder länger lief der feine Strahl des Blutes in den Abfall, und ich schaute zu. Die Augen der Gans waren geöffnet. Sie sah mich, ich meinte, sie schaute mich an. Als das Blut immer weniger wurde, versuchte die Gans noch einige Male mit den Flügeln zu schlagen, um sich zu befreien. Die Flügelschläge erlahmten dann. Der Strom wurde schwächer und hörte dann ganz auf zu rinnen. Später wurde die Ganz gerupft, eng verschnürt, so kam sie dann für eine oder mehrere Flaschen Schnaps zu uns nach Hause auf den Tisch.

Unterhalten konnte ich mich mit den Bauern kaum, denn sie sprachen Platt. Diese Sprache verstand ich nicht.

Ihr Leben war ganz anders. Wir wohnten in O. im Bereich der Wärme der Nachbarschaft in einem Bergmannshaus, die Höfe der Bauern lagen für sich. Diktiert wurde ihr Leben von der Arbeit mit dem Vieh und auf dem Felde. Sehr früh mußten sie aufstehen, spät erst hatten sie ihre Arbeit beendet. Zwischendurch aßen sie. Nicht sonderlich fein im Geschmack, dafür aber kräftig und viel. Ihre Zusammenkünfte waren wortkarg, es gab ja auch zu wenig Ereignisse.

Meine Mutter quartierte sich immer bei dem Bauern Macken ein. Der Bauer Macken war ein für meine Begriffe ein steinalter Mann, seine Frau sah ich als Oma an. Die Töchter waren wohl um die zwanzig, auf der Suche nach einer guten Partie. Ansonsten gab es nichts dort. Zu reden hatten wir auch nichts, bis auf den plötzlichen Tod der Frau Kühlkamp, die Frau des Bauern von nebenan. Nebenan hieß hier, durch einen kleinen Wald getrennt, der andere Hof. Beim morgendlichen Pfannekuchenbacken war sie gestorben. Man fand sie in der Küche liegend, die Pfanne brutzelte noch auf dem Herd. Darüber haben wir oft gesprochen, das war ein richtiges Ereignis.
Sonst gab es nur Aufregung dort, wenn der Pfarrer zu Besuch kam. Das war aber deshalb recht selten, weil er meistens zu den größeren Bauern ging.
Mackens hatten einen schwachsinnigen Sohn. Das sei reine Inzucht, hatte meine Mutter zu meiner Tante gesagt. Ich gab mich damit zufrieden und habe nie nachgebohrt, was Inzucht eigentlich sei. Vor diesem Schwachsinnigen hatte ich Angst. Er befand sich in der dunkelsten Ecke des langen Wohnraumes in einem Holzwagen. Darin hockte er den ganzen Tag. Sprechen konnte er nicht, er gab nur Laute von sich, wie ein Papagei. Er schiß in den Wagen, er konnte nicht laufen, er hockte nur und machte ständig wippende Bewegungen. Der Schwachsinnige muß so um die zwanzig Jahre alt gewesen sein. Einige sagten, der sei Adolf entkommen. Ich wußte nicht, daß damit die Vernichtung sogenannten unwerten Lebens gemeint war. Haare hatte er kaum auf seinem Kopf. Er hatte ganz große Augen, kaum Brauen, eine hakige Nase, Flechte im Gesicht. Er wirkte wie ein südlicher Vogel. Wenn wir in dem Raum aßen, dann gab er kräftigere Laute von sich und

wippte stärker als sonst. Aber niemand kümmerte sich um ihn.

Wenn Frau Macken abends ins Bett ging, dann hob sie ihn aus dem Wagen und er klammerte sich an sie. Sie schlief mit ihm. Keiner sonst kümmerte sich um ihn. Herr Makken tat so, als sei er gar nicht da. Wenn er besonders starke Laute von sich gab, dann sagten seine Schwestern mal »ja, ja«, zu ihm gewandt, das war alles.

Den Bauern mochte ich überhaupt nicht. Ich hatte einmal Knollen gefunden, die von irgendwelchen Bäumen gefallen waren. Wenn man die Knollen auf Steinen rieb, dann wurden die Steine feucht und wirkten dadurch glänzend. Mit einer Knolle wollte ich am Wohnhaus einen Ziegel glänzend machen. Bauer Macken wollte das wohl offensichtlich nicht. Ich habe aber nicht verstanden, daß ich damit aufhören sollte, denn ich verstand sein Platt nicht. Ich hatte sogar geglaubt, er erkenne meine Arbeit an. Plötzlich schlug er mich von hinten zweimal gegen den Kopf. Meine Mutter kam hinzu. Sie konnte aber nichts unternehmen, denn der Bauer hätte sonst vielleicht die Beziehung zu uns abgebrochen, und wir hätten dann hungern müssen.

Wohl wegen der Ohnmacht meiner Mutter habe ich diesen Vorfall als besonders schmerzhaft empfunden. Man war ja Prügel in der Schule gewöhnt, aber das war Ohnmacht und Demütigung. Den ganzen Nachmittag habe ich mich hinter dem Haus aufgehalten. Ich wollte mit keinem Menschen sprechen, selbst Lust zum Leben hatte ich nicht mehr.

Die sogenannten Beziehungen zu Macken sind dann eingeschlafen. Selbst der schwarze Markt mit seinem einfachen Konzept der Befriedigung der Urbedürfnisse hatte

Wandlungen. Neben Essen entwickelte sich der schwarze Markt für Kleidung, die Menschen wollten aus ihren gefärbten alten Uniformkleidern heraus. Daraus entwickelte sich die Handelsbasis Schnaps gegen Wolle. Für Wolle gab es Zentren im Raume Rheine, Nordhorn, Gronau. Die Hamsterfahrten konzentrierten sich jetzt auf Gronau. Von dort wurden Spindeln mit einfachster Wolle nach O. gebracht, von den Spindeln wurden sie in O. gewickelt zu sogenannten Ballen. Wir mußten uns dann zu Hause in die Küche stellen und die beiden Unterarme angewinkelt vorstrecken, darüber wurde dann die Wolle gewickelt.
Nach Gronau bin ich nur einmal gefahren. An der Fahrt war alles grau: Das Wetter, der Zug, die Stimmung, die Stadt Gronau, die Wohnung der Menschen und die Menschen selbst.
Am Bahnhof wurden wir von der Tochter des Wolleschiebers erwartet. Schieber hieß jemand, der etwas schwarz verkaufte. Die Tochter muß um die zwanzig Jahre alt gewesen sein. Sie führte uns durch die grauen Straßen von Gronau. Es war schon Abend, Straßenbeleuchtungen waren nicht üblich, nur über den Kreuzungen quälte sich eine Lichtfunzel. Auch ein paar schmucklosen Leuchten über den Fabriktoren gelang es nicht, eine bessere Stimmung zu erzeugen. Der Schieber wohnte wie alle Wollarbeiter in einem grauen Haus. Die Wohnung war schmucklos, sie war schon karg zu nennen. Mit fielen besonders die kleinen Fenster auf. Sie hätten selbst bei strahlender Sonne nicht vermocht, dieser Wohnung Licht zu geben. Das Grau war hier obligatorisch. Die Frau war grauhaarig, der Mann hatte schütteres graues Haar, die dünne Suppe, die wir schweigend in uns hineinlöffelten, wirkte grau. Kein Möbelstück schien Farbe zu haben, kein buntes Bild an der

Wand erweckte meine Aufmerksamkeit. Der Gegend nach wäre eher zu vermuten gewesen, hier würde Zement produziert.

Der Schieber schien ein strenger Mann zu sein, denn niemand richtete das Wort an ihn. Man redete nur, wenn man gefragt wurde. Das galt für seine Tochter wie für seine Frau, ebenso wohl für meine Mutter. Mich fragte er nichts. Nach dem Abendessen war sogar die Stimmung grau. Die Tochter arbeitete an irgendeinem Gegenstand, die Mutter strickte, das Radio war nicht eingeschaltet. Eine trübe Lampe gab dem Raum Friedhofsstimmung. Es war still, nur die Nadeln der Strickerin klimperten. Ich saß in der Ecke und beobachtete die einschüchternde Stimmung. Gelegentlich raschelte es, wenn er seine Zeitung umblätterte. Nur einmal sagte er etwas. »Da ist der Gandhi auch tot«, sagte er.

»So«, sagte sie. Dabei strickte sie still weiter.

Es interessierte sie nicht, daß Gandhi »auch« tot war. Ihre Welt endete hinter der Küchentür. Sie hätte auch wohl »so« gesagt, wenn er gesagt hätte, du bist »auch« tot.

Nach ungewöhnlich langen und langweiligen Stunden wurden meine Mutter und ich von der Tochter in ein anderes Haus geführt. Dort hatte man uns eine Schlafstelle besorgt. Inzwischen waren auch die Funzeln über den Straßenkreuzungen erloschen. Kein Mensch lief über die Straße, Autos oder Motorräder waren nirgendwo zu erblikken.

Die Tochter hatte pädagogisches Talent. Sie war nett zu mir. Als wir durch die toten Straßen gingen, hielt sie meine Hand. Sie hatte eine warme und sehr weiche Hand. Sie verabschiedete uns freundlich. Mir sagte sie: »Träum schön, was man in einem fremden Haus träumt, das geht in Erfüllung.«

Die Schlafstätte war eine Dachkammer mit winzigen Fenstern. Die Fenster lagen in Kniehöhe. Von dort begann dann die Dachschräge des Zimmers. Es war kalt in dem Zimmer und klamm. Das Oberbett war schwer. Geträumt habe ich wohl, aber nur wirres Zeug, ohne jeden Zusammenhang. Die Nacht in dem klammen Bett war kurz, denn wir mußten schon sehr früh aufstehen. Wir gingen durch die dunklen Straßen in Richtung Bahnhof. Nur über den Betriebseingängen brannte ein Licht. Auch im Bahnhof selbst brannten notdürftig ein paar Funzeln. Wir fuhren in einem Zug über Rheine nach Recklinghausen. Auch im Zug selbst war es kalt und dunkel. Die Abteile, dritter Klasse, waren nicht erleuchtet. Nur wenn der Zug Bahnhöfe passierte, huschte ein Licht durch das trübe Fenster ins Abteil. Die Menschen saßen und schliefen; eingemummt und blaß, abgespannt und alt, und ausgemergelt. Und ohne jeden Hauch von Leben im Gesicht.

Der Markt kannte keine Moral, der Markt kannte nur Umsätze. Meine Mutter war auf dem Markt tätig, um zu überleben, tatsächlich aber auch, um besser zu leben als andere. Der Markt ermöglichte das, wenn man trickreich genug war. Das wichtigste Zahlungsmittel auf dem schwarzen Markt hieß Schnaps. Den brannte man verbotenerweise selbst oder begnügte sich damit, den Deputatschnaps des Vaters von der Zeche für Essen einzutauschen oder für Wolle. Unser Vater war häufig krank, dafür wurde er bestraft, indem er keinen Schnaps bekam. Somit wurden wir alle, Mutter und Kinder, durch die Krankheit des Vaters bestraft. So lebten wir nicht nur von seinen Einkünften, auch von den Erträgen des schwarzen Marktes, von den damals recht fetten Erträgen durch Handel. Wenn nicht genug Deputatschnaps kam und selbst keiner gebrannt wurde, mußte man sich anders helfen. Verlangt wurde nach Schnaps, also galt es, die vorhandene Warenmenge zu strecken oder gar zu verfälschen, um den Bedürfnissen des Marktes gerecht zu werden. So hatten wir erfahren, wie man sich dem Markt anpaßt. Kaffee sieht wie Schnaps aus. Zwar schmeckt er nicht so, da er aber in geschlossenen Flaschen gehandelt wird, merkt der Hereingelegte die Sache zu spät. Zur Polizei kann er auch nicht gehen, denn er hatte ja schwarz gehandelt.

Wir machten aus Kaffee Schnaps. Das heißt, wir täuschten durch Kaffee einen Schnapsinhalt vor. Jeder auf unserer Straße wußte, wie man die Verkorkung bei Eigenbedarf einer Flasche von Deputatschnaps vorsichtig löste, denn der Kaffee-Coup gelang ja nur, wenn man ihn mit einer echten, aber bereits geleerten Flasche ausführte. Wir hatten eine. Kaffee wurde gekocht, doch er wurde zu dunkel. Wir schütteten ihn fort. Vielleicht haben wir ihn auch getrunken, weil ja nichts fortgeworfen wurde. Es wurde erneut Kaffee gemacht und mit richtigem Schnaps verglichen.

Er wurde gegen das Fenster gehalten, doch es waren Kaffeereste zu sehen. Ganz vereinzelt zwar, aber sie tauchten auf. Wieder wurde Kaffee gemacht, diesmal war die Ähnlichkeit schnapsecht. Die erste Fälschung war gelungen. Ein Zwischenhändler holte bei uns und den Nachbarn den Schnaps ab. Damit fuhr er dann in die Wollgegend, denn so nannte er den Raum Gronau und Rheine. Der Zwischenhändler war ein Mann mit Halbglatze, er trug einen dunklen Mantel und wirkte gut genährt. Er hatte ein schweinsfarbenes Gesicht. Mit uns wechselte er ein paar Worte, dann griff er zu der Flasche Schnaps, die während des Gesprächs auf dem Küchentisch gestanden hatte. Er betrachtete die Flasche kurz und oberflächlich, dann verschwand sie in seiner Aktentasche. Ich hörte meinen Puls im Ohr, mein Bruder schaute nach draußen auf den Hinterhof. Sonst hätte er lachen müssen. Wir freuten uns alle sehr, daß wir den Zwischenhändler so hereingelegt hatten.

Wenige Wochen später sprach er wieder bei uns vor. Er suchte denjenigen, der ihm die Kaffeeflasche untergesteckt hatte. Da er bei vielen Bergleuten Schnaps geholt hatte, verdächtigte er alle. Er schilderte, welchen Ärger der Empfänger des Schnaps hatte. Er hatte ihn Heiligabend mit seinem künftigen Schwiegersohn unter dem Weihnachtsbaum trinken wollen. Es war der Schieber aus Gronau, seine Tochter tat mir leid, denn sie habe ich gemocht.

Von der Sinnlichkeit Wir waren alle sehr arm, doch das wußten wir nicht, weil alle fast gleich arm waren und weil wir nichts anderes kannten. Der Weg zur Lohnarbeit war vorgeschrieben, die Häuser waren fast alle gleich klein, die Einkommen auch. Deshalb spürten wir die Armut nicht so sehr. Es gab keine Anreize für ein besseres Leben, denn das kannte niemand. Weil wir arm waren, hat sich die Sinnlichkeit unseres Lebens stärker eingeprägt.
Die Nähe zu den Nachbarn, die auch eine gewisse Wärme hatte. Wenn man mal krank war, einen Stall baute, einen Zaun reparierte, schwere Gegenstände zu tragen, ein Schwein zu schlachten, einen Toten zu beerdigen hatte, wir konnten fest mit der Hilfe der Nachbarn rechnen. Die nachbarschaftliche Nähe hatte aber auch ihre Kehrseiten. Doch die gleiche soziale Lage und der ehrliche Wille der Hilfe überdeckten die negativen Seiten der Enge.
Die Sinnlichkeit unseres Lebens war verbunden mit der geographischen Lage von O., denn es lag nicht im Zentrum des Reviers. Bei uns ging das Revier ins Münsterland über, da stimmten sogar noch die Postkartenklischees: Ein pflügender Bauer im Schatten des Förderturms, Landwirtschaft gab es noch an der Zechenmauer. O. war durchsetzt von Bergmannssiedlungen und Bauernhöfen. Die Jahreszeiten spürten wir noch, wir erlebten und empfanden sie.
Es schneite selten bei uns. Wenn es geschneit hatte, blieb der Schnee nicht lange liegen. Lag er mal länger als einen Tag, wurde der Schnee dunkel, vom Ruß der Häuser, der Zeche und der Nachbarzechen. Dunkel war nicht nur der Schnee, in O. blieben die Dachziegel eines Hauses nicht lange rot, schon nach wenigen Wochen waren sie, wie die anderen auch, grauschwarz. Neue Häuser wirkten in O. schon nach einem Jahr nicht mehr neu.

Wenn ich morgens erwachte, sah ich durch das Fenster auf ein paar Pappeln. Es wirkte immer, als wirbelten die Blätter. War ich in der Wohnküche – die Wohnung bestand ja nur aus zwei Räumen –, orientierte ich mich anders nach dem Wetter. Wir blickten auf den Hof. Der schmale Hof wurde abgegrenzt durch ein Stallgebäude, darin wurden die Schweine, Kaninchen und Tauben gehalten. Das Stallgebäude war einstöckig, deshalb konnte ich auch auf die Dachziegel blicken, sie waren grauschwarz. Glänzten sie, war Regenwetter, waren sie grautrocken, hatten wir das normale Wetter. Dann zog der Qualm schlecht ab, kein richtiger Wind kam auf und am Horizont versank alles in ein Einheitsgrau. Waren die Pfannen hellgrau, schien die Sonne. Dann wirkten die Pfannen plastischer, oder auch markiger, weil sie kleine Schatten und Farbabstufungen hatten. Doch das graue Wetter hatte ich gern, es wirkte so beruhigend, so eintönig angenehm. Dann spielten wir Kinder meist mit Nachbarkindern in den Wohnungen. Ich ging dann gern über den Hof, die Gärten waren farblos, niemand hatte seine Wäsche draußen hängen, man hörte weniger Laute. Über mehrere Gärten hinweg konnte ich das langgestreckte, aber geduckte Dach der Schule sehen, daneben die Kirche. Ihr Dach war ebenfalls grauschwarz. Anders der Turm, seine Spitze war patinagrün. Der Turm hatte auf Nabelhöhe eine hölzerne Uhr ohne Zeiger, als Symbol für die Ewigkeit. Ich empfand diese Uhr als Symbol der grauen Farbe.

Da waren die Monate Januar, Februar, März. Weil der Rhythmus des Lebens gleich blieb, war das Leben der Natur fühlbarer. Die Märzsonne empfand ich als besonders angenehm. Die Stürme des April hatten ihre schönen Seiten; Wolkenfetzen am Himmel, Sonnendurchbrüche, diese

Bilder gaben dem Revier etwas Gewaltiges. Dann konnte man besonders gut sehen auf weite Teile des Ruhrgebietes; bis weit nach Castrop-Rauxel und Dortmund. Überall die rauchenden Schlote, die Fördertürme, der weiße Dampf der Kokereien, überall Arbeit. Es war die Zeit, wo selbst Bergmannskindern Gedichte einfielen. Unpassende Gedichte zwar, romantisierende, aber die Stimmung war danach. Kritisches Bewußtsein lernte man nicht. »Ich bin von Hamm nach Duisburg gefahren, in Stunden, da sie am Werken waren.« So hatten wir den Text mechanisch gelernt. Bei Aprilwetter wußte ich, warum es der Autor so geschrieben hatte.
In diesen Tagen des noch kalten März und des noch nicht warmen April wurden meist Schweine gekauft. Aus der nahen Bauernschaft kamen mit flachen Pferdewagen die Schweinehändler. Stundenlang standen die Schweinehändler mit ihren Wagen auf der Straße, um den Wagen herum ein Pulk von Frauen. Über die Schweine wurde geredet und über die Preise. Der Händler erzählte, wie gut so ein Schwein sei, um den Preis zu bekommen, den er wollte. Die Frauen erzählten, was ein Schwein doch für Arbeit mache, was es alles fresse, daß so viel nicht dran sei, um den Preis zu drücken. Gelegentlich wurde die Haube der Ladefläche in die Höhe gehoben. Im Stroh des Wagens lagen die Ferkel, rosa, eng beieinander, dösend, sich wärmend. Die Diskussion zwischen Händler und Frau konzentrierte sich dann auf ein Ferkel. Nach vielen Stunden wurde man sich einig, der Händler griff in das warme Bündel der Ferkel, zog eins an den Hinterbeinen heraus, es zappelte und quiekte, es wurde von dem Händler in den Stall getragen. Jubelnd lief die Horde der Kinder mit, ein Ferkelkauf war ein Ereignis. Wenn die Nachbarmänner

von der Arbeit kamen, dann galt es, das Ferkel zu bewundern und fachkundig darüber zu reden. Es wurde Glück gewünscht, daß es auch ein kräftiges Schwein werde und nicht an Rotlauf vorher verende.
Zu Ostern wurden Karnickel geschlachtet. Das machten die Väter. Sie gingen mit dem zappelnden Karnickel hinter den Stall, verscheuchten die sich drängenden Kinder, hielten das Karnickel an den Hinterläufen und schlugen ihm dann mit der Handkante eins hinter die Ohren. Sofort hing das Tier ruhig in der Hand. Es war dann ohne Bewußtsein. Danach wurde ihm die Kehle durchgeschnitten. An der Stalltür wurde das Tier gekreuzigt, jedoch an den Hinterläufen. Dann wurde ihm der Bauch aufgeschnitten, das Tier wurde vom Vater ausgenommen. Da durften die Kinder wieder zuschauen. Das Fell wurde mit Stroh gefüllt und draußen getrocknet. Später diente es als Vogelscheuche. Andere ließen die Felle so lange liegen, bis sich die Ratten darin eingenistet hatten. Ratten waren in den Ställen obligatorisch. Sie fraßen bei den Hühnern und Schweinen mit, sie wurden gejagt, wo es nur möglich war. Wenn eine in der Falle hing, wurde sie auf dem Hof erschlagen. Wir Kinder durften zuschauen. Eine Ratte hat mich angesprungen. Ihr Vorderkörper steckte in der Falle, samt Falle sprang sie an mir hoch, sie kam dabei bis in die Brusthöhe. Dann rutschte sie mit der Falle an meinem Körper herunter. Als sie wieder mit der Falle auf dem Hof lag, kam mein Vater mit einem Besenstiel und durchschlug ihr damit das Rückgrat.
Der Mai war weniger gut. Denn im Mai gingen die Eltern an den Sonntagen in den nahen Wald, in eine Waldgaststätte. Oder sie gingen durch die Felder, ebenfalls zu Gaststätten, oder sie gingen einfach durch die stilleren Teile der

Stadt, und das den ganzen Nachmittag lang. Die besten Kleider mußten wir dabei tragen. Die durften wir nicht schmutzig machen, wir mußten immer in der Nähe der Eltern bleiben. Es machte überhaupt keinen Spaß, den anderen Kindern auch nicht. Doch das war kein Trost. Trafen die Eltern andere Eltern, dann unterhielten sie sich über die Arbeit, davon verstanden wir nichts. Während der Redezeit durften wir uns nicht entfernen, und auch nicht auf einen Stein setzen, weil dann der Sonntagsanzug schmutzig geworden wäre. Mein Vater hatte dann immer seinen dunklen Anzug an, einen Einreiher mit Uhrkette. Konfirmationsanzug sagte er dazu, obwohl er gar nicht zur Konfirmation gegangen war als Katholik. Man sagte Konfirmationsanzug, weil man darauf verweisen wollte, daß er ihn als gutes Stück schon lange hatte. Andere Väter hatten auch solche Konfirmationsanzüge an, obwohl sie für den Wald sehr unpassend waren. Kamen wir am späten Nachmittag nach Hause zurück, so legte mein Vater sofort diesen Anzug ab, dann trug er sonntags Alltagskleider. Der Konfirmationsanzug wurde sorgfältig auf den Bügel gehängt, er verschwand im Schrank bis zum nächsten feierlichen Anlaß: Hochzeit, Beerdigung, Taufe oder Spaziergang am Sonntag.
Der Juni war der Rosenmonat. Unsere Nachbarn hatten mehrere Rosenstauden mit weißen Rosen. Die Rosen rankten über der Haustür. Wenn die Erwachsenen gut gelaunt waren, dann brachen sie eine Rose, die den Jungen dann ans Revers geheftet wurde. Rosenkavalier war man dann, wie sie sagten. Am Abend war die Rose dann welk. In den Sommermonaten gingen wir in einen ländlichen Stadtteil. Da floß ein Bächlein mit Stichlingen drin. Wir wanderten cirka vier Kilometer über den Schienenstrang der Werks-

bahn bis an den Bach. Die gefangenen Stichlinge kamen in Weckgläser. Manchmal hielten uns die Jungen aus dem anderen Stadtteil auf, wenn sie in der Mehrheit waren, dann nahmen sie uns die Fische ab. Sie gossen das Wasser mit Fischen auf die Asphaltstraße, die Fische zappelten dann auf dem Boden. Die Jungen aus dem anderen Stadtteil traten die Stichlinge vor unseren Augen dann tot. Waren wir in der Mehrheit, dann sahen sie aus der Entfernung zu und ließen uns samt Fischen ziehen.

Mit den Stichlingen wurde untereinander gehandelt. Immer wieder wurde erneut beschlossen, sie im Aquarium lange zu halten. Aber die Stichlinge gingen dann immer nach und nach ein. Weil es große Weckgläser nicht gab, wurden sie auch in der Waschmaschine gehalten. Denn Aquarien waren Mangelware. Die wenigen, die es gab, stammten noch aus der Vorkriegszeit. In der Waschmaschine gingen die Stichlinge besonders schnell ein. Ihre Lebenschancen betrugen in der Waschmaschine kaum zwei Wochen, weil die Maschine mindestens einmal in vierzehn Tagen für die Wäsche gebraucht wurde. Dann ließen wir die Fische meist in den Abfluß gehen.

Der Sommer war die schönste Zeit. In Urlaub fuhr niemand, das konnte sich niemand leisten. Während des Sommers konnten wir wegen der Ferien die Natur noch mehr genießen. Wir streiften durch die nahen Wälder, sonntags zogen wir in Rudeln zu Fuß in den Zoo von Recklinghausen. In dem Zoo gab es ein Sumpfgelände, in dem standen sogenannte Kanonenputzer, die wir regelmäßig klauten. Wir wurden daraufhin jeden Sommer von den Wärtern verfolgt und flohen jeden Sommer durch denselben Hohlweg. Dann wanderten wir zu Fuß zurück nach O. und stahlen währenddessen Obst von den Bäumen oder zogen uns ein paar Möhren vom Feld. Wir debattierten über Mundraub. Immer wurden wir uns einig, daß es nichts zu beichten gäbe, denn wir hatten ja aus Hunger, nicht aus Lust gestohlen. Und über die Kanonenputzer hatten wir auch nichts zu beichten, weil dieser Diebstahl niemand geschadet habe, und die Wärter waren ja nur aus Prinzip hinter uns her.

Wer während der Ferien verreiste, benutzte die Straßenbahn. Denn weit verreiste niemand. Man fuhr mal einen oder mehrere Tage zu Verwandten nach Gelsenkirchen oder Castrop-Rauxel. Wir nannten die Ferienziele aber nicht nach den Namen der großen Städte, denn wir hatten ja alle Verwandte, die in den Arbeitersiedlungen dieser Städte wohnten. Und die hatten ihre Stadtteilnamen, die viel geläufiger waren: Rotthausen, Habinghorst, Scherlebeck, Buer, Westerholt, Erle, Styrum. Zwei Mädchen aus dem ersten Hause unserer Straße bildeten eine große Ausnahme. Sie fuhren nicht ins Revier zu Verwandten, sie fuhren ins Münsterland nach Nordkirchen, einer kleinen Ortschaft mit einem Schloß. Das war schon was. Alle kannten wir Nordkirchen, aber nur dem Namen nach, so daß wir es im Grunde nicht kannten. Nordkirchen war der Name für etwas Besonderes. Jeder von uns hatte sein Nordkirchen, sein Nordkirchen der Fantasie, weil sich jeder von uns darunter etwas anderes vorgestellt hatte. Schon bei einem Schloß war keine Einigkeit in der Vorstellung zu erzielen. Hatte es ein goldenes Dach? Oder ritten die Besitzer auf Pferden durch Nordkirchen? Hatten die Töchter vom Schloßherrn lange weiße Kleider an? In welcher Haltung saßen sie auf den Pferden?

Im Schloß Nordkirchen befindet sich eine Schule für Finanzbeamte! Der Herbst war die reichste Jahreszeit wegen der Früchte unserer kleinen gepflegten Gärten. Im Herbst gab es Kartoffelfeuer, das Laub der Kartoffelstauden wurde verbrannt. In das Feuer warf man geerntete Kartoffeln. Wenn sie schwarz waren, wurden sie aus dem Feuer gepuhlt und gegessen. Die Kornfelder, die bis an unsere Straße reichten, waren abgeerntet, es war Windvogelzeit. Windvögel aus Zeitungspapier gebastelt zappelten am Himmel.

Ein übers andere Jahr wurde ein Schwein geschlachtet. Opa Wissel wurde von allen als Metzger angeheuert. Für seine Arbeit bekam er eine geringe Geldsumme und einen Teil der Wurst. Opa Wissel hatte Tätowierungen an den Armen. Wir bewunderten sie, weil erzählt wurde, Tätowierungen würden mit glühenden Eisen gemacht.

Das Schwein wurde von ein paar Männern in die Waschküche getrieben. Meist hatte es einen Strick am hinteren Bein. Vater hatte dafür ein paar Nachbarn angeheuert. Wenn sie schlachteten, trieb er deren Schwein auch mit in die Waschküche. Als Ferkel war es schreiend in den Stall gebracht worden, jetzt verließ das Schwein ihn quiekend. Kinder wurden aus der Waschküche getrieben, wenn darin geschlachtet wurde. Wir liefen dann um das Stallgebäude herum und sahen von hinten durchs Fenster in den Raum. In den ersten Jahren schlug Opa Wissel dem Schwein mit der stumpfen Seite eines Beils zwischen die Augen. Schlagartig war es ruhig. Mit offenen Augen fiel es bewußtlos zu Boden, dann wurde dem Schwein die Kehle durchgeschnitten. Danach wurde es überbrüht, es roch dann nach Schlachten.

Später hatte Opa Wissel ein Schußgerät. Er setzte es dem Tier an die Stirn, es gab einen Knall, und es sackte tot zusammen, auch mit geöffneten Augen. Das Schlachten mit

dem Schuß war für uns spannender. Wir erhielten die Blase des Schweines, die von uns getrocknet wurde. Später spielten wir damit Fußball. An den Schlachttagen wurde besonders fett gegessen. Fettes Essen galt als gutes Essen. Und es mußte auch viel sein. Das ist heute noch so. Wer als Gastwirt einen guten Ruf haben will, muß große Schnitzel geben. Und Kartoffeln soviel man will. Über die Schmackhaftigkeit läßt sich niemand aus, sie scheint nicht wichtig, die Menge entscheidet.
Im Herbst wurde der Garten noch einmal umgegraben. Einige legten Runkeln in Mieten an. Die meisten ließen den Garten im Winter brach liegen. Nur der Kohl stand noch an den Gartenwegen. Kohl säumte traditionell die Gartenwege. Die Kohlstrünke standen bis zum ersten Frost. Wenn der weiße Frost auf den noch grünen Kohlblättern lag, wurde die letzte Ernte des Jahres gemacht. Es gab Grünkohl mit Bratwurst. Der große Anblick im grauen Winter.

Der Rektor Die meisten Menschen, die ich kannte, waren Taufscheinkatholiken. Nach dem Ende der tausend Jahre schlitterten wir in den Katholizismus. Er kam durch eine Schule, die katholisch war, durch Lehrer, die katholisch waren, durch den Pfarrer, der die Schule samt Lehrer beherrschte.

Unser Pfarrer hatte den Titel eines Rektors. Der Rektor war ein Herrscher. Ein wuchtiger Mann, schwarzhaarig, mit einer ungewöhnlich männlichen Stimme. Er hatte einige Goldzähne, allein die zeichneten ihn schon aus, denn Goldzähne hatte sonst niemand.

Der Rektor war eine Autorität mit der Strenge eines Herrschers und der Unnahbarkeit einer hochgestellten Person. Es war ein Mann, der im Pfarrhaus ein betont anderes Leben lebte als seine sogenannten Pfarrkinder, denn privat verkehrte er fast nur mit Geschäftsleuten, die bekanntlich anders lebten als die Arbeiter.

Er war kein Vertreter der Güte und der Liebe seines Gottes, er war ein Vertreter der Strenge und der Strafe. Sowohl Schulkinder als auch Meßdiener wurden von ihm vor versammelter Mannschaft geohrfeigt, unser Rektor kam nicht in einen Raum, er erschien.

Er war unnahbar, gewaltig und streng. Von den guten und den strengen Engeln unterschied er sich wie der Richter vom Scharfrichter.

Wenn der Rektor auf der Kanzel stand, dann trennten ihn nicht nur die wenigen Meter von den Gläubigen, er stand wie ein Herrscher darüber, aber nicht nur weil die Kanzel höher war. Seine Lieblingsgeste bei der Predigt war der erhobene Zeigefinger, die drohende Mahnung.

Er kontrollierte gern. Während der Messe konzentrierte er sich auf die Gläubigen hinter sich. Drehte er sich zu einem

Gebet um in Richtung Kirchenschiff, kniff er seine Augen zusammen, um genau zu sehen, wer von seinen sogenannten Schafen in der Kirche war. Wenn er die Kanzel betreten hatte, dann musterte er genau die Versammlung, auch während seiner drohenden Ausführungen ließ er sie nicht aus den Augen. Der Rektor wählte für die verlesenen Kapitel aus der Bibel Gleichnisse, damit wir sie auch kapierten. Ein Gleichnis habe ich nicht vergessen. Er hatte aus der Bibel über die Probleme des Zweifels am Glauben gelesen. Natürlich hatte das niemand verstanden, bei unserer Ausdrucksarmut verständlich. Der Rektor, der Schwarzhaarige mit den Goldzähnen und der Drohgebärde, der Mann mit der gewaltigen Stimme, machte uns klar, wie es mit dem Zweifel bestellt sei.

Vor der Kirche war an dem Sonntag eine Kirmes aufgebaut. Also kam in seinem Gleichnis eine Kirmes vor. Der Herrscher, der König also, befahl, ein Glas Wasser randvoll über die Kirmes zu tragen und keinen Tropfen zu vergießen. Herrscher und König waren seine Lieblingsbeispiele. Der Knabe aber widersprach dem König und Herrscher, es sei Kirmes und da werde er abgelenkt durch die Buden und Lustbarkeiten. Dabei könne er sich nicht auf das Glas Wasser konzentrieren, er könne den Auftrag nicht erfüllen. Da sei der König und Herrscher streng geworden, so der Rektor, er habe gesagt, wenn er auch nur einen Tropfen des vollen Glases verschütte, so lasse der König und Herrscher ihm den Kopf abschlagen. Und der König und Herrscher sei für seine Strenge bekannt. Daraufhin habe sich der Knabe mit dem vollen Glas Wasser über den Kirmesplatz bewegt und dort hätten viele versucht, ihn abzulenken. Die Gaukler, die Glücksspieler und ähnliche Figuren des Vergnügens. Doch der Knabe habe sich nicht

ablenken lassen, er habe auf sein Glas geschaut, ganz konsequent. Er habe weder nach rechts noch nach links geschaut. Er sei ganz konzentriert gewesen.
Seht ihr, so hat der Rektor argumentiert, so sei es auch mit dem Glauben: Gott der Herrscher sei streng und hart, er sei der Richter. Scharfrichter hat er nicht gesagt. Wer sich von seinem Glauben ablenken lasse, der verliere das ewige Glück, wie der Knabe seinen Kopf verloren hätte. Und dann hatte er mit theatralisch erhobener Hand wiederum gedroht: »So sei euer Glaube, laßt euch nicht davon abbringen, denkt an den Knaben, schaut unbeirrt auf euren katholischen Glauben und schaut nicht nach rechts oder links. Laßt euch nicht von den Verführern ablenken, denn am Ende steht die ganze Strenge des Herrn.« Die Orgel spielte, Punktum, die Predigt des Kindergottesdienstes war beendet.
Der Rektor wurde von uns gemieden. Wir versuchten seinem Beichtstuhl zu entkommen und gingen, wenn möglich, zum Kaplan. Falls man seinem Beichtstuhl nicht entkommen konnte, so hatte man während der Beichte keine Reue, sondern Angst. Aus lauter Angst hatte man dann Sünden erfunden. Hätte man die Wahrheit gesagt, so hätte er nach Sünden gebohrt. Mit absoluter Sicherheit fragte er nach der Unkeuschheit. Wie nach einem Katalog fragte er ab: Unkeuschheit allein, zu zweit oder zu mehreren? Wir mußten stets passen. Unkeuschheit allein? Wie denn? Das mußte man verneinen und wußte gar nicht, was er eigentlich meinte. Unkeuschheit zu zweit? Das konnte man sich schon ausmalen, aber da war nichts. Unkeuschheit zu mehreren, wie denn das? Man traute sich nicht zurückzufragen und verneinte die Fragen nach der Unkeuschheit recht kleinlaut.

Der Rektor hielt keinen Meßdiener-Unterricht, das machten die Kapläne jeweils. Den Religionsunterricht für die Jungen überließ er auch dem Kaplan, er hatte die Mädchenklasse übernommen. Einige Eltern hatten später erzählt, die habe er auch ganz gern getätschelt. Wenn er mal den Religionsunterricht bei uns übernommen hatte, dann herrschte immer eine gedrückte Stimmung, weil die Angst umging. Der Rektor führte keine Dialoge. Später ist mir auch bewußt geworden, daß er diffamierte. Über Luther erzählte er uns Kindern, der sei wegen seines ausschweifenden Lebens geschlechtskrank gewesen und sei ganz schlimm gestorben, als Strafe des Herrn. Die Juden hätten Jesus ans Kreuz geschlagen, und die Sozialdemokraten seien Knechte Moskaus, Bolschewiken nannte er sie. Wir wußten nicht, was Bolschewiken waren, aber es hörte sich ganz schön schlimm an. Und der SPD-Bürgermeister am Ort wäre ein Kirchenverfolger, erzählte der Rektor im Religionsunterricht.

Wenn die Meßdiener nicht hin und wieder Ausflüge oder Zeltlager gemacht hätten, wäre der freiwillige Dienst für die Kirche recht uninteressant gewesen. Vom Rektor hätte man nur stets was über den Kopf bekommen. Der jeweilige Kaplan glich das ein wenig aus.

Die katholischen Beerdigungen waren eine willkommene Abwechslung. Da machte man gern mit, weil es während der Beerdigung schulfrei gab. War man von der Kirche für eine Beerdigung eingeteilt, mußte einem der Lehrer für die Zeit frei geben. Wahrscheinlich hätte der Lehrer es verhindern können, doch keiner traute sich, der Rektor war der beherrschende Mann der Schule.

Beerdigungen mit ihm waren weniger angenehm. Er redete nicht mit uns. Die Kapläne unterhielten sich mit uns schon. Er schaffte durch sein Verhalten eine Beerdigungsstimmung. In der Sakristei sprach er kein Wort, ging es dann zum Friedhof, dann sagte er kurz »los«, und es ging los. Seine Predigten am Grab waren unpersönlich. Ging er mit uns nach der Beerdigung zurück, so redete er kaum mit uns. Er fragte höchstens nach privaten Dingen, denn neugierig war er. Fast jeder Ministrant war, wenn er angesprochen wurde, überrascht, daß der Rektor ihn überhaupt mit Namen kannte. Noch überraschter war man, wenn er gezielte private Fragen stellte.

Lieber machte er Trauungen.

Denn der Rektor liebte Gepränge und Weihrauch. Er mag auch seine mächtige Stimme geliebt haben, die er selbst gegen ein vollbesetztes Kirchenschiff noch durchsetzen konnte. Sicherlich mag sein Lieblingslied »Großer Gott wir loben Dich« gewesen sein, denn dann konnte er aus vollen Lungen gegen die Gemeinde und die Orgel singen. Daß er den Wein mehr mochte als das Wasser, das habe ich bei unzähligen Messen als Ministrant erlebt. Diente ich bei einer Messe, die er las, so konnte ich erleben, daß er das Wasser fast so scheute wie der Teufel das Weihwasser. Mit einem Kännchen voll Wasser und einem Kännchen voll Meßwein waren wir pro Messe ausgerüstet. Zunächst wurde der Wein in den Kelch gefüllt, den er uns, dem Ritual entsprechend, hinhielt. Wenn das Wasser folgen sollte, dann gab er einen brummenden Ton von sich, wie ein gereizter Hund etwa. Während dieses knurrenden Lautes machte er eine Andeutung, als zöge er seinen Meßkelch unwirsch zurück. Er konnte ihn aber nicht zurückziehen, weil sonst vielleicht das Wasser auf den Boden gelaufen wäre, und das hätte die aufmerksame Gemeinde hinter ihm mitbekommen. Wir hatten eingepaukt bekommen,

daß Wasser mit Wein vermengt würde und machten jeden Morgen den Versuch, Wasser in den Kelch zu bekommen. Knurrend verhinderte er es Messe für Messe.
Daß er eine Arbeiterfamilie besucht hätte, das habe ich nie erlebt. Gelegentlich kam er an den Nachmittagen unsere Straße herunter, um am unteren Ende der Straße eine der beiden katholischen Kaufmannsfamilien zu besuchen. Er mag auch mal die strengen Katholiken im ersten Haus der Straße besucht haben, ich erinnere mich daran aber nicht. Wenn er die Straße entlang kam, so konnten wir ihn schon oben am Ende erkennen, denn die Straße war verhältnismäßig lang und schnurgerade gebaut. Es war eigenartig, wenn er kam, dann suchten wir immer den Eindruck zu erwecken, wir hätten hinter dem Haus plötzlich einen Spielplatz gefunden. In wenigen Augenblicken gab es keine Kinder mehr, die auf der Straße spielten. Der Rektor ging dann durch eine ganz verlassene Bergmannstraße. Ob er es genoß, das weiß ich nicht. Ich weiß auch nicht, ob er wußte, daß er im Grunde Angst und Beklommenheit auslöste, ob er sich gefiel in der Rolle, schon auf Erden sehr hoch über den Menschen zu stehen. Der Rektor trug einen großen schwarzen Hut und einen langen schwarzen Mantel. Dieses Priesterschwarz hob sich von dem verschlissenen Grau der meisten Bekleidungen elegant ab. Sicherlich war die Soutane sein liebstes Kleidungsstück.
Unter der Kirche gab es eine katholische Leihbücherei. Wenn die Kinder Bücher ausliehen, dann war meist der Kaplan in der Bücherei im Kirchenkeller. Die Lektüre der älteren Kinder und der Erwachsenen bestimmte der Rektor. Er bestimmte tatsächlich, was sie lesen sollten. Denn wenn er am Karteikasten saß, dann wagte kaum jemand, einen Wunsch vorzutragen. Meist gab man kleinlaut sein

bisheriges Buch zurück, log, wenn er danach fragte, daß es gut gewesen sei und ließ sich von ihm ein Buch aussuchen. Dabei spielte er dann seine volkstümliche Rolle, er machte dann ein paar Witzchen, worüber besonders die Mädchen aufgeregt laut lachten.

Wir duckten uns unter seinem dröhnenden Baß und empfanden es geschmeichelt als Gnade, wenn unser Pfarrer menschlich zu uns war. Denn Pfarrer war der Rektor dann später noch geworden. Mir war der Unterschied zwischen Rektor und Pfarrer nie klar. Mein Vater sagte, der Unterschied liege im Gehalt. Ich wiederum wußte nicht, ob ein Pfarrer überhaupt Gehalt bekommt.

Daß seine Macht nicht bis in jede Wohnung reichte, das habe ich erst erfahren, als ich im weitesten Sinne für ihn unterwegs war. Wenn ein Ausleiher nach einer langen Zeit sein Buch nicht zurückgebracht hatte, dann schickte er Kinder zu den Säumigen. Sie sollten dann sagen, einen schönen Gruß vom Rektor, es stehe noch ein Buch aus, das wolle man jetzt abholen.

Ich hatte auch so einen Zettel bekommen und wurde in eine Bergmannssiedlung geschickt, die ich bisher nicht kannte. Wir hatten in dieser Straße weder Bekannte noch Verwandte wohnen. Der Bergmann Jatten hatte laut Buchführung der katholischen Leihbücherei ein Buch nicht wieder zurückgebracht. Ich ging an einem Samstag zu Jatten. Im Flur des Bergmannshauses roch es nach großer Reinigung. Die Fliesen glänzten, wie bei anderen auch hingen ein paar vergilbte Bildchen an den Flurwänden. Ich betrat die Wohnküche, die so eingerichtet war, wie alle Wohnungen in unserem Ort; mit Ausnahme der wenigen Lebensmittelhändler und Handwerker vielleicht. Der Kohleherd stand der Eingangstür gegenüber, in der Mitte ein Tisch mit vier Stühlen, zwei Schränke hatte das Zimmer und das obligatorische Ledersofa mit bunten Kissen.

Ich sagte meinen Spruch auf. Am Fenster saß der Bergmann Jatten. Er saß auf einem Stuhl und badete seine Füße gerade in einer kleinen Schüssel.

»Was«, sagte er, »der Himmelskomiker will ein Buch von mir?«

Ich konnte nichts sagen. So einen offenen Hohn gegen diesen mächtigen und im Grunde gefürchteten Mann hatte ich vorher noch nie gehört.

»Sag' deinem Himmelskomiker einmal, der hat Geld genug. Wenn der ein Buch will, dann soll der sich eins kaufen und nicht bei den Bergleuten auf lau machen.«

Der Ausdruck Himmelskomiker wirkte wie ein Hammer. Offensichtlich muß der Bergmann Jatten das wohl gespürt haben, denn er wiederholte den Ausdruck Himmelskomiker in fast jedem Satz. Und dabei war der Mann noch ausgesprochen freundlich zu mir. Er war in keiner Weise aggressiv.

Grußlos verließ ich die Wohnung. Als ich zu Hause völlig verstört erzählte, daß der Rektor Himmelskomiker genannt worden sei, da lachten meine Eltern laut; das hat mich damals sehr getroffen.

Später hörte ich, er sei während einer Messe »umgefallen«. »Herz und Kreislauf oder sowas«, sagte mir der Küster, »und dann war er auch schon schnell hinüber.« »Hinüber«, sagte er, nicht beim König.

Wenn du dich nicht mehr umziehen mußt für deine Arbeit, bei deiner Arbeit denselben Anzug trägst wie zu Hause oder wenn du mal weggehst, dann hast du es geschafft, dann bist du ganz oben.

FELIX ABRAHAM, *Arbeiter unter Tage*

Ein Sonntag im Juni Es geschah an einem Sonntag im Juni. Es war ein angenehmer Tag, die Sonne schien. Das Wetter machte richtig gute Laune. Ein Tag, an dem man versteht, warum Pferde auf der Weide ausschlagen. Weil sie auch so guter Laune sind. Wir waren an diesem Sonntag alle gut gestimmt, denn es war ein besonderer Sonntag im Juni. Es war ein Sonntag, an dem mein Vater offenbarte, daß er nichts von Wirtschaft verstand. In unserer Zeitung befand sich kein Wirtschaftsteil. Hätte sie einen gehabt, er hätte ihn nicht gelesen, weil er ihn nicht hätte lesen können. Die Buchstaben kannte er wohl, aber die Zusammenhänge der Worte nicht. Man hat meinem Vater nie beigebracht, den Wirtschaftsteil einer Zeitung zu lesen; den Nachbarn übrigens auch nicht. Allen Arbeitern in der Stadt hat man die wirtschaftlichen Zusammenhänge nie erläutert, deshalb durchschauten sie die Wirtschaft auch nicht. Wenn man nichts weiß, glaubt man. Mein Vater glaubte, wie die anderen auch, an die Wirtschaft, er glaubte an den Erfolg des Handels, und er wußte, daß der Faktor Arbeit der schlechteste war. Mein Vater zeigte immer das letzte Glied des kleinen Fingers: »Soviel Handel«, sagte er und deutete auf das letzte Glied seines kleinen Fingers, »bringt mehr als soviel Arbeit.« Und dabei ging er mit der anderen Hand von den Fingerspitzen bis zur Armkugel. Die Auffassung meines Vaters von Wirtschaft war: Ein winziges Stückchen Handel bringt mehr als ein ganzer Arm Arbeit. Den Faktor Kapital kannte er gar nicht. Die wirtschaftliche Begriffswelt endete für ihn beim Kaufmann, vielleicht auch beim Großkaufhaus, denn das war noch räumlich überschaubar. Wer will es den Leuten von O. auch verdenken: Damals gab es nicht einmal ein Bankgebäude in der Stadt, denn Konten hatten die Arbeiter

nicht. Und das Kapital der Kapitalisten lag in Form von Kohle in O. unter der Erde.
Mein Vater hatte eigentlich keinen Grund, an Gerechtigkeit zu glauben, sein Leben belegte es täglich. Doch einige Male im Leben glaubte er einfach daran. Weil er es einfach wollte, oder weil er nicht anders konnte. So auch an diesem Juni-Sonntag. Es war der Sonntag der Währungsreform. Er kannte den Mechanismus der Reform nicht, er wußte nur, daß es besseres Geld geben wird, denn in den letzten Jahren hatte er buchstäblich für nichts die Kohlenzeche wieder mit aufgebaut. Wie die anderen auch. Sie bekamen dafür Papiergeld, das praktisch keinen Wert mehr hatte, denn seine tägliche Arbeitsleistung hatte bestimmt einen anderen Gegenwert als eine halbe englische Zigarette. Von dem Papiergeld konnte er sich aber auf dem sogenannten schwarzen Markt nichts mehr kaufen. Die Reichsmark war ihr Papier nicht wert, auf dem sie gedruckt war. Mit der Reichsmark ging auch endlich dieses verfluchte Reich kaputt. So sah es mein Vater an diesem Sonntag im Juni.
Bei wichtigen Ereignissen sieht man stets einen Bezug zum Wetter. So auch an diesem Sonntag. Wir sollten den Phönix aus der Asche steigen sehen, wir glaubten an einen Neubeginn mit Gerechtigkeit. Wir gingen an diesem Sonntag in die Gaststätte Hundrup. Hier war eine Auszahlungsstelle eingerichtet worden. Während die Mutter hineinging, standen wir draußen vor der Gaststätte in der wärmenden Sonne. Überall standen Gruppen von Nachbarn und erzählten. Sie erzählten Wunderdinge von dem neuen Geld. Ein Händler soll ganze Packen von Reichsmark auf dem Bürgersteig verbrannt haben. Kondorf hatte er geheißen. Ich habe nie festgestellt, ob diese Geschichte stimmte. Vielleicht hatte man sie deshalb erfunden, weil

diese Geschichte zwei Vorstellungen verdinglichte: Die Verachtung für die wertlose Reichsmark, die konnte man nur noch verbrennen, und der Glaube an die Gleichheit. Denn der Händler Kondorf war jetzt ihresgleichen. Er bekam von dem neuen Geld die gleiche Summe. Er war nicht mehr als sie, glaubten sie.
Wir bestaunten das neue Geld. Es war ganz anders. Schon äußerlich signalisierte es die Zeitenwende. Es war neu, nicht einmal geknickt, es schien nach neu zu riechen. Das neue Geld war ohne Fehl und Tadel. Das alte Geld war verschlissen, ausgefranst und schmutzig, seine Farben waren ausgewaschen, ausgebleicht oder total verschmutzt und somit heruntergekommen.
An diesem Währungsreformsonntag wurden viele Menschen geblendet. Denn sie glaubten daran, für alle beginne die Stunde null unter für alle gleichen Bedingungen. Diese These versuchte uns auch der Vater einzubleuen. Nicht weil er es wollte, er sah es selbst so. »Alle sind gleich reich«, sagte er damals, nicht etwa gleich arm. »Krupp hat jetzt nicht mehr als wir«, sagte er uns. Krupp war der Inbegriff für Reichtum und Besitz, mehr als Krupp konnte keinem Menschen gehören, über Krupp gab es nichts mehr. Denn alles, was im Revier als Symbol für Macht galt, gehörte Krupp: Fabriken, Zechen, Arbeitersiedlungen, Stadtteile, Lastkraftwagen, Maschinenhallen und Land, alles hatte Krupp. Einige machten darüber sogar Witze. Wenn ein Blitz am Himmel zuckte, dann sagten sie: »Der Krupp hat schon wieder zehntausend Mark daran verdient.« Und dieser Krupp bekam die gleiche Summe wie wir. Das alte Geld nutzte ihm nichts mehr, sagte mein Vater. Genau an diesem Sonntag zeigte sich, daß er die Verhältnisse nicht überschaute: denn den Krupps und anderen hatte man die

Werke wieder aufgebaut. Und weil sie im Besitz von Produktionsmitteln waren, waren sie an diesem schönen Frühlingssonntag den Arbeitern von O. sofort wieder überlegen, denn die in der Erde ruhende Kohle war nicht gleich aufgeteilt worden, die gehörte denen, die Produktionsmittel besaßen.

»Und der Doktor Wiese hat auch nicht mehr Geld.« Der Doktor Wiese war der Werksdirektor. An diesem Sonntag hatte er wohl sicherlich nicht mehr, weil der Werksdirektor auch keine Produktionsmittel besaß. Er war nur ein Direktor, der für's Kapital managte. Doch schon am Montag war meines Vaters Gleichheits-Glaube widerlegt, denn am Montagabend hatte nach einem Arbeitstag der Doktor Wiese schon mehr von dem neuen Geld. Mein Vater bekam soviel, um uns über die Runden zu bringen, der Direktor erhielt aber viel mehr Geld, mehr als er fürs Überleben seiner Familie brauchte. Und am Dienstag hatte er schon wieder mehr als mein Vater. Und dann kam der Tag, wo das Mehr des Doktor Wiese sich wiederum selbst vermehrte: durch Zinsen.

Doch so hatten die Arbeiter nie rechnen gelernt. Man hatte ihnen zwar in der Schule das Prozentrechnen beigebracht, aber das hatte sich nie auf eigene Bankzinsen bezogen.

Aber das diskutierten wir nicht, das errechneten wir nicht, das wußten wir auch nicht. Wir hatten einen Juni-Sonntag, der eine Wende im Leben bedeutete. Das gute Gefühl war verbreitet, jetzt komme die große Gerechtigkeit, denn alle hatten sie an diesem Sonntag die gleiche Geldsumme im Hause: Die Nachbarn über uns, die Nachbarn neben uns, die Nachbarn im Vorderhaus und die Nachbarn der Nachbarn und wiederum deren Nachbarn, die ganze Straße, die ganze Stadt, der ganze Kreis, das Land, alle; sogar der Krupp und der Doktor Wiese.

Der schöne Sonntag hatte einen Montag, einen schönen Montag. Aber nicht des Wetters wegen, der Überraschung wegen. In den Läden gab es wieder Waren: Brot und Obst, Fleisch und Wurst, sogar Schokolade, später sogar Bananen. Mehr Dinge als vorher auf dem schwarzen Markt. Eine Freudennachricht folgte der anderen: Der große Beschiß als großes Glück.

Klassenwechsel »Frag mal deine Eltern, ob du auf die Mittelschule darfst.« Ich durfte nicht, genauer: Ich konnte nicht. Der Dialog zu Hause war schnell beendet: »Nein, das geht nicht. Einer geht schon auf die Mittelschule.« Der »eine« war mein Bruder und dessen Schulbesuch war finanziell nur möglich, weil die Oma etwas von ihrer Rente abzweigte.

Fräulein Bigalke hätte gern mehrere Kinder aus ihrer Volksschulklasse auf die Mittelschule geschickt. Damals hießen die Schulen noch nach dem Stand ihrer Schüler: Volksschule, Mittelschule, Oberschule.

Fräulein Bigalke wußte wohl, daß es hier eine wichtige Lebens-Gabelung gab. Wenn einer aus dem Stand heraus wollte, dann mußte er jetzt, im vierten Schuljahr der Volksschule abspringen, zu einer Zeit, in der die Kinder selbst die Tragweite noch nicht übersehen konnten. Die freie Entscheidung der Eltern gegen die Mittelschule war gar keine freie Entscheidung: Die wirtschaftliche Lage der meisten ließ eine Entscheidung für die Mittelschule gar nicht erst zu.

Fräulein Bigalke hielt mindestens fünfzehn bis zwanzig Schüler für reif, von ihren Fähigkeiten her eine andere Schulbildung zu erhalten. Doch danach fragte das System nicht, denn Geld und Geist waren entscheidend: Geist allein war keine einzahlbare Münze, es wurde damals in frischer, harter Währung gezahlt.

Fräulein Bigalke hatte versucht, mit Härte, Strenge und Zucht eine übergroße Schulklasse zu Leistungen zu treiben. Sie wirkte freudlos-ernst, ein Lehrprogramm schien ihr ein stures Paukprogramm, sie züchtigte schnell und sehr hart. Dabei hatte sie eine gewisse Straf-Abstufung eingeführt.

Begriff einer etwas nicht, erhielt er eine schallende Ohrfeige vor der gesamten Klasse. Die Ohrfeige hatte er stehend entgegenzunehmen. Bekam man ausnahmsweise im Sitzen eines hinter die Ohren, dann hate sie impulsiv zugeschlagen.
Hatte einer ein sogenanntes Vergehen begangen, bekam er Prügel mit dem Stock in die Hand. Er mußte dann aufstehen und Fräulein Bigalke die Hand entgegenstrecken. Sie schlug ihm seitlich stehend mit dem Rohrstock in die Handfläche, je nach der Größe des Vergehens erhöhten sich die Schläge: bis zu zehn Schläge galten als Höchststrafe in der mittleren Strafstufe.
Stufe drei waren Vergehen gegen die Schulordnung: Schularbeiten nicht gemacht, zu spät gekommen, Pausenschluß versäumt, Texte nicht auswendig gelernt. Dann mußte man nach vorn kommen, und die erste Schulbank wurde geräumt. Der Schüler mußte sich über die Schulbank beugen, mit seinen Händen mußte er sich an den Sitzflächen der Bank festhalten, durch diese Haltung wurde sein Gesäß prall herausgestreckt. Darauf bezog er dann seine Schläge.
Mädchen wurden von Fräulein Bigalke grundsätzlich nur geohrfeigt. Fräulein Bigalke hatte die Klasse im Griff.
Doch auch das strengste System kann unterlaufen werden, denn hinter ihrem Rücken wurden Informationen getauscht, das Abschreiben wurde immer wieder ermöglicht. Zusammen mit zwei anderen Schülern habe ich sie über ein Jahr lang arg getäuscht. Wir saßen in der ersten Reihe der Klasse. Nach dem Schulverständnis von Fräulein Bigalke hatte die Rangfolge der Sitze etwas mit der Leistung zu tun, die Besten vorn, die Fußkranken als Hinterbänkler.

Bei irgendwelchen Arbeiten wurde mal die Reihenfolge der Sitze vergeben. Da die Klasse zahlenmäßig sehr groß war, konnte sie allein die Leistungen nicht ständig überprüfen. Die Schiefertafel bei Rechen- oder Schreibarbeiten erhielt dann der Nebenmann zur Überprüfung, die richtigen Ergebnisse standen am Ende der Arbeit an der Klassentafel. Der Nebenmann mußte mit der Klassentafel die Arbeit vergleichen und Fehler ankreuzen. Wir drei von der ersten Reihe haben unsere Praxis nie besprochen, sie wurde stillschweigend vollzogen. Wenn ein Fehler auf der Schiefertafel war, der Nebenmann korrigierte ihn heimlich. So hielten wir unsere Fehlerquote stets sehr niedrig, und die Noten damit konstant gut. Wir hielten unsere Plätze in der ersten Reihe. Vielleicht haben wir damals in dem Zuchtregiment von Fräulein Bigalke schon begriffen, daß man nicht nur mit Leistungen allein oben bleiben kann, Gerissenheit ist ein ebenso wichtiges Element.
Auch die strengsten Herrscher lassen sich täuschen. Fräulein Bigalke hat nie gemerkt, daß ihre drei Klassenbesten sie ständig beschissen haben.
Sechs Kinder wollten unsere Klasse damals zur Mittelschule verlassen. Bei den anderen hatten die Eltern nein sagen müssen, so schickte Fräulein Bigalke dann nur sechs ins Gefecht um den Aufstieg.
Zwei von der ersten Bank waren dabei, einer war der Sohn des Einzelhändlers, für die Verhältnisse von O. schon mehr als Mittelstand. Hier entsprach es dem Familienbewußtsein und der finanziellen Möglichkeit, daß er die Volksschule verließ. Der andere war der Sohn eines Maurers. Der Vater hatte sich krumm gelegt, weil sein Sohn es einmal besser haben sollte. Und dann war noch ein Bergmannssohn dabei, der mittlere von damals drei Kindern.

Auch hier wollten die Eltern zurückstecken, damit der Sohn nicht später in den Pütt mußte. Drei Mädchen sollten ebenfalls die Klasse verlassen. Zwei Angestelltentöchter und die Tochter eines Arbeiters. Alle sechs kamen durch. Fräulein Bigalke hatte an den Prüfungen teilgenommen. Vielleicht war es Ehrgeiz, vielleicht wollte sie auch ihre Ohnmacht durchspielen: Unsere Klasse machte einen Tag später nur so zum Spaß die Prüfungsarbeiten auch. Fräulein Bigalke hatte es angeordnet, nicht etwa vorgeschlagen. Rechenarbeiten, Aufsatz und Diktat, das war alles. Die Prüfungsarbeiten waren nicht schwer. An einen Diktatfehler erinnere ich mich genau. Es wurde ein Mädchen namens Änne beschrieben. Sie ging von der Straßenbahn über die Zechenbrücke in die Schule. Auf der Zechenbrükke, die sie überquerte, ließ sie sich oft ablenken, denn es war eine Straßenbrücke, unter der die Zechenbahn hindurchfuhr. Und die Dampflokomotive nebelte dieses Mädchen Änne stets ein. Deshalb versäumte sie oft den pünktlichen Schulbeginn. Es waren alles einfache Sätze. Einen Fehler machten fast alle und alle den gleichen. Sie hatten meist Enne geschrieben, die sechs Prüflinge übrigens auch.

Mit Enne und Geld waren sie eine Schule höher gekommen.

Fräulein Bigalke war busenlos, arschlos, knochig, hager, faltig, eckig und scheinbar ohne jede Gefühlsaufwallung.

Doch nach der Prüfung zur Mittelschule war ihr anzusehen, daß sie sich ärgerte wegen der vielen Kinder, die intellektuell in der Lage waren, eine ihnen angemessene Schulbildung zu erhalten. Sie wirkte auch traurig über das Klassenschicksal »ihrer« Kinder. Wir kamen zwar eine Klasse höher, blieben aber in der gleichen Schule und somit im Prinzip in unserer Klasse. Fräulein Bigalke hatte sich verkalkuliert, sie muß geglaubt haben, mit Bildung könne man schon seiner sozialen Klasse entkommen. Damals nicht, denn den sechs Schulwechslern gelang kein sozialer Aufstieg.

Der Sohn des Einzelhändlers bekam eine seiner Klasse adäquate Bildung und übernahm das Geschäft des im Krieg getöteten Vaters, das er heute noch führt. Er hat den sozialen Besitzstand mit Bildung und dem mitgegebenen Kapital bewahrt.

Die beiden anderen Jungen aus dem Arbeiterstand schafften es nicht, ihrer Klasse zu entkommen, denn sie hatten kein Kapital. Der eine wurde Maurer, wie sein Vater, der andere ging zunächst zur Zeche, wie sein Vater auch. Dann verließ er die Zeche und wurde Busfahrer. Ohne Geld nutzte beiden die Bildung nichts.

Die Arbeitertochter kam nach zwei Jahren in die Volksschule zurück. Die Eltern konnten es sich finanziell nicht mehr leisten. Sie heiratete einen Einzelhändler und schaffte somit den kleinen Aufstieg, der Frauen möglich ist.

Die anderen beiden Mädchen landeten auch in der Küche. Vielleicht aufgrund ihrer Schulbildung heirateten sie einen Angestellten, dem sie dann Kinder aufzogen und den Haushalt führten.

Auch sie haben den sozialen Besitzstand nur gewahrt, höher sind sie nicht gekommen. Vielleicht sind Bildung, Gerissenheit und Kapital eine unverzichtbare Dreieinigkeit.

Bei uns blieben alle in ihrer Klasse, selbst bei Schulwechsel.

Vom Bewußtsein Wir kannten eigentlich kein Klassenbewußtsein. Der Ansatz eines solchen Bewußtseins lag nur in der Kenntnis der Ohnmacht: »Wer das graue Bergmannshemd trägt, hat nichts mehr zu verlieren«, oder: »Mir nimmt die Arbeit keiner weg«, oder: »Wenn man uns schuften sähe, hätte man mehr Achtung.« Das waren die Sprüche des Vaters und der Nachbarmänner.
Im Grunde hatten wir selbst keine hohe Meinung von dem Bergmannsberuf. Natürlich mußte der Kumpel an der Spitze der Lohnskala stehen, aber Kumpel mochte man nach Möglichkeit nicht sein oder werden müssen.
Dabei arbeiteten auf unserer Straße alle auf der Zeche. Alle waren sie von ihrem Lohn abhängig, sie hatten alle eine Markennummer, eine wenig unterschiedliche Bezahlung, eine wenig unterschiedliche Beschäftigung, alle die gleiche Abhängigkeit.
Wenn wir aber in der Schulklasse nach den Berufen unserer Väter gefragt wurden, kamen die unsolidarischen Sprüche, schon die Kinder versuchten sich auszutricksen.
Daß die Angestelltenkinder obenan standen, war klar, sie brauchten erst gar nicht auf die Pauke zu hauen. Sie waren wer. Unstreitig, wie ein französischer Adliger auch nie mit der Ahnengalerie umherlaufen muß, da weiß man es. Sie gaben die Berufe der Väter mit der Selbstsicherheit von Bürgerkindern an.
Das Ritual der Berufsangabe war bei ihnen kurz, aber es saß.
Angesehen in der Klasse war ein Mädchen, weil ihr Vater bei der Werksfeuerwehr war. Der trug eine Uniform und stand am Werkstor und ließ Autos ein und aus. Der war wer, eine stadtbekannte Persönlichkeit. Er war dazu noch

ein großer und kräftiger Mann, da konnte die Tochter schon stolz sein. Ihr Vater brauchte nicht in den Dreck nach unter Tage. Er war im Prinzip nur ein Aufpasser im Betrieb, er war aber der Tambourmajor, der Mann mit der Uniform, er kam direkt hinter den Angestellten, obwohl vom Einkommen her ganz hinten stehend.
Wenn der Vater schon unter Tage arbeitete, dann mußte er wiederum etwas sein. Er war nicht nur etwa schlicht Bergmann. War er im Akkord tätig, dann war er Hauer, Kohlenhauer war eigentlich die genaue Berufsbezeichnung. Und wo alle nichts sind, da versucht man sich hoch- oder abzustufen. So gab es im Bergbau ungewöhnlich viele Meister: Bandmeister, Schichtmeister, Rutschenmeister, Lademeister und Schießmeister. Herbert Altros Vater war Schießmeister. Im Prinzip sprengte er unter Tage Stollen, er war ein Bergmann mit einer speziellen Ausrichtung, ein Abhängiger wie jeder andere auch. Aber er war Meister. Und das ließ Herbert Altros stets genüßlich über die Zunge gehen. »Was ist der Vater«, fragte die Lehrerin. »Schießmeister«, sagte der Sohn, so als sei er persönlich mehr als die anderen. Und in der Schulpause sagte er dann noch genüßlich: »Er ist Meister seines Fachs.« Eine leere Redewendung im Grunde, doch nicht für ihn.
Da kam kein Klima der Gemeinsamkeit auf. Zusammenhalten? In der privaten Nachbarschaft wohl, aber kämpfen gegen »die da oben«? Kaum, jeder wollte selbst nach oben, ein Stück Oben im Unten.
Die sozialen Unterschiede untereinander waren verständlicherweise gering. Dafür wurden geringe Konsumvorsprünge ausgekostet: Eine neue Schultasche aus Leder, eine neue Cordjacke aus dem Kaufhaus, eine kleine Reise zu Verwandten, eine Mitfahrt zu einem auswärtigen Fuß-

ballspiel. Schon konnte man sich über die anderen erheben und ihnen zeigen, wie klein sie waren. Weil sie Scherlebeck nicht kannten. Oder Hombruch nicht, oder gar Dortmund. Oder weil sie noch nicht mit der Eisenbahn gefahren waren. Das waren unsere Unterschiede.
So gab es drei Klassen in einer Klasse.
Die hauchdünne Schicht der arivierten Angestelltenkinder, sie bildeten die Oberschicht. Die rivalisierende Schicht der Bergarbeiterkinder mit den verschiedenen Berufsbezeichnungen und Konsumvorsprüngen und diejenigen, deren Väter schon tot waren. Da war einer, der sagte immer, er habe keinen Vater. Wir prockelten heraus, daß er unehelich geboren war. Er war der Geringste unter den Geringen.

Ich bin gegen die Todesstrafe. Wenn einer so etwas gemacht hat, dann müßte er so hart arbeiten wie ich. Als Bergmann unter Tage.

KARLHEINZ ZAWAR, 1952 tödlich verunglückt

Gedichte Wir hörten oft die Schüler der Mittelschule über das Lied von der Glocke sprechen. Auch in kulturellen Sendungen im Radio wurde das Lied von der Glocke erwähnt. An seinem Text sollen ganze Generationen von bürgerlichen Schülern zerbrochen sein, wenn sie ihn in ihren Kopf pauken mußten. In unserer Schule wurden keine Gedichte gelehrt und auch nicht besprochen. Die ersten Lesebücher nach dem Kriege enthielten auch keine Gedichte. Papier war so wertvoll, daß man vielleicht ganz ökonomisch dachte bei den Produzenten: bei Gedichten bleibt zu viel teures Papier unbedruckt. Wir hörten in der Schule nichts von Goethe und nichts von Schiller, nichts über Kleist und Hölderlin, auch nichts über Büchner. Als ich den Namen Shakespeare zum ersten Mal hörte, glaubte ich wirklich, es handele sich um eine Biersorte. Eine Lehrerin machte uns lediglich auf ein Gedicht aufmerksam, das an der Wand des Schulbrunnens im Gebäude selbst eingemeißelt war. An dem Brunnen liefen täglich die Kinder lärmend vorbei, ohne auch nur einmal Interesse für den eingemeißelten Text zu zeigen. Sie versuchte, uns das Gedicht nahezubringen, indem sie erzählte, die Schule sei in großer wirtschaftlicher Not gebaut worden. Sie sei für uns gebaut worden. Jeder Zuhörer wünschte dem Bauherrn, daß er vor der Vollendung der Schule schon pleite gemacht hätte. Sie verband dieses Gedicht mit den eigenen Entsagungen ihrer Jugend, die sie als Tugend predigte. In dem Brunnen unserer Schule steht:
Erbaut nach Krieg,
in Zeit der Not,
als Steine teuer,
rar wie Brot.
Es war die Inflationszeit damit gemeint. Da war die Schule

tatsächlich teuer gewesen. Und die Baufirma soll tatsächlich Pleite gemacht haben, weil der mit der Gemeinde vereinbarte Preis am Ende nicht mehr gestimmt habe. Das erzählten Nachbarn und Eltern stets schadenfroh. Es wurde nicht ein Gedicht während der gesamten Schulzeit im Unterricht durchgenommen. Aus der Zeit sind eigentlich nur Zoten hängen geblieben. So reimten wir schon sehr früh, wenn wir mit einer Gruppe Jungen zusammen waren:
Weißt du noch vor vierzehn Tagen
als wir in dem Graben lagen?
Hoch das Bein und hoch der Rock,
hinein mit dem Rhabarberstock.
Auf den Graben war man wohl deshalb gekommen, weil es immer hieß, wenn zwei intim miteinander waren, sie hätten schon zusammen im Graben gelegen.
Ausnahmsweise handelte es sich nicht um den so oft geschilderten Schützengraben; gemeint war der ganz gewöhnliche Straßengraben. Wenn sexuelle Beziehungen vor oder außerhalb der Ehe abgewertet werden sollten, dann fanden die immer in einem Graben statt. Das heißt in den Erzählungen der anderen.
Auch Lebensweisheiten wurden in Gedichtform verfaßt. So wurde behauptet, eine schwangere Frau bete immer:
Lieber Gott im Himmel,
schenk' mir Kind mit Pimmel.
Auch über die sexuellen Unterschiede von Mann und Frau gab es zotige Gedichte, die fast jeder im Schlaf aufsagen konnte:
An der Nase des Mannes
erkennst Du seinen Johannes,
an dem Mund des Weibes,
erkennst du die Furche des Leibes.

Selbst der Abschied von der Schule wurde gereimt. Der Nachbarjunge Hermann Zawar schnitzte sehr sorgfältig, ohne daß es der Lehrer merkte, in seine Schulbank:

Hier hab' ich gesessen,
acht Jahre lang.
Hab Prügel gefressen,
das war der Dank.

In der Schule lernten wir keine Gedichte, auf der Straße Sprüche. Oder vermeintliche Lebensweisheiten. So den kernigen Männerspruch: Es lebe die Liebe, der Wein und der Suff, der uneheliche Beischlaf, der Papst und der Puff.

Die Lehrer Lehrer lehren nicht nur, es sind gewissermaßen die ersten fremden Menschen, denn bisher kannte ich nur Nachbarn und Verwandte. Lehrer greifen in das Leben ein, es sind zunächst fremde Menschen mit Einfluß, dann sind sie bekannte Fremde. Denn man lernt ihre Schwächen kennen, lernt sie zu ärgern, lernt sich mit ihnen zu arrangieren, lernt sie zu täuschen, lernt Anpassung, ganz selten Unterordnung. Alle Lehrer haben Spuren in mir hinterlassen, wenn auch – scheinbar – nur in der Erinnerung. Besonders sanft, subtil und nachsichtig war ausgerechnet die Lehrerin aus der Nazizeit. In Filmen kommen aus dieser Zeit nur Figuren auf die Leinwand,die Durchhalteparolen verkündeten, alternde BDM-Typen waren oder Stehkragenfaschisten. Fräulein Menne war das, was man eine schlichte Frau nennen würde, der man Herzenswärme attestieren kann oder die besonders schöne Note Herzensbildung gibt. Sie war beileibe keine Antifaschistin, sie war mit Sicherheit eine Bürgertochter, die ihrer Herkunft wegen den Faschismus nur sekundär wahrnahm, denn er mag ihr zu tölpelhaft gewesen sein. Sie hatte sich in die Literatur und in die hehren Bildungsideale geflüchtet: Edel sei der Mensch, hilfreich und gut. Sie verkörperte eine bürgerliche Arbeiterwohlfahrt, sie war eine AWO-Frau aus hohem Hause. Selbstverständlich registrierten wir derart subtile Feinheiten damals nicht, für die Eltern und für die Kinder war Fräulein Menne damals schlicht nett.

Wir alle haben sie völlig aus den Augen verloren. Sie tauchte meines Wissens nach dem Krieg nicht mehr in O. auf.

Leinwandpreußen oder Lehrerkarikaturen kamen erst nach dem Krieg. In den ersten Wirren des sogenannten

Zusammenbruchs wechselten die Lehrer so schnell, daß sie den Erinnerungwert von Sternschnuppen bekamen. Da die Männer meist noch in der Gefangenschaft waren, beherrschten Frauen in Mehrzahl das Lehrerzimmer. Es waren Tantentypen, viele von ihnen hatten als Frisur einen Mittelscheitel und trugen ihr Haar zu einem Knoten vereinigt. Meist soll der Knoten nicht echt gewesen sein. Ein falscher Wilhelm sei das, belehrte mich mein Vater, denn der würde abends abgenommen und auf den Nachttisch gelegt. Und morgens würde er wieder mit Haarklammern befestigt, wenn sich die Frau gewaschen habe. Das erzählte er zumindest grinsend und meine Mutter unterbrach Vaters Erzählungen dann mit: »Quatsch doch nicht so'n Mist.«

Doch wir erhielten in unserer Klasse einen Lehrer, dem einige Kolportagen vorausgingen. Der schlüge ohne jede Warnung zu, sei ungemein verfressen und ängstlich um Hab und Gut bemüht. Alles stimmte. Er hieß Fritsch, wie der Schauspieler. Den Vornamen kannten wir nicht, Lehrerinnen und Lehrer hatten keine. Was wir nur dunkel wußten: er war Flüchtling, er hatte nicht nur seinen materiellen Besitz verloren, sondern auch die gesamte Familie, seine zwei Söhne sollen umgekommen sein. Daß ein solcher Schlag einen Menschen prägt, wußten wir nicht. Wir wußten es deshalb nicht, weil Lehrer keine Privatpersonen waren. Nach Schulschluß zogen sie sich zwar in ihre Schneckenhäuser zurück, wenn man sie mal wie ganz normale Menschen spazierengehen sah, so redeten wir darüber wie über ein ganz besonderes Ereignis.

Lehrer Fritsch war ein überaus nervöser, fast gehetzt wirkender Mann. Er trug, was damals völlig unüblich war, einen Schnauz. Um seinen Kopf war ein dürrer Haarkranz.

Der könne sich mit dem Handtuch kämmen, das sagten die Väter einiger Mitschüler über ihn. Lehrer Fritsch war hager. Weil für mich damals alle erwachsenen Menschen alt waren, muß er zwischen vierzig und fünfzig Jahre alt gewesen sein. Er trug eine Brille, und er schien Fischaugen zu haben. Seine Brille hatte einen Goldrand und unten schärferes Glas zum Lesen. Studienratsbrille nannten wir sie. Das heißt, die Eltern bezeichneten sie so. Und wir sagten es nur nach. Lehrer Fritsch trug eine flache Mütze, die wir Schiebermütze nannten. Nick Knatterton trägt so eine, aber kariert. Russische Arbeiter tragen auch solche Mützen, doch aus dunklem Stoff. Bergarbeiter trugen in ihrer Freizeit auch oft solche Schiebermützen, aber Lehrer Fritsch' Schiebermütze war aus hellem Stoff.

Hastig betrat er morgens das Klassenzimmer, dabei trug er unter dem Arm das Lenkrad seines Fahrrades. Er konnte das Lenkrad mit wenigen Handgriffen vom Fahrrad nehmen, lenkerlos stand das Fahrrad dann im Schulhof, so war es schlecht zu stehlen. Selbst wenn einer mit einem Fahrrad ohne Lenker hätte fahren können – freihändig –, er wäre zumindest aufgefallen und die Polizei hätte leicht seine Spuren finden können. Er hängte den Lenker des Fahrrades über den Kleiderbügel, dann folgte die Schiebermütze. Er ging dann zum Pult, legte darauf eine abgewetzte und ungewöhnlich dünne Aktentasche. Wir sagten immer, die Tasche sei so leer wie sein Magen. Wir waren inzwischen aufgestanden. Er sagte »moin«, das hieß guten Morgen. Wir sagten im Chor: »Guten Morgen, Herr Lehrer.« Dann bekreuzigte er sich hastig und sprach entschieden schneller das Morgengebet als die Kinder, er sprach es etappenweise. Ohne Atem zu holen, rasselte er: GegrüßetseistDuMariaDubistvollderGnade.

Dann machte er eine Pause, recht schwerfällig folgte der Chor der Klasse: »Gegrüßet seist Du Maria, Du bist voll der Gnade.« Hatten wir ihn eingeholt, legte er wieder einige Sätze vor und wartete. Während des Wartens blickte er ungeduldig an die Decke oder aus dem Fenster oder an die Stirn der Klasse oder auf einen Schüler. Blickte er dabei auf einen Schüler, so sah er ihn mit Sicherheit nicht. Er pflegte auch mal das Gebet zu unterbrechen und fragte, einen Gegenstand von der ersten Bank hebend, was das denn sei. Er ließ sich aufklären, das sei eine neue Tasche, die gebe es in diesem oder jenem Geschäft oder gegen den Tausch von zehn Eiern. Er begutachtete den Gegenstand, dann rasselte er plötzlich ohne jeden Übergang in seinem Gebet weiter. Teilweise glucksend folgte schwerfällig der Chor der Klasse.

Bei unserem Lehrer Fritsch schien alles zu rasseln. Er rasselte seinen Stoff hinunter, er hielt nur ein, wenn einer ihn nicht verstanden hatte. Er wirkte wie ein Richter, der jede Menge kleine Strafurteile an einem Morgen verhängt. Schnell und tonlos kommt auch bei solchen Richtern der Text vom Namen des Volkes.

Schlagartig unterbrach er seinen Stoff, wenn die Schulspeisung ins Zimmer getragen wurde. Die Jungen einer Klasse über uns übernahmen das Kübelschleppen nicht ungern. Denn alles, was vom Unterricht befreite, galt als schön. Einer von diesen Jungen wurde später ein Nationalspieler. Er tat sich während des Kübeltragens stets durch vorwitzige Bemerkungen hervor. Wobei die Lehrer nicht wußten, ob der spätere Nationalspieler schlicht Possen riß oder ob er sie hintergründig verarschte.

Nach gestandener Katholikenart – wer das Kreuz hat, segnet sich zuerst –, griff Lehrer Fritsch mit der Kelle in

den Essenskübel und füllte seine Schüssel zuerst bis zum Rand. Er setzte sich ans Lehrerpult, hielt vor sich eine Zeitung und erweckte den Eindruck, als lese er. Damit verdeckte er gewissermaßen sein Gesicht, weil mit einer ungewöhnlichen Geschwindigkeit der Löffel zwischen Schüssel und Mund hin und her flog. Der Löffel ließ bei der Trägheit des Auges den Eindruck eines laufenden Förderbandes entstehen, mit dem Löffelförderband wurde die Suppe in den Mund gefahren. Er holte sich oft mehrere Nachschläge. Auch lobte er die Qualität der Schulspeisung. Mit diesem Urteil stand er stets allein da.
Während Fritsch hinter seiner Zeitung löffelte, hatten wir eine gelöste halbe Stunde. Wir durften uns dann halblaut bis laut im Unterricht unterhalten, denn Essenszeit war Unterrichtszeit.
Wurde es mal zu laut, legte er seine Zeitung beiseite und guckte nur, der Lärm versiegte sofort, er hob die Zeitung, und wieder wurde es lauter.
Lehrer Fritsch pflegte ohne jede Warnung zuzuschlagen. Aus dem Gelenk heraus schlug er zu, und zwar mit der Faust. Dem einen oder anderen Getroffenen schoß dabei das Blut aus der Nase. Nach dem ersten Schlag hielt er seine Fäuste wie ein Boxer in Brusthöhe, so als erwarte er einen Gegenschlag vom Schüler. Fritsch schlug zu und ging sofort auf Abwehr. Da nie ein Gegenschlag erfolgte, schlug er selten weiter. Gelegentlich kam noch einmal überraschend ein Faustschlag nach. In der Klasse herrschte dann eine Stimmung von empörter Angst. Man war froh, nicht selbst einen Schlag bekommen zu haben, doch es übertrug sich eine merkwürdige Spannung auf alle, weil jeder wußte, es folgt kein Gegenschlag, aber jeder rechnete trotzdem damit. In der Pause wurde dann das

Opfer umringt und getröstet. Die blutende Nase wurde gestillt, kullernde Tränen wurden übersehen, es wurde Rache geschworen und der Lehrer ein Schwein genannt, oder gar eine Sau, dem man mal die Karre – das Fahrrad – stehlen oder die Scheiben einschlagen oder des Nachts überfallen sollte. Überhaupt gehörte er totgeschlagen. Oder er sollte einmal an die richtige Adresse geraten, das genüge schon. Wir glaubten immer, Lehrer Fritsch habe überhaupt keinen Bezug zu den Kindern. Doch das stimmte nicht. Gelegentlich spürten wir, daß er sich um uns kümmerte und sehr persönliche Fragen stellte.

Doch nicht aus reiner Neugier wie der Pfarrer zum Beispiel. Er bekam eines Tages eine andere Klasse. Wir nahmen es zunächst nur zur Kenntnis, doch dann trauerten wir ihm sogar deshalb ein wenig nach, weil wir einen Lehrer erhielten, der als besonders streng verschrien war. Lehrer Fischer hätte für jeden Paukerfilm gereicht. Er war ein Pünktlichkeitsfanatiker mit diktatorischer Strenge. Wer ihn als Klassenlehrer hatte, hatte das Mitleid der ganzen Schule. Weil es hieß, besonders böse und scharfe Hunde hätten einen schwarzen Gaumen, achteten einige in der Klasse darauf, ob auch Lehrer Fischer einen schwarzen Gaumen habe. Wenn er sang oder ein langes A sprach, konnte man den Gaumen sehen, er war jedoch rotgrau.

Lehrer Fischer duldete es absolut nicht, daß während des Unterrichts auch nur mal geflüstert wurde. Selbst in sich hineinträumen gab es nicht. Wer gedankenverloren aus dem Fenster sah oder mit offenen Augen träumte, wurde von ihm angeherrscht und dann nach dem gerade zuletzt gesprochenen Wort von ihm gefragt. Konnte man es nicht wiederholen, folgte die Bestrafung. Er schlug ganz selten zu, stattdessen wurden lange und unangemessene Strafarbeiten aufgegeben. Diese Art Strafe wirkte nachhaltiger, weil damit der ganze Tag kaputt war. Noch am Nachmittag, wenn die anderen draußen laut spielten, litt der Bestrafte, denn er mußte in der Wohnung irgendeinen idiotischen Satz hundert Mal abschreiben. Ein Schulfreund sagte, man könne nach ihm die Uhr stellen, denn jeden Morgen exakt um die selbe Zeit komme Lehrer Fischer an seinem Haus vorbei. Es sei dann immer genau zwanzig Minuten vor Acht.

Wir hatten ihn nicht so lange als Klassenlehrer, als daß er sichtbaren seelischen Schaden anrichten konnte.

Er starb übrigens sehr früh. Es werden nur wenige getrauert haben. Nach zwei Lehrern erhielten wir dann wieder eine Lehrerin. Bigalke hieß sie, eine Preußin im Schulrock. Es war jene Lehrerin, die es mit einer gewissen Traurigkeit mit ansehen mußte, wie viele aus der Klasse wegen des Geldes nicht auf die Mittelschule konnten. Auch ihr gelang es sehr nachhaltig, daß man dem Schulunterricht keinerlei Freuden abgewinnen konnte.

Aber es gab eine andere Art von Abwechslung. Der Religionsunterricht wurde von einer anderen Lehrerin gegeben. Es war ein Geschwisterpaar als Lehrerinnen an der Schule tätig, sie hießen Landwehr. Gemeinsam wohnten sie zur Untermiete bei einem Lebensmittelhändler. Wegen ihres watschelnden Ganges nannten wir die Geschwister nur die Enten. Eine Ente Landwehr gab in unserer Klasse Religionsunterricht. Ihre Schwester war dunkelhaarig, deshalb hieß sie die schwarze Ente, unsere nur die Ente. Die Enten waren besonders fromm, sie ließen keine Messe aus. Jeden Morgen vor Schulbeginn besuchten sie die Messe, immer gingen sie zur Kommunion. Sie beobachteten aber bei aller Frömmigkeit, welches Schulkind auch in der Kirche war. Es wurde ihnen beharrlich nachgesagt, in ihren Klassen würden sie Kirchgänger besonders stark bevorzugen. Als Religionslehrerin sorgte die Ente in doppelter Weise für Abwechslung: Die Preußin Bigalke war dann nicht vor dem Pult, was schon mal ganz gut war, die Unterrichtsstunden mit Ente Landwehr waren deshalb heiter, weil sie bei der Leidensgeschichte stets rotgeweinte Augen bekam. Sie erzählte die Leidensgeschichte des Herrn ungewöhnlich oft, entschieden öfter als notwendig. Es genügte schon die gezielte Frage eines Schülers, und schon war sie bei der bei ihr so geliebten Leidensgeschichte. Dann hatten wir den typischen Schulspaß. Spaß haben ohne es zu zeigen. Selbst ein Grinsen mußte man sich verkneifen. Man sah den Mitschüler an, der verzog kaum das Gesicht, doch man sah, er hatte ebenso seinen unbändigen Spaß. Ente Landwehr, eine gutmütige Lehrerin, hat mit der Leidensgeschichte unsere Klasse köstlich unterhalten.

Nach Fräulein Bigalke, der ausgetrockneten Prüglerin, folgte als Klassenlehrerin Fräulein Hussel, eine junge, aus dem Süden der Bundesrepublik stammende Lehrerin. Sie übernahm uns in der fünften Klasse der Volksschule. Ihre nachhaltigste Tat war die Aufforstung der Klassenzahl. Von Fräulein Bigalke und Lehrer Fischer wie einst auch unter Fritsch mitgeschleppt, hängte die neue Lehrerin die Betroffenen der Schulmisere ganz einfach ab, als neuer Besen kehrte sie zumindest hart. Zwölf Mitschülerinnen und Mitschüler blieben auf einen Schlag sitzen. Bei der Zeugnisverteilung im Frühjahr geleitete sie am letzten Tag vor den Ferien die Getroffenen aus der Klasse. Ungefähr wie die anderen müssen sich Nichtbetroffene verhalten, wenn jemand zum Schafott geholt wird: wir sahen vor uns hin

und konnten den Getroffenen nicht in die Augen sehen. Und doch betrachtete jeder heimlich diesen peinlichen Abgang.
Vielen war es von Fräulein Hussel vorausgesagt worden, doch sie hatten wohl den Tatbestand verdrängt, nutzlose Hoffnungen gepflegt. Jetzt weinten einige, als sie mit dem Zeugnis, dem Dokument ihres angeblichen Versagens in der Hand, ihre Mitschüler verlassen mußten. Die zwölf Getroffenen wurden zu je sechs in zwei andere Klassen unterhalb unserer Klasse aufgeteilt.
Einer weinte besonders nachhaltig. Er hieß Steiger, so wie die Vorgesetzten im Bergbau genannt werden. Steiger war immer sehr kränklich gewesen. Auch war er nicht von Anfang an in unserer Klasse gewesen, er muß wohl nach dem Krieg mit seinen Eltern nach O. gekommen sein. Woher er war, weiß ich nicht mehr. Kaum ein Klassenmitglied erinnert sich noch an ihn. Steiger war nicht dumm, auf eine gewisse Weise sogar klug. Altklug hätten die Erwachsenen damals gesagt. Er durfte an den wenigen und dürftig ausgerichteten Turnstunden wegen seiner Krankheit nicht teilnehmen. Nach Hause durfte er aber auch während dieser Stunden nicht, obwohl die Turnstunden immer am Ende eines Unterrichtstages lagen. Dann saß er auf den Trümmern der zerstörten Turnhalle und sah zu. Unser Häuflein verlor sich in der ungemeinen Weite des Schulhofes. Staubiger Sand wurde aufgewirbelt, nur an den Rändern des Schulhofes befand sich ausgefranster Rasen, Turngeräte gab es nicht. Fußbälle gab es auch nicht, Turnen hieß hier im Grunde Spiel.
Einige Zeit nach dem Sitzenbleiben kam Steiger nicht mehr in die Schule. Wenige Wochen danach war er dann gestorben. In der Leichenhalle konnten wir ihn noch se-

hen. Nicht nur weil er wächsern war, wirkte er anders, er lag ohne seine dunkelgeränderte Brille im Sarg. Sein Sarg war weiß, Klassenkollegen stellten die Meßdiener.
Fräulein Hussel hatte die Klasse übernommen, als sich bei uns Jungen ein gewisses sexuelles Interesse einstellte. Wir feixten über ihre Brüste und schauten gierig auf die Brustansätze bei weiten Halsausschnitten ihrer Kleider. Sie hatte sogar einen Macker, einen Assistenzarzt im Krankenhaus der benachbarten Großstadt. Keiner mochte ihn. Er hatte ein rötliches Gesicht, und er wirkte sehr gedrungen. Man sah ihm auch an, daß er studiert hatte, denn er trat sicherer als andere auf. Sahen wir Fräulein Hussel mal eingehakt mit ihrem Macker, so war er immer zuvorkommend freundlich zu uns. Wir Jungen mochten ihn trotzdem nicht.
Fräulein Hussel dagegen mochten wir sehr, sicherlich weil sie eine junge und für unsere unkritischen Blicke auch schöne Frau war. Wenn sie einen Schüler bevorzugte, sich um ihn kümmerte, mal über's Haar strich, dann empfand man mehr als das einfache Interesse einer Lehrerin. Wenn sie mich ansah, spürte ich ein merkwürdiges Prickeln in Höhe des Brustbeines. Manchmal bekam ich auch eine Gänsehaut, wenn sie mich berührte. Es war aber eine angenehme Gänsehaut, nicht so, als friere man.
Fräulein Hussel hatte zwei Schwächen: Sie brachte uns Volkslieder bis zum Gehtnichtmehr bei. Und wir mußten regelmäßig über den Koreakrieg berichten. Mitglieder der Klasse wurden von ihr ausgesucht, die Zeitungsartikel vom Vortage am anderen Morgen in der Klasse zu verlesen oder vorzutragen. Auf einer Tafel befand sich die Zeichnung der Halbinsel Korea. Wie in einem Generalstab wurden nach den Zeitungsberichten die Frontlinien

gezogen. Sie korrigierte nie die Sprachregelung der Zeitungen. Verloren die US-Truppen gegen nordkoreanische Einheiten, dann waren es die Truppen der UN, stießen sie dagegen militärisch vor, so waren es die Truppen der Vereinigten Staaten von Amerika. Sie interpretierte nicht, kommentierte nicht, sie ließ exakt berichten. Einmal wurde darüber gesprochen, daß in einem Abschnitt der Boden Koreas rot getränkt war von Blut. Sie nahm es unbeweglich hin. Es wurde ohne jede Rührung berichtet, und es wurde ohne jede Regung von der Klasse zur Kenntnis genommen. Korea lag weit weg, Korea war eine willkommene Abwechslung vom vorprogrammierten Schulstoff, mehr war es nicht.

Dafür war unser Kontingent an Volksliedern sehr stark: Keine Klasse in der Schule konnte da mithalten. »An der Saale hellem Strande« konnten wir genauso wie »Üb immer Treu und Redlichkeit«. »Ein Heller und ein Batzen, die waren beide mein. Der Heller ward zu Wasser, der Batzen ward zu Wein«, das sangen wir. Vom »Krug zum grünen Kranze«, wir sangen von der heilen und unbeschwerten Bürgerwelt, die uns völlig fremd war. Denn sonntags im Stadion, da sangen wir im Stakkato: »Haut se, haut se, immer auf die Schnauze«. Ihr Lieblingslied war offensichtlich: »Wahre Freundschaft soll nicht wanken, wenn sie weit entfernet ist«. Wenn sie das singen ließ, lästerten wir anschließend auf dem Schulhof: wahrscheinlich denkt sie wieder an ihre Berge zu Hause, dabei gibt es doch hier genug Kohlenhalden. Sind die nichts? Wie weit sie auch die Mädchen mochten, vermag ich nicht zu sagen. Ob sie schon so etwas wie Eifersucht spürten, bleibt unklar. Die Mädchen unserer Klasse, deren Brustknospen gerade erst hervorsprangen, waren an Jungen der höheren Klasse in-

teressiert. Wobei mit Klasse Schulklasse – in diesem konkreten Falle – gemeint ist. Uns hielten sie für Pipi-Jungen. Wir Jungen dagegen empfanden schon so was wie Eifersucht. Deutlich wurde es gegenüber einem Lehrer aus der Schule. Lehrer Lüche hielt sich, wie wir mißtrauisch registrierten, auffallend oft bei Fräulein Hussel auf. Sie unterhielten sich sehr oft miteinander. Lehrer Lüche bot sich sogar an, uns zusätzlich zu seiner Arbeitszeit in freiwilliger Leistung Raumlehre beizubringen. Schon ohne den Bezug zu Fräulein Hussel hätten wir ihn deshalb hassen müssen. Wir unterstellten ihm, er tue es nur, um in ihrer Nähe sein zu können. Seinen Zusatzstunden konnte man nicht entkommen. Sie hatte herausgefunden, daß bei Raumlehre unser schwacher Punkt lag. Ihr konnten wir unterstellen, uns helfen zu wollen. Aber er? Blanker Haß schlug ihm entgegen, dann kam passiver Widerstand, selbst die Flucht durch's Fenster wurde gewagt. Aber man konnte sich ihm nicht entziehen. Blieb man der Stunde fern, erzählte er es ihr und keiner wollte ihre Mißgunst erwecken. Um ihr zu gefallen, mußte man mit ihm pauken.
Wir hatten herausgefunden, daß sie einen Vornamen hatte: Edith hieß sie. Edith, diesen Namen konnte ich genüßlich aussprechen. Alle Jungen fanden, daß Edith ein schöner Name sei, obwohl er vorher kein gutes Image bei uns hatte. Denn wir hatten zuvor eine Edith in der Klasse, die eine Hasenscharte hatte. Zu Edith fiel uns eigentlich nur die undeutliche Aussprache unserer Klassenedith ein. Bei der ersten großen Aufforstung der Edith Hussel fiel unsere Klassenedith unter die Opfer, sie blieb mit den Zwölfen sitzen. So fiel es uns dann leichter, den einen Begriff für Edith zu verwischen zugunsten des schönen und angenehmen Namens Edith.

Wir Jungen unterhielten uns in der Freizeit über sie, wie weiblich sie sei. Und immer wieder kreisten unsere Gespräche um ihre Brüste. Weiter konnten wir noch nicht denken. Ihre Brüste übten eine ungewöhnliche Faszination aus. Einer hatte behauptet, er habe eine Brust von ihr gesehen. Er habe mit einigen anderen nachsitzen müssen. Während die halbleere Klasse gearbeitet habe, sei sie am Pult tätig geworden und habe den schweren Pultdeckel heben wollen. Als sie sich dann vorgebeugt habe, sei eine Brust aus dem Ausschnitt geschnellt. Blitzschnell sei die Brust herausgesaust. Ebenso schnell habe sie die Brust wieder unter die Bluse geschoben. Keiner glaubte ihm die Geschichte, aber alle beneideten ihn um dieses Erlebnis. Ein anderer Schüler wohnte in dem gleichen Haus wie sie zur Miete. Er erzählte, er wohne ein Zimmer unter ihr. Er höre genau, wann sie schlafen gehe. Und dabei machte er die Geräusche nach. Rummmmmddd, dann hole sie den Nachttopf unter ihrem Bett vor. Zzzzzzzzzzzzschschsch, dann entleere sie jeden Abend ihre Blase, nach dem langen Zischen folge noch einmal ein kurzes Zzzschschsch, dann würde sie noch einmal ein paar Tropfen in den Topf drükken. Dann ginge es wieder: Ruuuummmmmsssss, der Topf stehe dann, sicherlich gut gefüllt, wieder unter dem Bett. Und dann ginge sie ins Bett, erzählte er.
Täglich erzählte er die Geschichte über Fräulein Hussel auf dem Schulhof, und immer wieder lachten wir darüber sehr laut.
Als wir die sechste Volksschulklasse verlassen mußten, wurden wir von den Mädchen und von Fräulein Hussel getrennt. Zwar hatten wir uns beim Turnen die kleinen Brüste der Mädchen ganz gern unter den weißen Hemdchen angesehen, aber einsehen wollten wir nicht, warum wir uns

von den Schicksen trennen sollten. Denn Mädchen hießen nur Schicksen. Die Schicksen sahen es auch nicht ein. Zum Abschluß stellten wir uns noch einmal zu einem Kreis; die Mädchen, die Jungen und Fräulein Hussel. Wir faßten uns an die Hände und sangen ihr Lieblingslied: »Wahre Freundschaft soll nicht wanken.«

Für die letzte Phase der Schulzeit hatten wir keine guten Aussichten, nachdem wir Fräulein Edith Hussel verlassen mußten, denn in der siebten und achten Klasse erwartete uns als Lehrer der Direktor der Schule selbst. Seinen Vornamen kannte niemand, er hieß nur der Biermann oder als Spitzname Mopek Biermann. Die Mädchen hatten wir nach sechs Jahren verloren, dafür sollten wir zu den Jungen der achten Klasse kommen, denn in der siebten und achten Klasse wurde der Stoff zweimal durchgenommen. Mopek Biermann galt als nervös, weil er schlecht hörte, sprach er sehr laut.

Nach den Osterferien gingen wir trauriger als sonst schon in die Schule. Ohne unsere Mädchen und bei Mopek Biermann! Doch wir erlebten eine Überraschung. Statt des Mopek Biermann erhielten wir einen völlig neuen Lehrer. Lehrer Jung kam aus Bottrop und verstand etwas vom Fußball, das allein zeichnete ihn schon aus. Er war für die Verhältnisse zum Ende der fünfziger Jahre ein moderner Pauker. Wenn er vom Krieg erzählte, dann berichtete er, daß das eine ganz große Scheiße war, ganz im Gegensatz zu den anderen Lehrern. Er war auch gegen Adenauer und die CDU, das sagte er zuweilen sogar. Er schaffte auch die Anrede Herr Lehrer ab, er ließ sich nur mit seinem Hausnamen anreden. Er machte mit uns Ausflüge und betrieb Sport. Während wir bei Fräulein Hussel der Anziehung ihrer Weiblichkeit zu erliegen schienen, erweckte Lehrer

Jung in uns jungenhaften Spieltrieb. Er führte eine Fragestunde ein. In einem Briefkasten konnten wir schriftlich Fragen einwerfen, er beantwortete sie an den Samstagen in der letzten Stunde. Ich habe einmal schriftlich angefragt, warum eine Pistole unter ihrem Lauf noch ein Rohr habe.

Lehrer Jung ließ einen Klassenrat wählen und einen Klassensprecher. In einer Kampfabstimmung gegen die in sich zerstrittene achte Klasse wurde ich mit großer Stimmenzahl der Sprecher der jetzt vereinigten Klassen. Die Funktion des Sprechers der Klasse bestand auch darin, dem Pauker zu helfen.

Sein Modell mit Klassensprecher wurde in der Schule argwöhnisch betrachtet. Der Pastor war dagegen. Überhaupt gingen sich die beiden erkennbar aus dem Wege. Mopek Biermann, der Direktor pflegte bei allen Pannen zu sticheln: »Ihr habt doch Demokratie in der Klasse.«

Lehrer Jung bildete eine Fußballmannschaft in der Klasse. Zwar vernachlässigte er die Arbeit an den Nichtfußballspielern, aber die standen mit Korpsgeist hinter den Elf, die spielten. Aus alten Hemden wurden eine Kluft gemacht. Die Turnhosen waren schon eh schwarz, gebrauchte Hemden wurden schwarz eingefärbt. Unsere Klassenelf hatte eine schwarze Kluft.

Auch viele Eltern waren gegen den Lehrer. Er lehre neumodischen Kram. Er hatte behauptet, es gebe im All noch Lebewesen und Rheuma stehe in Zusammenhang mit Krankheiten an den Zähnen. Erzählte ich derartige Dinge aus dem Unterricht zu Hause, geriet mein Vater in Fahrt. Die anderen Väter auch. Arbeiter sind konservativ. Lehrer Jung hat dann eines Tages O. überraschend verlassen. Er soll in finanzielle Schwierigkeiten geraten sein. Wie weit es stimmte, war nicht zu klären. Er war wohl zu fortschrittlich eingestellt.

Meine Berufswahl Von Berufswahl konnte niemand aus der Klasse sprechen, in unserer Klasse gab es keine Wahl. Wir waren schon eher für unsere sogenannte Laufbahn bestimmt als wir es wußten. Die Skala war ungemein gering. Der einzige Einzelhändler-Sohn hatte sich mit anderen in die Mittelschule abgesetzt, absetzen können, Geschäftsübernahme hieß seine Laufbahn.
Für uns Jungen reichte die Wertungsskala vom Bergbau bis höchstens Handwerk, aber Handwerk war schon ein sehr großer Sprung nach oben. Da spielten aber Glück, Verbindungen sowie die Einstellung der Eltern eine Rolle. War der Wille der Eltern vorhanden, einen Handwerker ausbilden zu lassen, so durften kaum Geschwister da sein, der Vater mußte gut verdienen und gesund sein.
Waren diese Voraussetzungen da, mußte eine Lehrstelle gefunden werden, bei einem Maler, bei einer Baufirma, bei einer Tankstelle. Tankstellen waren noch selten. O. hatte als Bergbaustadt kaum Handwerk und Handel. Bei dem alle Umstände glücklich waren, der ging für ein paar Pfennige in die Lehre, er wurde mehr.
Für die anderen blieb der Pütt, Bergarbeiter werden, den Blaumann anziehen. Die Erfolgsskala der Mädchen war noch geringer. Sie wurden grundsätzlich auf das Ziel Ehe abgerichtet. Arbeit war nur ein Zwischenstadium bis zur Ehe. Dazwischen stand: Drahtfabrik, Keramikfabrik, Verkäuferin, Haushalt, bei den Eltern bleiben, mehr nicht. Trotzdem gab es ein formelles Ritual, eine Berufsberatung. Ein Mann war in die Schule gekommen. Er saß in dem Direktionszimmer, die Kinder waren mit ihren Eltern in die Schule bestellt worden, jedoch mit der Auflage, vorher einen Fragebogen auszufüllen über die Berufswünsche. Da stand tatsächlich »Wünsche«.

Die Wünsche waren unter den Schülern vorher nur kurz angesprochen worden. In den Pausen, so nebenher, nie grundsätzlich, auch nicht vom Lehrer. Der hatte nur gemerkt, daß wir 'raus wollten, weil wir draußen die Freiheit wähnten. Er wußte, daß es nicht stimmte. Er kostete dieses Wissen aber nicht aus, denn er hatte wohl die Erkenntnis, daß wir Argumenten nicht zugänglich waren. Wir hatten auch nie gelernt zu argumentieren: zu Hause nicht, in der Schule nicht, in der Kirche schon gar nicht. Deshalb ging es auch jetzt nicht.

Wessen Eltern bei Handwerkern antichambrierten, der schwieg, weil Ablehnungen Niederlagen waren. Wer hat schon gern Niederlagen? Nur bei einer Zusage kam es 'raus.

Ich wollte nicht auf die Zeche, es war nicht mein Berufswunsch, weil ich vom Bergbau keine genauen Vorstellungen hatte. Außer: es war eine Scheißarbeit, hart, freudlos, gefährlich. Man ging schnell drauf, wenn nicht per Unfall, dann durch Krankheit. Und mein Vater war fünf Monate vor der Schulentlassung gestorben, völlig ausgepowert, krank bis auf die Knochen.

Wer früh sterben mußte, dessen Angehörige hatten wirtschaftlich zusätzlich zu leiden, denn bei der Rente handelte es sich um einen kärglichen Betrag, da war keine Mark abzuzweigen, da mußte auf alle Fälle etwas dazukommen. Bei mir gab es sogar einen logischen Weg: Mein Vater starb früh wegen der harten Arbeit im Bergbau, deshalb bekam meine Mutter so wenig Rente, der junge Bergbaulehrling aber bekam mehr als der Handwerkerlehrling, folglich mußte der Sohn wegen der geringen Bergbau-Rente in den Bergbau. Also setzte ich in die Spalte Berufswunsch »Bergmann«. Und weil ich in der weiteren Spalte als weiteren Berufswunsch »Reporter« eingetragen hatte, meinte ich, die Berufsberatung müsse merken, daß »Bergmann« als Berufswunsch in Wirklichkeit kein Wunsch war. Aber die hatten gelernt, nach wirtschaftlichen Realitäten zu »beraten«. Sie werden die Rubrik Berufswunsch wohl intern Zweckangaben genannt haben. Es gab in unserer Klasse kaum Unterschiede. Von Herzen wollte niemand Kohlen aus dem Bergwerk holen.

Vielleicht wurde deshalb kaum darüber in der Klasse gesprochen. Und wenn mal, dann nur in kurzen Sätzen: »Gehst du auch zum Pütt?« »Ja, die zahlen nicht schlecht«, oder spaßig: »Ja, ich werde Püttrologe.« Keiner sagte, ich muß, sie sagten alle, ich gehe, ich will mal sehen. Nur einer brauchte noch eine Erklärung, ich höre sie noch immer in meinem Ohr: »Da hat sich noch nie einer tot gearbeitet.« Er machte sich Mut, er betrog sich, er betrog uns, Betrug ohne Vorsatz, juristisch gar nicht faßbar. Tote aus dem Bergbau konnte jeder unter seinen Nachbarn oder Verwandten vorweisen, doch alle identifizierten sich gern mit seiner Ausrede, weil sie Mut machte. Denn man konnte es sich nicht selbst eingestehen, einen so miserablen Start zu haben. Miserabel war er deshalb, weil vorher die Väter gesagt hatten, mein Sohn soll nicht in den Pütt, oder, wenn ich noch mal zu wählen hätte, nicht in den Pütt. Selbst nach vielen Jahren meinten unsere Väter noch, sie hätten damals den Beruf nie gewählt, denn ihr Start war teils noch miserabler. Als sie es gemerkt hatten, so argumentierten sie stets, sei es zu spät gewesen: Die Heirat, die Kinder, der Krieg, deshalb seien sie nicht abgehauen, deshalb konnten sie nicht abhauen, deshalb wollten sie auch nicht mehr abhauen. Deshalb wurde bei der Berufswahl lieber gar nicht viel gesprochen, wegen der Widersprüche. Bei dem formalen Ritual war es ähnlich. Der Berufsberater ließ bitten. Er saß an dem Tisch des Schuldirektors, ein Mann in einem damals nicht definierbaren Alter; zwischen dreißig und sechzig. Er hatte von der Nase bis zu den Mundwinkeln scharfe Falten, also war er magenkrank. Er hatte einen Schlips um bei der Arbeit. Der hatte einen Beruf! Der war was, der arbeitete in einem guten Anzug. Wer tat das schon in O.? Niemand.

Pro forma fragte der Mann mit Schlips und mit den Mundfalten, was ich denn werden wolle. Ich bockte, Bergmann stand doch drauf, und Reporter. Da hätte er doch merken müssen, daß man den Bergmannsberuf nicht freiwillig an die erste Stelle setzt. Ich bockte, weil er mir nicht half, nicht beisprang in der Berufsfrage, auch nicht den Versuch machte, mich zum Reporter zu überreden. Er hätte es nicht schwer gehabt, mir den Bergmannsberuf auszureden. Und er hätte mich beraten müssen, wie man Reporter wird. Damals ging das noch über den Weg des Maschinensetzers. Ich war auch ärgerlich, weil er nicht einmal fragte, ob ich denn die Begabung für einen Reporter hätte, denn ich war überzeugt, sie zu haben. Auch andere glaubten das, die hatten mich sogar dazu gebracht, weil ich mal ein Fußballspiel übertragen hatte. Es war am Fenster einer Jugendherberge, in der sich unsere Klasse eine Woche lang aufgehalten hatte. An einem Vormittag spielte unsere Klassen-Elf gegen eine höhere Schule aus Dortmund. Die Schüler waren auch in der Herberge. Vom Fenster aus konnte ich den Platz überblicken, da habe ich dann das Spiel für meine Klassenkameraden beschrieben. Die lagen in dem Herbergszimmer auf den Betten und hörten zu; sie waren begeistert und lobten mich sehr. Aber auch wohl, weil unsere Mannschaft haushoch gewonnen hat. Damals glaubte ich, das reiche.

Der Berufsberater überblickte wohl die Situation, weil sicherlich die meisten Fälle ähnlich waren. Meine Mutter, die mitgekommen war, raunzte mich noch an, weil ich bockig geschwiegen hatte. Ich hatte aus mehreren Gründen geschwiegen: weil man mich nicht beraten, mir nicht geholfen, mich nicht einmal verstanden hatte. Selbst wenn der Mann alles genau eingeschätzt hat, er hätte nichts machen können.
Auf dem sogenannten Arbeitsmarkt regeln auch Angebot und Nachfrage den Preis. Ich war der Schwächere, wegen des Todes meines Vaters mußte ich einen Notverkauf vornehmen, einen Notverkauf der Arbeitskraft. In einer solchen Lage freut man sich, wenn man einen vermeintlich guten Preis bekommt.
Doch die Berufsberatung war damit noch nicht zu Ende. Noch einmal wurden die Eltern in die Schule gebeten. Wieder kam ein Mann mit Schlips, blond, dick, blauer Anzug, jünger, feist, nicht krank wirkend, im Gegenteil. Er hielt den Kindern und den Eltern einen Vortrag über die Berufswahl. Die Berufswahl sei wichtig, doch die wirtschaftlichen Notwendigkeiten behandelte er nicht. Die Berufswahl hatte nach anderen Gesichtspunkten zu erfolgen. Er bat mich, mich zu erheben. An Gehorsam gewöhnt, tat ich es. Ebenso forderte er den sehr kräftigen Sichmann aus der Klasse auf, sich ebenfalls zu erheben. Zwei extreme Figuren: Ich schwächlich und blaß, der andere groß, dick und rötlich. Es wäre falsch, dozierte er, wenn ich Schmied würde und der andere Uhrmacher.

Mein Vater hat mir geraten: Bevor ich auf der Zeche in einer gefährlichen Situation die Kuppe meines kleinen Fingers riskiere, soll lieber der ganze Pütt in die Luft fliegen.

WALTER HUD, Berglehrling

Vom Ende der Schule Eine Abschiedsfeier von der Klasse und so habe ich nicht erlebt. Ich habe auch keine obligatorische Rede gehört, von dem Ernst des Lebens, der jetzt beginne. Offiziell mag die Rede der Reden vom beginnenden Weg ins Leben auch gehalten worden sein, doch in den letzten Wochen vor der Entlassung war ich nicht in der Schule. Ein viertel Jahr vor Beendigung des siebten Schuljahres war der Vater gestorben. Wir hatten ihn wenige Tage vor Weihnachten zu Grabe getragen. Da Vater viel und oft krank war, er zudem jung gestorben war, war die Rente der Mutter ungemein gering. Wäre der Vater tödlich verunglückt, hätten wir besser da gestanden, so aber war er nur in seinem Bett gestorben.

Da man im siebten und achten Schuljahr zweimal den gleichen Stoff durchnahm, tauchte die Frage auf, kann er nicht schon nach dem siebten Jahr von der Schule gehen. Wenn die Leistungen entsprechend sind, hieß es in der Schule, und der Lehrer wurde konsultiert. Ab ging es nach sieben Jahren, ein Jahr eher als die anderen, vorzeitige Begnadigung, wegen guter Führung und so. Vermeintlich wurde ich ja in die Freiheit entlassen.

Weil der Bergbau von den schlechten Zahlern der Beste war, blieb keine andere Wahl. Da es um's Geld ging, war es überhaupt wichtig, angenommen zu werden. Ich gehörte figürlich absolut nicht zu den Typen, die einen Bergmann darstellen.

Es wurden vorher Betriebsräte aus der Nachbarschaft konsultiert. Es waren Nachbarn, die in der Gewerkschaft Funktionen hatten, damals hatten die Gewerkschafter noch Einfluß im Betrieb. »Das ist doch der Sohn von dem ... Ja, der ist es ... Der Heinrich«, so hieß mein Vater, hat es ja sehr schwer gehabt, da müssen wir was für den Sohn tun. So ungefähr sprachen sie.

Eines Tages ging meine Mutter mit mir zur Zeche. Erstmals betrat ich den Boden eines Gebietes, das zwar das Zentrum der Stadt bildete, aber nur von erwachsenen Männern betreten werden durfte, die andere Welt von O., die Zeche. Man sah zwar als Außenstehender ihre groben Gebäude, die grazilen Fördertürme mit den emsig sich drehenden Rädern darauf, den aufgepusterten weißen Dampf, der alle paar Minuten gemütlich in den Himmel geblasen wurde, das bedrohliche Aufflammen der Kokerei am Abend, das waren Wahrnehmungen, ebenso wie das ständige Röhren des Betriebes. Oder wir kannten den unüberschaubaren Schienenstrang mit ständig dampfenden Loks, die wir von einer Straßenbrücke aus sehen konnten. Jetzt betrat ich erstmals den Betrieb selbst. Ich durfte mit meiner Mutter an dem uniformierten Pförtner vorbei, der das gleiche machte wie früher der Vater, aufpassen, wer 'rein- und 'rausgeht. Er konnte allein entscheiden, wer reindarf und wer nicht, meinte ich. Wir gingen über die Betonstraße, die innerhalb des Werkes weiter verlief. Es war dieselbe Straße wie draußen, und doch war sie anders, empfand ich. Wir warteten vor einem Gebäude, das ich zwar immer von der Straße aus gesehen, aber absolut keine besondere Bedeutung zugemessen hatte: Es war die sogenannte Lehrwerkstatt, in ihren oberen Räumen waren die Jugendkauen, das sind Dusch- und Umkleideräume, und die Büros der Ausbilder.

Eine steile Treppe führte nach oben. Auf der Treppe kauerten Jungen, die warteten, aufgerufen zu werden. Man musterte sich verstohlen, einige grinsten, sicherlich weil meine Mutter mitgekommen war. Wir brauchten nicht lange zu warten, denn bald schon wurden wir aufgerufen. Meine Mutter betrat mit mir ein Zimmer, in dem mehrere fremde Männer standen oder saßen. Demjenigen, der aussah wie ein Direktor, dem sagte sie: »Herr In der Wiesche, ich bringe Ihnen den Kleinsten.« Was sie dann besprachen, das interessierte mich nicht sonderlich, entschieden interessanter fand ich die Tatsache, daß jemand einen solchen tollen Namen haben konnte. Und überhaupt wie der wirkte, ein richtiger Herr, er wirkte so, wie Bürger einen Distinguierten sehen würden, und er hatte noch den Titel Obersteiger. Wo doch schon Steiger so viel war. Nach der Art der Beendigung des Gespräches müssen sie mich genommen haben. Mir fiel noch auf, daß ich selbst bei der ganzen Geschichte nicht interessant zu sein schien, denn ich wurde überhaupt nicht in dieses Gespräch einbezogen, nicht einmal mit der üblichen Frage, wie ich mich fühle oder wie es mir ginge.

In der Zeit zwischen Schulabgang und Arbeitsbeginn sollte ich mich noch einmal gut erholen, oder aufgepäppelt werden, oder auch fit gemacht werden für den Lebenskampf, denn ich wurde vom Werk aus in Erholung geschickt. Damals gehörte so was noch zu den Sozialleistungen des Betriebes. Kinder der Arbeiter wurden verschickt, meist auf die Insel Juist, und dort in das Kinderheim Günther. Ich war auch einmal sechs Wochen dort gewesen. Jeder, der einmal das Glück hatte, auf Juist zu sein, trug unschätzbare Erinnerungen in sich, oder auch völlig neue Erkenntnisse: daß die Welt außerhalb von O. schöner und freier schien. Ob sie es tatsächlich war, das konnten wir nicht feststellen. Aber wir sahen, daß es Menschen gab, die erheblich mehr Geld bekamen als unsere Väter, Menschen, die auf eigene Kosten verreisten und nicht einmal zu den Verwandten, die sogar in einem Hotel wohnten, nicht nur eine Nacht, sogar einige Wochen lang. Sie aßen mit

Messer und Gabel, sie bauten Burgen am Strand, Menschen, die ganz anders leben konnten als wir es kannten. Dabei hatten die Eltern immer gesagt: Es gibt schönere Landschaften außerhalb des Ruhrgebietes, aber die Menschen sind dort ärmer, denn sie hätten keine Werkswohnungen, die so billig seien. Im Winter ginge es diesen Menschen besonders schlecht, denn dann müßten sie die Kohle entweder ganz teuer kaufen oder mit Holz aus dem Wald heizen, während doch die Bergleute Deputatkohle erhielten. Das gäbe Sicherheit. Auf Juist sahen wir, daß die Geschichte von der armen Welt außerhalb von O. so nicht genau stimmen konnte.
Deshalb wollte ich wieder nach Juist. Der Werksarzt befand, daß ich eine Kur benötige und befürwortete sie. Es kamen Wochen des Wartens. Als der Bescheid kam, fühlte ich mich 'reingelegt, der schöne Traum von Juist war geplatzt, ich wurde nach Laasphe geschickt.
Ich kam in ein Kinderheim, das auch von anderen Kassen beschickt wurde. Es wurde nicht, wie im Falle Juist, ein ganzer Waggon mit Kindern von O. und den benachbarten Orten verschickt. Aus dem Bereich des Bergbaus waren es nur ganz wenige, aus O. außer mir niemand.
Ich fuhr nicht gerade mit großer Lust nach Laasphe. Vielleicht aus der inneren Einstellung heraus lehnte ich dieses Kinderheim ab, es war dann auch mehr eine Anstalt als ein Heim.
Die Altersspanne zwischen den Kindern war groß. Einzelne Kindergärtnerinnen waren für jeweils kleine Gruppen zuständig, die Gruppen setzten sich nach dem Alter zusammen.
Spazieren gingen wir grundsätzlich in Zweierreihen, schnell zu laufen oder fangen zu spielen war uns untersagt;

wir sollten ja zunehmen. Kontakte im Ort Laasphe hatten wir nicht. Das Essen mußte bei absoluter Stille eingenommen werden. Während die anderen Kinder aßen, las einer laut aus einem Märchenbuch vor.
Mittags mußte zwei Stunden geruht werden. Auf der Terrasse des Hauses wurden sehr unspaßige Gymnastik-Übungen gemacht. Das Klopapier wurde in kleinsten Rationen verteilt. Wer »groß« mußte, erhielt von der Kindergärtnerin genau ein Blatt Klopapier, wollte er mehr, mußte er es begründen. Nannte er als Grund Durchfall, erhielt er drei Stück Papier und anschließend ein Mittel gegen Dünnschiß. Die Kleineren gingen abends vor dem Schlafengehen auf den Topf. Sie erhielten von der Kindergärtnerin einen Topf zugeteilt, anschließend wurde kontrolliert, was sie und wieviel sie da hineingemacht hatten. Jungen erhielten Töpfe, deren Öffnungen weiter waren. Mädchen entsprechend Töpfe mit schmaleren Einlässen, weil After und Scheide näher beieinander liegen als After und Penis. Das wußte aber niemand. Als jemand fragte, warum es denn verschiedene Töpfe gab, wurde ihm nur gesagt, er solle nicht so dumm fragen. Einmal konnten wir es in sechs Wochen durchsetzen, daß die Jungen am Sonntagnachmittag auf den Fußballplatz durften, das war die einzige Abwechslung in sechs Wochen Anstaltsdasein. Einmal durfte ich zum Friseur und konnte mich mit dem Friseur über Fußball unterhalten. Er sagte mir, daß es ihm gut tue, daß der Rheydter Sportverein aus der Oberliga West absteigen müsse. Ich habe dann lange darüber siniert, warum sich ein Friseur aus Laasphe freut, wenn der Rheydter SV absteigt.
Unser Taschengeld mußten wir bis auf eine kleine Summe abgeben. Wenn wir etwas von unserem Taschengeld aus-

geben wollten, dann mußten wir der Kindergärtnerin erklären, warum wir das Geld wollten.
Die Post, die aus dem Heim zu den Eltern ging, wurde von den Kindergärtnerinnen gelesen und somit genehmigt. Ein Junge aus Recklinghausen hatte seinen Eltern schreiben wollen, es gefalle ihm hier in Laasphe nicht, das durfte er nicht. Dann wollte er, als wir am Stadtrand in Zweierreihen marschierten, eine Karte in den Briefkasten werfen. Blitzschnell sprang die Kindergärtnerin hinzu, sie entriß ihm die Karte. Darauf hatte er geschrieben, daß es ihm nicht gefalle, und er das nicht schreiben dürfe. Den haben sie buchstäblich fertig gemacht. Nach einigen saftigen Ohrfeigen wurde er mehrere Male beim Essen bloßgestellt, vor allen Kindern wurde er vom Personal beschimpft, wie undankbar er sei, er mache das Heim schlecht und feige sei er auch, denn er schreibe so was heimlich. Gegen die Unlogik der Beschimpfer konnte der Beschimpfte nicht an, er hatte kein Rederecht. Wir fanden auch, er habe sich falsch verhalten, er sei frech und feige gewesen, so wurde er noch mehr isoliert und fühlte sich immer unwohler.
Die Heimbesitzerin war eine autoritäre Dame. Sie hob sich eindeutig von den anderen ab und war ungefähr so gefürchtet wie der katholische Pfarrer in unserer Schule. Die Kindergärtnerinnen hofierten sie, sie sprach stets zu ihnen, nicht mit ihnen. Nach sechs Wochen habe ich die Erholungsanstalt verlassen können, zwei Pfund hatte ich zugenommen.
Am 2. April 1952 kam ich aus Laasphe zurück. Es war ein sonniger Frühjahrstag, nachmittags traf der Zug in Recklinghausen ein. Meine Mutter holte mich am Bahnsteig ab. Sie hatte gerade einige Zähne gezogen bekommen, das fiel mir schon auf, als der Zug im Bahnhof einlief. Ihre Zahnlücken waren nicht zu übersehen.

Mit der Straßenbahn fuhren wir nach O. Wir saßen uns auf den Holzbänken der Bahn gegenüber. Die Bahn rumpelte einen kleinen Berg hinauf, kleine Berge nennt man in unserer Gegend Knapp. Das muß aus der Sprache des Bergbaus stammen.
Während die Linie 2 den Knapp hinaufrumpelte, kam dann der erwartete Spruch: »Ja«, sagte sie, »morgen beginnt für dich der Ernst des Lebens.« Am anderen Tag sollte meine Arbeit auf der Zeche beginnen. Ich fand nicht, daß sie Recht hatte.

Der erste Arbeitstag So früh mußte ich schon lange nicht mehr aufstehen. Um fünf Uhr am 3. April 1952 begann der erste Arbeitstag auf der Zeche. Ab heute war ich Berglehrling, Berufsziel: Bergmann. Den Berufswunsch hatte kaum jemand der rund achtzig Jungen. Vor halb sechs verließ ich zusammen mit meinem Bruder die Wohnung, auch er arbeitete auf der Zeche und kannte sich aus, wo man sich melden mußte und so. Mit ihm durchschritt ich das Haupttor der Zeche, vorbei an dem Feuerwehrmann, der uns passieren ließ, so als wäre ich schon ein alter Bekannter. Gegen halb sechs war es am Tor sehr lebhaft, nicht fröhlich. Eine gebremste Emsigkeit, niemand eilte beschwingt zum Pütt.

Mein Bruder ging mit mir durch einen langen Flur, einen Flur, den ich vorher noch nie betreten hatte. Lohnhalle werden die auf allen Zechen gleichen Flure dieser Art genannt. Er hatte dunkle Fliesen am Boden, hellere bis zur Schulterhöhe an den Wänden, an der linken Seite der Flurhalle gläserne Schalter. Hier holt der Bergmann seine blecherne Markennummer bei Schichtbeginn ab, damit seine Anwesenheit registriert wird. Mein Bruder ging mit mir durch en langen Flur, bis in eine Art Büro: Ein großer Raum mit schäbigen Schreibtischen und einer ungewöhnlich unpersönlichen Atmosphäre, die Schichtmeisterei. »Da bring ich einen Neuen«, sagte er. »Name«, fragte ein großer, fast kahlköpfiger Mann. Er hatte eine Strickweste an, auffallend an ihm war sein Altherrenbauch. Ich nannte meinen Namen. »Du hast 495«, sagte er, dann schrieb er die Zahl auf einen Zettel. Von jetzt an war ich auf der Zeche diese Nummer. Im folgenden Jahr fragte fast nie jemand nach meinem Namen, nur die Nummer interessierte. »Geh' rüber zur Lehrwerkstatt«, sagte er dann noch.

»Ich zeig' es dir«, ergänzte mein Bruder. Mit »es« hatte er den Weg gemeint.
Er ging noch ein Stück mit mir über das Betriebsgelände, es war beeindruckend. Das Röhren der Maschinen hörte ich aus nächster Nähe, alles schien gewaltig. Große Rohre lagen auf dem Gelände, Eisenbögen für den Untertageausbau, dazwischen standen fast einheitlich gekleidete Männer, die nicht besonders schnell ihrer langweiligen Arbeit nachkamen. Wir gingen über eine ungewöhnlich lange und schmale Eisenbrücke, die nur für Fußgänger angelegt war. Eine Brücke, die innerhalb des Betriebes lag und nur von Menschen betreten werden konnte, die auf der Zeche arbeiteten. Unter dieser Eisenbrücke lag der große Rangierbahnhof des Pütts. Hier wurden im Laufe des Tages die großen und schweren Eisenbahnzüge zusammenrangiert, damit die Kohle dann über ein besonderes Gleis auf die Bundesbahnstrecke gebracht werden konnte. Sicher wußte niemand von den tausenden von Menschen hier, wo die Kohle eigentlich hingeliefert wurde, irgendwohin wurde sie gebracht, mehr wußten sie nicht. Merkwürdigerweise schien sich auch niemand dafür zu interessieren. Wenn ich danach fragte, wurde ich zunächst immer überrascht angesehen: »Weiß nicht«, war stets die gleiche Antwort.
»So, jetzt gehst du diese Straße entlang, bis zu dem großen Haus da, dort meldeste dich mit dieser Nummer.« Mein Bruder gab mir den Zettel mit der Nummer 495. »Mach's gut«, sagte mein Bruder noch, dann gab er mir einen leichten Klaps auf die Schulter, er mußte zurück, um zu seinem Arbeitsplatz zu kommen. Mein Bruder arbeitete zu der Zeit schon unter Tage. Über eine betriebseigene Straße ging es auf ein großes Gebäude zu, es war zweistöckig. Auf-

fallend war, daß es kein Giebeldach hatte, sondern ein rundes, wie die Oberkante einer Nissenhütte.
Vor dem Haus standen schon einige Jungen, die sich umgezogen hatten. Das heißt, sie hatten ihre blaue Arbeitskleidung an. Einige von ihnen kannte ich, sie riefen mir was zu. Es waren Berglehrlinge, die morgens zu früh da waren, deshalb balgten sie vor dem Hause.
Aus einem kleinen Fenster kam überraschend ein Jungenkopf, »Nummer?«, rief er mir zu. »495!« Der Kopf ging zurück, dann kam eine Hand aus dem kleinen Fenster, sie gab mir eine kreisrunde, kleine blecherne Marke, darauf war die Nummer 495 gestanzt. Abgenutzt wirkte die Marke auch. Es werden schon viele Lehrlinge vor mir diese Marke getragen haben, dachte ich. »Geh' hier rauf zum Kauenwärter«, sagte er dann noch.
Mit »hier« war eine schmale Tür neben dem engen Fenster gemeint. Es ging jene Treppe hinauf, die ich Wochen vorher mit meiner Mutter bei der Anmeldung betreten hatte. Am Ende der Treppe ging es jetzt statt rechts in die Büros, links in die Jugendkaue. Die Kaue ist der Umzieh- und Duschraum. Der Kauwärter war mir bekannt, er war gewissermaßen ein Nachbar. Der Kauwärter war ein kränklicher Mann, deshalb hatte er mit meinem Vater des öfteren im Krankenhaus auf einem Zimmer gelegen. Ich erinnerte mich gern an ihn, weil er ein ungemein bekannter Spaßvogel und Possenreißer war.
Er begrüßte mich freundlich, riß dabei ein paar Witze und zeigte mir einen Haken mit der Nummer 495. Hier konnte ich meine Tageskleidung aufhängen. Mit einer Kette konnte der Haken samt der Kleidung an die Decke des Raumes gezogen werden. Ich zog mich aus, dann stieg ich erstmals in die völlig neue Arbeitskleidung, ein üblicher

blauer Arbeitsanzug, Blaumann genannt. In diesem Blaumann fühlte ich mich unwohl. Er schien mir zu groß, die Ärmel waren zu lang, die Hose mußte schon sehr hoch gezogen werden, damit sie sich auf den Schuhen nicht zu sehr beutelte. Meine blaue Arbeitsjacke hätte ich fast als Mantel tragen können. Die klobigen Arbeitsschuhe schienen mich am Fortkommen zu hindern, ich war keinesfalls glücklich, ich war sehr unsicher. Mein Selbstbewußtsein war unter Null, zumal ich drei Tage später als die anderen gekommen war, denn am ersten April war ich noch in Erholung. Die anderen kannten sich schon aus, sie redeten über die Arbeit und spielten die erfahrenen Fuhrleute, sie demonstrierten ihren zweitägigen Erfahrungsvorsprung.
Um sechs Uhr mußten wir alle die Kaue verlassen haben, es ging über den Hof vor dem Gebäude in einen ehemaligen Bunker. Der Bunker hatte rundlich gebaute Gänge, einige der Gänge waren so gebaut, wie unter Tage die Strekken aussahen, sie waren mit Eisenträgern und Holz abgesichert. An diesen Modell-Strecken konnten Lehrlinge lernen, wie sie später unter Tage ihre Strecke sichern mußten, denn davon hängt das Leben des Bergmanns ab. Wir betraten einen sehr langen Raum in diesem Bunker. An den Seiten standen hölzerne Bänke, trübe Lichter gaben dem Raum einen ärmlichen Anstrich.
Die rund achtzig Jungen nahmen lärmend auf den Bänken Platz. Einige aßen dabei ihr erstes Frühstücksbrot oder tranken aus einer blechernen Kanne, Kaffeepulle genannt. Ein paar halbinvalide Bergleute betraten den Raum. »Auf«, sagten sie dabei. Man grüßt im Pütt mit »Glückauf«, aber niemand sagte »Glückauf«, die Grußzeremonie reduziert sich auf »Auf«.

»Auf« heißt auch die Antwort. Begrüßt man einen persönlichen Bekannten, dann heißt es »auf, Werner«, »auf, Karl«, lautet die Antwort. Die halbinvaliden Alten sagten entweder nur »Auf« oder sie sagten »Auf, Jungs«. Die Alten nannten sich Meisterhauer. Es waren erfahrene Bergleute, die aus gesundheitlichen Gründen nicht mehr unter Tage arbeiten konnten. Hauer ist die berufliche Endstufe des Bergmanns, also waren das Meisterhauer. Männer, die sich nicht durch pädagogische Eigenschaften auszeichneten, mehr durch Erfahrung oder erlittene Unfälle. Sehr schnell wurde ihnen nachgeäfft, weil jeder irgendeine auffallende Eigenschaft an sich hatte. Die Meisterhauer setzten sich nicht auf eine der Bänke, sie hatten am Ende des Raumes einen hölzernen Tisch stehen. Es war der einzige Tisch in diesem Schlauch. An diesen Tisch setzten sie sich und kramten ihre Brote heraus. Noch immer zelebrierten sie die alte Bergmannssitte: vor Arbeitsbeginn erstmal buttern. Buttern ist essen. Wahrscheinlich eine Umsetzung des Hauptwortes Butterbrot in ein Tätigkeitswort: buttern.

So ungefähr zehn Minuten nach sechs erschien der oberste Meisterhauer, August Naroska. Er war mit Nachbarn aus meinem Elternhaus verwandt. Meine Eltern waren aber mit ihm verkracht. Das ließ in mir böse Ahnungen aufkommen, meine Befürchtungen wurden aber nie Wirklichkeit. August Naroska unterdrückte mich nicht, er versuchte sogar, mich zu fördern. Das begriff ich aber erst allmählich.

Der oberste Meisterhauer August Naroska war Einteiler, denn er teilte die Arbeit ein. Der Pütt beschäftigte mehr Lehrlinge als er im Prinzip ausbilden konnte, deshalb wurden von den Berglehrlingen auch Aufräumarbeiten

gemacht. Eine gewisse Zahl von Lehrlingen kam für eine begrenzte Zeit in die Lehrwerkstatt, einer Schreinerei und einer Schlosserei. Und auf die von allen verfluchte Lesebank, denn so wurde das Leseband genannt, an dem die dicken Steine aus der Kohle ausgesucht wurden. Wer nicht gerade eine solche Arbeit fest zugeordnet bekommen hatte, mußte sich im Bunker melden, um für anfallende Tätigkeiten eingeteilt zu werden. Zu denen gehörte ich an diesem ersten Morgen auch. Nachdem August Naroska »auf« gesagt hatte, stellte er sich in die Mitte des langen Raumes.
»Fünf Mann zum Holzplatz«, sagte er. Dann blickte er in den Kreis der Jungen. Wer nicht zum Holzplatz wollte, tat so, als blicke er gerade irgendwoanders hin. Wer für den Tag auf dem Holzplatz der Zeche arbeiten wollte, der blickte ihn interessiert an. Die Blicke sollten signalisieren: ich will hin. Mir waren die Vorzüge und Nachteile der einzelnen Einsätze noch nicht bekannt, deshalb interessierte mich nur das Treiben überhaupt.
In eine plötzlich eingetretene Stille hinein furzte einer aufreizend laut. Der Furzer selbst lachte, während er sein Brot noch in der Hand hielt. Einige lachten mit, andere stoben von seiner Seite. Ich war tief betroffen, unglücklich überhaupt: Die Unsicherheit, der zu große Anzug, dann noch sowas. Es konnte nicht schlimmer kommen, fürchtete ich.
Gruppe für Gruppe wurde für eine Arbeit delegiert. Immer kleiner wurde der Kreis der Lehrlinge. Ich bekam zunächst keine Arbeit zugeteilt. Fünf blieben übrig. »Transport«, sagte August Naroska. Wir waren für Transportarbeiten eingeteilt worden. Er nahm uns die blechernen Marken ab, dann wurden wir einem schmalen Meisterhauer zugeteilt. Der trug eine alte Schiffermütze und einen

weißen Anzug. Das ist Tradition: wer was ist im schwarzen Gewerbe trägt weiße Anzüge. Der Alte schniefte sehr, denn er hatte eine sogenannte Staublunge. Zuviel Steinstaub hatte sich in seiner Lunge abgesetzt, so daß die Lungen nur noch wenig Sauerstoff umsetzen konnten, jeder Luftzug war mühsam. Wir hatten vor Augen, was uns blühte: Steinstaublunge mit fünfzig. Doch daran dachte wohl niemand, ich zumindest mit Sicherheit nicht. Fünfzig war doch so weit! Zu fünft trotteten wir mit dem Schniefer aus dem Bunker. Er führte uns zu einer zweirädrigen Karre, der Größte von uns lenkte das Gefährt. Dann zeigte er uns eine größere Menge längerer Eisenstäbe, Stäbe, die mit Sicherheit vorn und hinten über der Ladefläche hingen. Diese Stäbe mußten wir auf den Wagen laden. Einer hielt die Karre, vier trugen auf den Schultern die wippenden Stäbe heran. Da die anderen drei größer waren als ich, kam ich mit meiner Schulter nicht an die Stäbe, trotzdem ging ich immer mit und tat so, als würde ich sie mittragen. Wenn sie auf die Ladefläche geschoben wurden, strengte ich mich auch nicht an. Ich machte nur ein Gesicht, als strengte ich mich an. Dabei fürchtete ich immer, die anderen könnten auch nur tun als täten sie, dann würde das auffallen. Es fiel aber nicht auf, weil wenigstens einer der anderen das Eisen wirklich auf den Wagen schob. Der Große schob dann den beladenen Karren, die anderen vier faßten an den Seiten an, so schoben wir zu fünft. Wir mußten, um das Eisen zu einem anderen Teil des Betriebes zu schaffen, das Werksgelände verlassen, also aus einem Tor hinaus. Es ging ein Stück über die Straßen des Ortes in ein anderes Werkstor wieder hinein. Der alte Schniefer ging neben uns auf dem Bürgersteig, wir schoben den Wagen über die Straße. Ein Nachbarmädchen sah uns. Mir schien, sie grinste, das war mir besonders unangenehm. Das Mädchen war aus dem Nachbarhaus, blond, für unsere Verhältnisse mondän. Die anderen sagten, sie sei eine Schönheit. Vielleicht hatte sie mich auch gar nicht gesehen, oder sie grinste über eine lustige Geschichte, die ihr gerade eingefallen war. Ich bewegte mich am Rande einer Demütigung.

Als wir im anderen Gelände des Werkes angelangt waren, mußten wir das Eisen abladen. Das war leichter, die Karre wurde nur nach vorn gekippt, die Stangen sausten zu Boden. Dann wurde der zweirädrige Wagen zurückgezogen, und schon lagen die Dinger an ihrem Platz. Zurück ging es über die gleiche Strecke, wiederum durch einen Teil des Ortes. Der Große schob den Wagen allein, die anderen gingen neben dem Schniefer zurück, auch auf dem Bürgersteig.

Als wir diese Arbeit erledigt hatten, war es erst acht Uhr. Mir schien es ungemein lang gewesen zu sein. Noch eine Stunde bis zur Pause. Um neun war eine halbe Stunde Brotpause angesetzt, Butterpause genannt. Meine Brote hatte ich in der Seitentasche des Blaumanns. Durch irgendeinen Umstand waren sie aber plattgedrückt worden, vielleicht war ich zu nahe an eine Mauer geraten.

Der Meisterhauer verschwand in der Lehrwerkstatt. Wir standen auf dem Hof und erzählten uns Geschichten. Was man so von der Arbeit gehört hatte, wo man sich drücken konnte, wo nicht. Besonders gefürchtet war das Leseband. Da soll es besonders stumpfsinnig und schmutzig sein, doch einigen soll es dort sogar gefallen haben. Gut sollte es auf dem Holzplatz sein, da müßte man eine bestimmte Anzahl von Wagen mit Kleinzolz beladen, wenn die Zahl erfüllt war, sollte man nicht mehr arbeiten müssen für den

Tag. Man könnte dann zwischen den Holzhaufen Wildwest spielen. Einige würden auch abkommandiert, um in der Stadt die Straßen zu fegen. An den Straßenecken, an denen niemand wohne, da müsse vom Werk aus gekehrt werden, weil die Häuser dem Pütt gehörten. Dafür seien die Lehrlinge da. In der Schlosserei sollte es auch schön sein, aber sehr streng.
Wir setzten uns wie die Spatzen auf dem Draht auf eine kleine Mauer. »Legt euch ein Brett unter den Arsch«, belehrte uns ein vorbeikommender Meisterhauer. »Wer auf Steinen sitzt, kriegt einen schlimmen Arsch«, das sei nicht gesund, erläuterte er noch. Dann fachsimpelten wir weiter. Wenn ein Meisterhauer vorbeikomme, dann müsse man die Mütze abnehmen. Immer wenn einer von denen in der Nähe sei, solle man so tun, als arbeite man schwer, die könnten keinen sitzen sehen. Die ständen unter Druck, von oben käme der. »Oben« waren die Obersteiger, weiter kannten wir die Hierarchie nicht. Es gebe zwar noch einen Betriebsführer und einen Werksdirektor, aber die seien ganz oben, die würde man nie sehen. Aber von denen komme der Druck überhaupt. Wenn die irgendeinen beim Faulenzen ertappten, dann würden Späne fliegen. Obwohl die ganz oben seien, sei immer damit zu rechnen, daß sie mal auftauchten. Deshalb wäre es wichtig, beim Meisterhauer so zu tun, als arbeite man. Hauptsache, man sei in Bewegung, das genüge schon.
Eine ganze Stunde lang wurden Lehrlingserkenntnisse verbreitet. Auch über die Meisterhauer wurde gesprochen. Wer ganz nett sei, und wer nicht. Unser Alter war nicht sehr beliebt. Man wußte, wo er wohnte. Er hatte sogar ein kleines Haus, was außergewöhnlich war für die Verhältnisse. Früher soll er jede Menge Überstunden gemacht ha-

ben, damit er das Haus bauen konnte. Und nach den Überstunden habe er dann noch auf seinem Bau gearbeitet, damit es billiger wurde. Zwei Töchter habe er, die heirate ihm aber niemand aus dem Haus, denn die seien nicht sehr hübsch, die wolle niemand, trotz des Hauses. Und weil er so häßliche Töchter habe, deshalb sei er jetzt so ein Ekel. Der rede gar nicht mehr mit Lehrlingen, der sei mit dem Luftholen zu stark beschäftigt. Da habe er Überstunden noch und noch gemacht, habe seiner Alten ein Haus da hingesetzt, und jetzt pfeife er aus dem letzten Loch. Aber lange pfeife er nicht mehr, hieß es.

Um neun rief eine Werkssirene zur Frühstückspause. Man sah, wie die Betriebsamkeit des Unternehmens langsam abnahm, so als schwinge ein übergroßes Rad aus. Ein Rad kann auch nicht schlagartig anhalten. Von überall her kamen die Lehrlinge, sie strömten aus der Schlosserwerkstatt, der Schmiede und der Schreinerei, denn gegessen wurde draußen. Sie saßen auf den vielen Rohren des Hofes und aßen ihr Brot, setzten die Kaffeeflasche an den Hals, das dauerte so rund zehn Minuten. Dann waren die ersten mit dem Essen fertig. Es wurde was gerufen, mal ein Steinchen geworfen, pünktlich rief die Sirene wieder zur Arbeit. Einige Minuten nach der Pause kam unser Meisterhauer aus der Werkstatt, wo er sich über eineinhalb Stunden aufgehalten hatte. Da es nichts mehr zu transportieren gab, mußte er uns anderweitig beschäftigen.

Wir ließen unseren Wagen stehen. Er ging mit uns zu einer anderen Stelle des Betriebes. Vor einem alten Fördergebäude lagen riesige Steinhaufen, Ziegelsteine von Sprengungen, Abbrucharbeiten oder noch von ehemals zerbombten Gebäuden. »Steine klopfen müßt ihr«, sagte er. Steine klopfen hieß, mit einem Hammer, der zumindest ein spitzes Ende hatte, die Steine vom Mörtel zu befreien. Die so neu bearbeiteten Steine sollten noch einmal für einen Bau des Werkes gebraucht werden. Es saßen schon einige Lehrlinge dort. Vor sich hatten sie sauber geschichtet die bearbeiteten Steine liegen, ihre Leistung war leicht zu überschauen.

Wir bekamen je einen Hammer und suchten uns ein Brett. Sitzend wurden dann die Steine bearbeitet. Etwas entfernt saß der Alte zusammen mit einem anderen Meisterhauer, sie unterhielten sich. Sie saßen aber so weit entfernt, daß wir von dem Gespräch nichts hören konnten. Es war die Entfernung, die Aufseher von Strafgefangenen bei Feldarbeiten auch wahren.

Stein für Stein wurde bearbeitet, Stein für Stein, Stunde für Stunde. Der Hammer wurde immer schwerer. Es dauerte immer länger, bis ein Stein erneut gesäubert wurde. Um zwei Uhr kam die Erlösung, die Sirene rief. Schlagartig fielen die Hämmer zu Boden, alles strömte auf das Haus mit der Jugendkaue zu.

Mit einer beachtenswerten Eile schossen sie alle auf einen Mann zu, der mitten auf dem Hof stand. In der Hand hielt er die Blechmarken aller Lehrlinge. Er rief die Nummern aus, wer seine Blechmarke erhielt, durfte in die Kaue: Von jetzt an war die Arbeitszeit beendet. Die Hektik der Jungen zeigte, daß sie sich befreit fühlten. Jetzt war man für einen Nachmittag und einen Abend frei, am nächsten Tag auf ein Neues: Tag für Tag, Monat für Monat, Jahr für Jahr, bis man den Arsch zukneift. Daran dachten sie im Moment nicht. Es galt nun: Die Arbeit unter der Brause abspülen und doppelt befreit nach dem Baden hinaus aus dem Werk: Erfrischt durch eine Dusche und durch das Gefühl, es für heute geschafft zu haben. Die Nummer 495 wurde ziemlich spät aufgerufen, so daß ich zu den Leuten zählte, die zuletzt in die Kaue kamen. Als ich durch die Tür kam, war ich geschockt. Was mein Bruder schon hänselnd angekündigt hatte, war Wirklichkeit. Die meisten liefen nackt durch den Raum. Seit Jahren hatte mich kein Mensch mehr nackt gesehen, zuletzt vor Jahren die Familienmitglieder, wenn freitags in der Zinkwanne gebadet worden war. Aber das war schon Jahre her.

Andere Männer hatte ich noch nie nackt gesehen. Der Grad der Entwicklung war bei den Jungen noch sehr unterschiedlich, viele hatten noch nicht einmal Schamhaar. Es waren im Grunde noch Kinder, zumindest große kleine Jungen. Und andere, optisch erwachsen, männliches Imponiergehabe dominierte. Die Länge des Schwanzes galt als Erfolg. Diejenigen mit Schamhaar trugen ihre Schwänze demonstrativ wie Säbel durch die Kaue, andere wiederum drehten sich so, daß immer angeblich rein zufällig der Hintern zu sehen war. Um Gottes Willen, war das schrecklich. Mein Haken befand sich in der äußersten Ecke des Raumes, ganz in der Nähe des Eingangs zu den Brausen. Ich überlegte erst, ob ich einfach weglaufen sollte, das ging aber nicht. Oder einfach nicht duschen? Raus aus dem Blaumann, hinein in den normalen Anzug und ab nach Hause? Doch ich war zu schmutzig. Neben mir gab es laute Unterhaltungen, Gelächter über irgendwelche Possen, die Arbeitskollegen betrachteten mich gar nicht.

Es blieb mir nichts anderes übrig, mit einer sehr starken Überwindung ließ ich die Unterhose herunter. Ich schlich an der Wand entlang, hinein in den Duschraum, in den Lärm und den Wasserdampf. Ich sah nur Leiber. Ich drängte mich durch die Menge in die äußerste Ecke, an die letzte Dusche. Dort stellte ich mich so, daß man mich nur

von hinten sehen konnte. Verstohlen sah ich den anderen auf den Schwanz und stellte Vergleiche an.
Ich blieb lange unter der Dusche, immer mit dem Rücken zu den anderen. Denn ich hatte darauf gesetzt, daß die meisten schon nach Hause seien, wenn ich von der Brause kam. Es war auch so. Die Jugendkaue war nur noch mäßig belegt, neben meinem Haken zogen sich nur noch einige andere Lehrlinge an. Ich war nicht fähig, aufzublicken und mich an den Unterhaltungen zu beteiligen, denn ich hörte gar nicht, was sie sagten oder riefen. Das spielte sich alles hinter einem Geräuschvorhang ab. Aber einen konnte ich nicht übersehen. Der lief besonders lange unangezogen durch den Raum, der zeigte sich, er wollte gesehen werden. Nach dem Motto: seht her, ich hab' den größten, was unbestritten schien.
Das Anziehen ging zunächst hastig, dann mechanisch, denn mir war die Peinlichkeit so nachhaltig in den Kopf gestiegen, daß ich die Bewegungen nicht mal mehr bewußt machen konnte. Es war nur noch eine Handvoll Jungen im Raum, als ich die Kaue verließ.
Das Haar war naß, frisch gescheitelt, ich fühlte mich aber nicht befreit und war auch nicht fröhlich wie die anderen. Ich war tief geschlagen. Ich fühlte mich mit einem ungewöhnlichen Gewicht auf dem Körper auf den Boden gedrückt, so daß ich keine Möglichkeit sah, wieder auf die Beine zu kommen.
Ich ging die wenigen Straßen hinauf und grüßte die einzelnen Nachbarn sehr verstört.
Als ich nach Hause kam, war der Tisch gedeckt. So wie es immer war, als Vater nach Hause gekommen war. Nach seinem Tod war es so, wenn mein Bruder von der Arbeit kam. Die Teller standen auf dem Tisch, die Suppe dampf-

te, die Kartoffeln waren schon gar. Statt für einen war jetzt für zwei gedeckt. Ich setzte mich an den Tisch, löffelte die Suppe und sah nicht auf. Ich sah nur die Suppe, alles war wie hinter einem Schleier.

»Wie war's«, fragte mein Bruder.

»Da hau' ich ab. Da bleib ich nicht«, das war meine Antwort. Und meine Mutter erzählte mir später, dabei seien mir die Tränen in die Salzkartoffeln gelaufen.

Aufklärung »Die kleinen Kinder kommen hinten aus dem Arsch ’raus, wo denn sonst?« Die Frage konnten wir nicht beantworten. In der Gartenlaube saßen wir zu dritt, Hanni Schieder, Herbert Appel und ich. Es war ein Sommernachmittag, und wir waren zufällig zusammengekommen. Und zufällig kamen wir auch auf dieses Thema. Das Mädchen, das uns aufklärte, galt als frühreif. Die Hanni sei frühreif, hieß es immer, doch ich wußte nicht, was sie damit meinten. Hanni war ein Jahr älter als Herbert Appel und ich, an ihr war gewissermaßen schon alles dran. Unsere Gedanken drehten sich zu dieser Zeit oft um sexuelle Dinge. Wir wußten, daß es da irgendwas gab, wußten aber nichts Genaues.

Wer eine Schwester hatte, erzählte, wie es zwischen deren Beinen aussah, aber genau konnten wir uns darauf keinen Reim machen. Vielmehr beschäftigte uns, warum die Mädchen in die Hocke gingen, wenn sie mal mußten, denn es müßte doch eigentlich auch gehen, wenn sie einfach stehen blieben.

Hanni Schieder hatte einige Wochen zuvor eine Schwester bekommen. Wir alle hatten den dicken Bauch ihrer Mutter betrachtet, darüber gefeixt und gehört, da sei ein Kind drin. Wie kommt das da eigentlich wieder raus, das war die Frage, die uns beschäftigte, als Hanni von sich aus das Thema auf Sexualität gelenkt hatte. Wir hätten darüber nicht gesprochen, wenn sie nicht zielstrebig darauf zuerzählt hätte, denn mit Mädchen sprach man nicht über so was. Bestimmt auch, weil ja sowieso niemand Genaues wußte, und da wollte man sich nicht blamieren. Fest stand lediglich eins: Es gab einen wesentlichen Unterschied zwischen Frauen und Männern, das wußten wir und das sahen wir auch zuweilen. Aber mit dem Unterschied allein konnten wir nichts anfangen. Wir hatten auch in Erfahrung gebracht, daß Kinderkriegen damit was zu tun haben muß. »Klapperstorch ist Quatsch«, hatte Hanni erklärt, »denn ich habe mitbekommen, was los war, als meine Mutter so weit war. Wasser haben sie heiß gemacht, und im Schlafzimmer hat die ganz schön gestöhnt.« Dann sei Hanni aus dem Haus gebracht worden.

Ein Kind ist im Bauch der Frau, es entsteht durch Liebe. Liebe machen Vater und Mutter, wenn niemand dabei ist. Und unten, da bekommen zumindest die Frauen Haare dran, das erklärte sie uns auch sehr selbstsicher. »Ich glaube, die Männer fassen auch da unten an«, sagte sie weiter. Genüßlich gab sie uns zu verstehen, daß sie genau wisse, daß da unten Haare wachsen, sie müsse es ja genau wissen. Wir verstanden, was sie meinte und bewunderten sie, weil sie so viel wußte und schon so weit war. Ungeklärt blieb, ob Männer auch Haare da bekommen. Obwohl aus der Lehrlingskaue bekannt war, daß es auch bei Männern eine Behaarung gab, erzählten wir nichts, weil wir fürchteten, sie könne nach Details fragen, und da wollten wir einem Mädchen nicht Rede und Antwort stehen. Irgendwas mußte es auf sich haben, daß es bei Männern oft steif wurde, ohne daß man was dafür konnte. Da konnten wir uns noch keinen Reim drauf machen, selbst Hanni wußte nichts Genaues darüber zu sagen. Fragen mochte sie auch niemand. Aber auf alle Fälle stand eines mit absoluter Sicherheit fest: Die Kinder kommen aus dem Arsch. Wir hatten uns lange und ausführlich über sexuelle Fragen unterhalten, jetzt wußten wir schon in etwa, wo es lang ging.

Immer öfter kreisten die Gespräche um dieses Thema. Doch dann wurde uns durch Zufall der Blick erweitert. Von irgendwoher hatte einer eine FKK-Zeitung bekommen. Damit seine Eltern sie nicht fanden, hatte er sie im Hühnerstall versteckt. Zuweilen holte er sie aus dem Stall, wir beguckten die Bilder, aber nur, wenn vorher gesichert war, daß kein Erwachsener in der Nähe war. Bei den Frauen war ja gar nichts zu sehen, die hatten nur ein schwarzes Dreieck, das bestand aus Haaren, mehr war da nicht. Bei den Männern gab es auch Haare, und größer wurde er, wenn man älter wurde. Das hatten wir inzwischen aber schon selbst feststellen können.

Als ich eines Tages nach Hause kam, sah ich sofort, es war Mißstimmung. Ein ausgerissenes Foto aus der FKK-Zeitschrift hatte meine Mutter in meiner Jackentasche gefunden. Es war auf ein ganz kleines Format zerrissen worden, zu sehen war nur das Stück unterhalb des Nabels bis oberhalb der Knie. Aber zu sehen war gerade durch diesen Ausschnitt, daß es eine Frau war. »Das ist eine Sauerei«, tobte meine Mutter, »wo hast Du solche Saublätter her?« Und ohne eine Antwort abzuwarten, hatte sie auch schon zugeschlagen. Natürlich erzählte ich ihr nicht, woher ich das Blatt hatte. »Wenn der Junge doch Wildwest-Hefte lesen würde«, rief sie. Das Thema wurde zunächst einmal durch Prügel tabuisiert, aber es konnte dadurch nicht unterdrückt werden. Es beschäftigte uns zu sehr.

An den Nachmittagen saßen wir oft zusammen und unterhielten uns darüber. Paul Droggel hatte die neuesten Erkenntnisse. Von Leuten von seiner Straße wisse er, daß die Jungen es bei den Mädchen reinsteckten. Es herrschte allgemeine Verblüffung. Ja, so sei das, mehrere auf der Straße machten das mit den Mädchen, und das sei sehr schön. Er selbst habe es noch nicht gemacht, aber er habe es so gehört. Und er wisse auch, wer das mache. Die Mädchen würden sich auf den Rücken legen, und der Junge stecke ihn da 'rein. »Und dann?«, wurde er gefragt, »ja, das ist alles.« Wir waren ungemein neugierig, aber doch etwas enttäuscht. Was soll da toll dran sein, ihn da 'reinzustecken? »Und wie weit geht er?«, so die weitere Frage. »Bis auf den Knochen«, antwortete Paul Droggel scheinbar sachkundig. Das habe man ihm so erzählt. Auf dem Knochen sei Schluß, weiter gehe es nicht. Selbstverständlich wisse er auch ein paar Mädchen, die das machten. Ob er sie nicht mal ansprechen könne, ob sie es auch mit uns machten. Er versprach es, kam aber nie mehr drauf zurück. Er hatte immer Ausreden: Mal hätten die Mädchen keine Zeit, dann traue er sich nicht, sie anzusprechen. So ging es weiter. Fast jedes Gespräch drehte sich um diesen verhältnismäßig einfachen Vorgang. Wenn wir eine schwangere Frau sahen, dann meinten wir, es müsse ihr doch peinlich sein, denn jeder wisse, daß sie diese Schweinerei schon gemacht habe. Sie könne sich da nicht mehr 'rausreden. Das müsse doch peinlich sein, gerade für eine Frau.

Unklar blieb, was daran schön sein sollte. Weil es niemand wußte, kamen die Gedanken und Gespräche immer wieder darauf, aber ohne endgültige Klärung. Es bestand lediglich der Wunsch: das machen wir auch. Aber Mädchen dafür finden! Und überhaupt, ausgerechnet vor einem Mädchen die Hose 'runterlassen? Das kann man doch nur machen, wenn es dunkel ist, wenn einen das Mädchen nicht sehen kann. Aber wenn es dunkel ist, dann sind die Mädchen schon in der Wohnung, sie werden dann doch von den Eltern nicht mehr 'rausgelassen. Es schien alles unlösbar.

Wenn die Mädchen nicht wollen, dann zwingen wir sie einfach. Das war unsere Erkenntnis, als wir wieder einmal im Wald darüber sprachen. Es ist doch ganz einfach, hieß es,

die nächste, die kommt, die ist dran. Wir sind doch genug Leute, die wird einfach festgehalten. Einer zieht den Rock hoch, einer zieht ihr die Hose aus, die anderen halten sie von hinten fest, und einer macht es dann mit ihr. Und der erzählt dann, wie es war.
»Also, die nächste, die kommt, einverstanden?«, fragte einer. Wir waren einverstanden. Wer sollte uns schon schnappen, wenn wir uns so ein Mädchen genehmigten? Besonders dann, wenn die uns nicht kannte, wenn wir alle zusammenhielten. Wir legten aber nicht fest, wer es machen sollte. Fest stand, sie wird von mehreren festgehalten und unten herum ausgezogen.
Wir warteten eine ziemlich lange Zeit auf dem Weg. Dann kam ein Mädchen, am Arm eine leere Milchkanne für Blaubeeren. Sie war ungefähr sechzehn Jahre alt, blond, trug einen blauen Rock, eine helle Bluse, hatte wippende Brüste. Das Mädchen kam langsam, aber sehr selbstsicher um die Wegbiegung. Ohne ihre Schritte zu verzögern, kam sie auf uns zu. Sie ging an uns vorbei, ohne die lechzende Truppe bewußt anzusehen, wir waren für sie gar nicht vorhanden. Als sie um die nächste Biegung mit langsamen Schritten verschwunden war, schwiegen wir noch lange. Keiner machte dem anderen Vorwürfe. Wieder hatten wir es verpaßt.
Während der Pausen bei der Arbeit oder während stiller Stunden im Betrieb sprachen wir auch darüber. Ein Jugendfußballspieler hatte besonderes Ansehen, »der Günnar hat schon gefickt«, sagte man. Der wußte mehr, er sagte aber nichts darüber. Wenn wir ihn fragten, sagte er immer: »Das ist ne prima Sache«. Er schwieg sich genüßlich aus. Dann saßen wir auf einem großen Aschewagen, den wir entladen sollten. Dazu hatten wir aber viel Zeit,

deshalb saßen wir mit unseren Schaufeln in der Sonne und sprachen darüber. Wer schon mal habe und wer noch nicht. Alle gaben zu, es noch nicht gemacht zu haben. »Wie geht denn das«, fragte einer von meinem Jahrgang hinüber, denn auf dem Wagen saßen auch welche vom zweiten Lehrjahr. Die wußten schon mehr, einige vom zweiten Lehrjahr hatten wohl schon.

Zu Mädchen sagte man nur Perle oder Alte. »Also ganz einfach«, erläuterte Peter Tauchert seinen Lauschern, »du schnappst dich die Alte, wenn sie auf dich steht, wenn sie scharf auf dich ist und mit dir geht. Also du schnappst se dich, wenn es dunkel ist und küßt sie.« Das war eine völlig neue Erkenntnis. Eine Frau küssen? So von Mund zu Mund? Daß Sexualität mit Zärtlichkeit und Zuneigung verbunden war, war ein völlig neuer Aspekt, darüber war vorher nie gesprochen worden. Auch Peter Tauchert brachte das Küssen nicht als Zärtlichkeit ins Gespräch, lediglich als ein Element der Technik, der Technik der sogenannten Verführung.

»Kommt man denn da gut unten 'rein«, fragte einer aus meinem Lehrjahr zum Abschluß des Vortrags auf dem großen Aschewagen.

»Paß auf Kleiner«, erläuterte Peter Tauchert grinsend, »gib ihn der Perle in die Hand, die weiß schon, wo sie ihn sich hinstecken soll.« Alle lachten laut auf den verschiedenen Aschewagen, so laut, daß es ein Meisterhauer gehört hatte und uns zwang, den Aschewagen schneller zu entladen. »Damit ihr nicht weiter auf blöde Gedanken kommt«, wie er noch sagte.

Hanni Schieder war die erste Frau, die mit mir das Thema Sexualität von sich aus besprochen hatte. Das allein war schon sehr reizvoll und aufregend, zumal sie sich nicht

scheute, einige Dinge auch zu nennen, weil sie nämlich ganz ungeniert Arsch sagte.
Hanni Schieder lebte mit ihren Eltern und ihren jüngeren Brüdern und Schwestern einige Häuser weiter. Weil sie das älteste Kind war, mußte sie schon sehr früh im Haushalt mitarbeiten. Sie schrubbte den Flur, fegte aus, wusch das Geschirr ab und bereitete auch oft das Abendbrot vor, denn es gab bei den meisten Familien abends Brot mit Käse und Wurst aus der eigenen Schlachtung; dazu gab es Kaffee, den wir alle Muckefuck nannten. Richtiger Kaffee war schwarzer Kaffee, den tranken aber nur die Erwachsenen, und auch nur dann, wenn sie sich besonders wohl fühlten oder sich zu besonderen Anlässen zusammensetzten. Als wir Jungen uns des Nachmittags auf der Straße beschäftigten und so redeten, da mußte Hanni Schieder die Flur- und Schlafzimmerfenster der Wohnung putzen. Schieders wohnten Parterre, da konnte sie sich sowohl von innen als auch von außen gefahrlos auf die Fensterbänke stellen und mit einem nassen Lappen die Fenster säubern. Vorher muß sie im Flur des Hauses noch den Kunstläufer ausgeklopft haben, denn der Teppichklopfer stand neben der Haustür gelehnt. Ich sah den Teppichklopfer und wollte Hanni Schieder damit erschrecken. Lautlos schlich ich mich bis zu der Haustür, nahm geräuschlos den Klopfer an mich und tastete mich an der Wand entlang zu dem Fenster, auf dessen äußerem Sims das Mädchen stand und es putzte. Die Fenster in der Parterre waren knapp zwei Meter über dem Erdboden. Hanni Schieder stand breitbeinig auf dem Fenstersims, mit der linken Hand hielt sie sich an dem Fensterkreuz fest, mit der rechten Hand wusch sie die Scheiben. Der Eimer stand rechts neben dem Mädchen, ebenfalls auf der steinernen Fensterbank. Ich wollte

ihr mit dem Teppichklopfer überraschend auf den Hintern schlagen und sie somit erschrecken, vielleicht fiel dabei der Eimer hinunter. Als ich mich in gebückter Stellung der Putzerin genähert hatte und nach oben sah, blickte ich direkt zwischen ihre gespreizten Beine. Sie hatte keine Hose an, vor Überraschung konnte ich nicht einmal genau hinsehen. Ich sah, daß Hanni Schieder stark behaart war und stellte noch fest, daß es zwischen ihren Beinen rötlich aussah.

Unbehaart hatte ich das bei kleinen Mädchen schon gesehen, aber noch nicht bei einer Frau und auch nicht aus einer solchen Perspektive und dazu noch so unvorbereitet. Sekundenlang hielt ich den Teppichklopfer, ich hatte nicht das Bedürfnis oder die Lust, intensiv zwischen ihre Beine zu schauen. Was sie hatte, wirkte durchaus nicht anziehend auf mich, zudem fürchtete ich wohl gleichzeitig, von ihr entdeckt zu werden. Sie könnte glauben, ich hätte mich angeschlichen, um unter ihren Rock zu schauen. Hanni Schieder pfiff während ihrer Arbeit, der weite Rock wippte vor und zurück, mit einem Bruchteil von Verspätung ihrer Putzbewegung folgend.

Ich schlich so lautlos zurück wie ich gekommen war. Hanni Schieder hatte nichts bemerkt, mich hatte die Erfahrung sehr unsicher gemacht. Als ich in den nächsten Tagen dem Nachbarmädchen begegnete, wich ich ihr aus. Die Sache war mir peinlich und ich fand es durchaus nicht anziehend, genau zu wissen, wie es zwischen ihren Frauenbeinen aussah.

Am Lesebband Es gab in der Lehrzeit viel Leerzeit, dabei war jeder bemüht zu tricksen, um eine leichte Arbeit zu erhalten, denn Arbeit war ein Übel. Arbeiten wollte man nicht, arbeiten mußte man. Lernen wollte auch niemand. Was sollte man dort auch lernen? Es ging um bergmännische Wendigkeit, wer sie besaß, der wollte so schnell als möglich Geld verdienen. Aus unserer Perspektive viel Geld: Für ein Fahrrad zunächst, dann für ein Motorrad, wenn man ganz schwer dranhaute, für einen gebrauchten VW. Denn als Autofahrer war man wer. Heiner Rynalski, der 1959 tödlich verunglückte, war autobesessen. Er hatte Bekannte, Kaufleute aus dem cleveren Bürgertum, die ein Auto besaßen. Sie nahmen ihn zuweilen mit, oder er machte mit deren Söhnen eine Spritztour. An den Tankstellen behauptete er, da sei man wer. Darf es noch ein wenig Öl sein? Man würde umdienert, man sei ganz ein Herr als Autofahrer. Da sei ein Motorradfahrer gar nichts. Deshalb stand für ihn fest: Lernen drei Jahre, möglichst nicht viel tun, nach drei Jahren Geld machen für ein Auto.
Aber das waren Zukunftsthemen. Oft hatten wir bei der Arbeit Zeit, denn es gab Tätigkeiten, die füllten nicht den Tag. Es hatten auch alle in der Zwischenzeit gelernt, möglichst so zu tun, als arbeiteten sie schwer. Immer mehr erzählen als man tat, Druckposten suchen, aber nicht damit prahlen. Die Meisterhauer, die Ausbilder also, hörten mit, die brauchte man nicht als Mitwisser, denn die merzten Druckposten aus, wenn sie davon hörten.
Ich wurde an verschiedenen Arbeitsplätzen eingesetzt. Druckposten waren selten darunter. Meist war ich zu irgendwelchen Arbeiten eingeteilt worden, bei denen man mit der Schüppe arbeiten mußte. Eine Halde wurde abgetragen, oder ein Weg planiert, das waren geisttötende Ar-

beiten. Da gingen die Stunden einfach nicht um, unser Ziel stand schon am frühen Morgen fest: so schnell wie möglich den Feierabend erreichen. In der Frühstückspause hieß es oft: »Jetzt müßte es einen ganz lauten Knall geben und es müßte halb drei sein«, Feierabend also. Einmal bekam ich während der Lehrzeit über Tage zu spüren, wie machtlos man gegen Schikanen ist. Während der Lehrzeit arbeiteten die angehenden Bergmänner einige Wochen in einer Schreinerei, in der Schmiede und in der Schlosserei. So war es erstrebenswert, die Zeit in den Werkstätten möglichst in den Wintertagen zugeschlagen zu bekommen. Es war nicht gut, während der kalten und regnerischen Zeit draußen arbeiten zu müssen.

Ich kam während der Sommertage in die Werkstätten, zunächst in die Schreinerei. Die Schreinerei war besonders beliebt bei den Lehrlingen, weil der Meister ein angenehmer Mann war und weil die Arbeit deshalb schön sein sollte.

Mir gefiel die Arbeit nicht. Die Atmosphäre war gut in der Schreinerei, der Meister ein angenehmer Typ, nachsichtig, einsichtig, angenehm in der Art seiner Menschenführung. Aber mir lag handwerkliche Arbeit nicht. Ich hatte kein Geschick, ich war nicht begabt auf diesem Sektor. Fast alles mißlang, nichts gewann mein Interesse. Was vielen Jungen Spaß machte, ließ mich kalt.

Es war trotzdem nicht die schlimmste Zeit, die kam noch. Ich wurde sogar gewarnt. Der Schlossermeister mochte mich nicht, er mochte keine Menschen, die Gegenfragen stellten oder eine Meinung äußerten, die mit seiner nicht identisch war. Ich war unvorsichtig genug, nicht zu verbergen, daß ich zu einigen Dingen Meinungen hatte. Was dem Schreinermeister geradezu imponierte, haßte der Schlossermeister.

Als ich wenige Tage vor meinem Wechsel in die Schlosserei mit dem Schreinermeister zufällig allein in der Meisterstube war, sagte er plötzlich halblaut, ohne mich anzusehen: »Sei vorsichtig, Junge, drüben in der Schlosserei kannst du dein blaues Wunder erleben. Der Meister hat dich gefressen.«

Eigentlich hatte ich es geahnt, ich spürte auch, daß der Schreinermeister weit ging, weil er mir das sogar sagte. Ein beängstigender Druck legte sich auf meine Brust. Sagen konnte ich es keinem, denn ich konnte den Schreinermeister nicht in die Pfanne hauen. Die Warnung hatte mich eingeschüchtert. Ich wollte mir in der Schlosserei keine Blöße geben, keine Schwäche zeigen, ich wollte sogar versuchen, mit dem Meister auszukommen. Doch dazu hatte ich keine Chance, er suchte erst gar nicht das Gespräch mit mir. Ich meinerseits fand dann auch nicht den Weg zu ihm. Wir hatten uns von der ersten Sekunde an nichts zu sagen. Es war beachtlich, daß zwei Menschen so konsequent und absolut nichts miteinander anfangen konnten, aber er war der Stärkere. Aus dem Wege gehen konnten wir uns nicht, er spielte dann seine Stärke auch aus. Die Stärke bestand in dem Recht der Anweisung, gegen seine Anweisungen gab es keine Möglichkeit des Einspruchs. Die Bewertung der Arbeit lag auch allein bei ihm. Wenn er eine Arbeit nicht gut fand, mußte ich sie wiederholen. Er fand nichts gut. Wenn er eine Arbeit als schlecht einstufte, dann gab es keine Einspruchsmöglichkeit. Er konnte jede Schikane damit begründen, daß die Arbeit nicht gut war. Die Arbeiten wurden auch unter dieser Anspannung nicht mehr gut, sie wurden immer schlechter, ich machte Fehler. Magenschmerzen setzten ein, Schlaflosigkeit, Appetitlosigkeit, Sodbrennen. Und er ließ mich mit einer beachtlichen

Härte die Werkstatt ausfegen oder irgendwelche anderen Strafarbeiten ausführen. Wochenlang mußte ich feilen. Kein Lehrling in der Werkstatt mußte das so lange. Es war nie gut genug gefeilt worden. Morgens wurde ein Eisenstück in den Schraubstock gespannt, und dann mußten millimeterweise die Flächen glatt gefeilt werden. In gebeugter Haltung, acht Stunden lang, bei einer halben Stunde Pause. Tag für Tag. Die Finger schmerzten von der ständigen Krümmung, sie mußten ja die Feile auf das Eisen drücken. Fast stündlich kam er an den Schraubstock, er blickte mir über die Schulter, dann drückte er mich wortlos zur Seite und stellte sich vor den Schraubstock. Er befühlte mit den Fingern das Eisen, bückte sich mal, um die Fläche in Augenhöhe zu betrachten, dann ging er wortlos weiter. Er sagte nie etwas. Wir sprachen nicht miteinander. Wenn er wegging, dann huschte ein ganz leises, höhnisches Grinsen über sein Gesicht, es huschte nur. Auf einem Foto wäre es nicht festzuhalten gewesen, man sah es kaum, dieses Lächeln spürte ich nur.

Eigentlich war ich überrascht, daß mir der Mensch trotz dieser Schikane gleichgültig blieb. Ich hatte kaum Rachegedanken, wie bei anderen Vorgesetzten: Heute nacht schlage ich dich zusammen, überfalle ich dich, schlage dich von hinten nieder. Diese Art Jungenrache empfand ich bei ihm nicht.

Ich grüßte ihn nicht mehr, nicht auf der Straße, nicht in der Werkstatt, ich übersah ihn. Traf ich ihn außerhalb des Betriebsgeländes, dann fühlte ich, daß ich grinste. Ganz dünn nur, aber nach dem Motto: Mich kriegst du nicht klein. Denn die Zeit unter ihm war begrenzt, dann war ich nicht mehr in seinem Machtbereich. Er sehe mich dann täglich, weil ich an der Werkstatt vorbei mußte, in die Ju-

gendkaue. Unsere Wege würden sich weiter kreuzen. Aber dann könnte ich grinsen, durch ihn so hindurchsehen, daß er es auch spürte, es aber nicht beweisen könnte. Wenn er mich beschuldigen würde, ihn nicht gegrüßt zu haben, würde ich behaupten, ich hätte ihn gegrüßt. Er hätte das Gegenteil beweisen müssen, er hätte es nicht gekonnt. Das muß er genauso gesehen haben, denn er beschwerte sich nie, daß ich als Lehrling ihn nicht grüßte. Einmal nur verlor er die Nerven. Da schrie er mich in der Werkstatt an, alle hörten zu. »Dich krieg ich klein«, hatte er geschrien. Ich konnte nichts machen, nur ihn ansehen, das konnte ich. Er muß dann gemerkt haben, daß er mit dem Wort kleinkriegen zuviel gesagt hatte, denn er beendete sein Geschimpfe plötzlich. Dann verschwand er in der Meisterbude. Dort muß er weiter gewettert haben, denn er war dunkelrot im Gesicht und sprach heftig. Durch ein Glasfenster konnte es jeder sehen. Aber hören konnte man nichts. Die anderen Meister, der aus der Schmiede und der aus der Schreinerei, sahen einige Male zu mir hin. Das bewies, daß sie über mich sprachen; zumindest er.
»Hör doch auf«, riet mir ein Klassenkollege aus der Berufsschule. Als ich zurückfragte, was, wußte er keine Antwort. Offen war der Konflikt nie, deshalb wußte der Klassenkollege auch nicht zu sagen, womit ich aufhören sollte.
Es wurde eine Frage der Zeit. Schaffe ich die Monate ohne durchzudrehen? Und für ihn galt es: Krieg ich ihn in der Zeit klein? Wobei er vielleicht keine genaue Vorstellung davon hatte, wie das konkret aussehen würde: dieses Kleinkriegen. Und ich wußte auch nicht, wie es ausgesehen hätte, wenn ich zu Kreuze gekrochen wäre. Wenn einer klein gemacht werden sollte, dann sagte meine Mutter immer: der frißt mir Zwiebeln aus der Hand. Das wäre hier nicht möglich gewesen.

Mit Magenschmerzen und körperlichen Leiden überstand ich die Zeit. Ich hatte bis zum Schluß die niedrigsten Arbeiten machen müssen. Nur über das Nötigste haben wir gesprochen. Er kam nicht umhin, mir einige Dinge erklären zu müssen, dazu war er verpflichtet. Wenn er zu mir sprach, dann leise, an mir vorbeisehend, aus dem Fenster blickend. Wenn der obligatorische Schlußsatz kam: »Noch eine Frage?«, dann hatte ich nie eine. Mir fiel keine ein. Denn er hatte mir jedes Interesse an der Arbeit in der Schlosserei zutiefst versaut. Noch heute habe ich Schweißausbrüche, wenn ich eine Schlossereiwerkstatt betreten muß.

Nach Wochen war das Märtyrium zu Ende. Ich erhielt um halb drei meine Markennummer, ich nahm sie, grußlos verließ ich die Werkstatt. Er sagte auch nichts. Es war ein merkwürdiges Gefühl: Die Sonne schien heller zu scheinen als sonst, die Vögel schienen lauter zu zwitschern, doch ich hatte keine überschwenglichen Gefühle, spürte lediglich Erleichterung. Und ich hatte das Gefühl, irgendeine Lebensstrecke hinter mir zu haben. An diesem Tag duschte ich besonders lange, ich genoß das warme Wasser, den kräftigen Strahl, die Leere des Duschraumes, denn die anderen hatten es viel eiliger. Klar war mir, daß Schikane nie beweisfähig wird, daß es sich um einen grauen Raum handelt, wo jede Interessenvertretung versagen muß.

Nach der Zeit in der Schlosserwerkstatt kam ich an das Leseband. Dort hatte mein Vater viele Jahre arbeiten müssen. Es war eine ungeliebte Arbeitsstelle, denn hier wurden die Steine aus der Kohle gesucht. Kranke, nicht voll einsatzfähige Bergleute und Berglehrlinge mußten am Leseband arbeiten. Oberhalb der vier Bänder wurden die Wagen mit Kohlen und Steinen entleert, dann kamen Kohle

und Steine über ein gleichmäßig laufendes metallenes Band. Die Steine wurden herausgesucht, sie wurden nach hinten in Trichter geworfen. Die Kohle lief dann nach unten durch, direkt in die Eisenbahnwaggons, die am Ende des Bandes standen. Rechts und links am Band standen die Arbeiter, klaubend über das Band gebeugt. Hin und wieder gab es Förderpannen, dann standen die Bänder still, alle freuten sich. Die Vorgesetzten jammerten dann: das koste dem Pütt viel Geld. Das kümmerte uns einen Dreck, die Hauptsache, es gab mal Ruhe. Es war ja nicht unser Pütt, sollte er doch seinen Schaden haben.
An diesem Leseband war alles unangenehm. Pünktlich um sechs begannen die Bänder zu laufen. Lustlos stand man davor, Stunde für Stunde liefen Kohle und Steine das Band hinunter. Manchmal meinte man, das Band stehe und der Raum fahre, die Wahrnehmungen waren nicht mehr exakt. Unterhalten konnte man sich nicht, es war zu laut, die Bänder diktierten die Arbeit. Die Späße waren einfach oder rüde, meist bewarfen sich die Lehrlinge und Arbeiter mit kleinen Steinen, die einzige Freude dabei: wenn einer getroffen hatte.
Oder man baute Staubbomben. In ihnen war Steinstaub oder Kohlenstaub. Die Bomben waren im Grunde Tüten, gefüllt mit Staub, weiß der Steinstaub, schwarz der Kohlenstaub. Freude machten die Treffer, die mitten in einer Gruppe landeten. Wer von einer Kohlenstaubbombe getroffen wurde, war bis in die Haarwurzeln pechschwarz, hier regierte die Schadenfreude. Alles schien vereinfacht. Ein Jugendlicher malte mit Kreide Frauen an die Wände. Er kannte nur zwei Motive: Eine nackte Frau, stehend, mit ansehnlichen Brüsten und eine mit gespreizten Beinen liegend, die gespreizte Öffnung nach vorn. Die Öffnung war

entsprechend groß herausgemalt, die Brüste dieser gespreizt liegenden Frau standen nach oben. Die Beine hatte sie angewinkelt. Wo immer eine Fläche war, mit wenigen Kreidestrichen hatte er sie gemalt. Das machte er tagein, tagaus, immer das gleiche Motiv und immer lachten die Jungen, wenn sie die Zeichnungen sahen. Er hatte mit immer dem gleichen Motiv immer den gleichen Erfolg. Besonderen Erfolg hatte er dann, wenn sich ein älterer Bergmann aufregte. Ein Kumpel schimpfte, solche Sauereien seien noch nichts für uns. Daraufhin malte er eine besonders große Öffnung, ein alter Kumpel konnte gar nicht so schnell die Zeichnungen wegwischen, wie er neue geschaffen hatte.

Pünktlich um neun Uhr war die Frühstückspause für die erste Gruppe. Da die Bänder weiterliefen, wurde in mehreren Schichten gefrühstückt: um neun, um halb zehn, um zehn Uhr. Man meldete sich gern für die Zehn-Uhr-Pause, weil danach der Arbeitstag nicht mehr so lang war. Der Pausenraum war unter aller Sau. Darin stand ein grob gezimmerter Tisch, dunkelschwarz vor Kohlenstaub, dazu schmutzig weißgraue Wände, Holzbänke, zerschlagene Fensterscheiben. Die Heizung war entschieden zu heiß. Ungemütlicher und schmutziger konnte kein zweiter Raum sein. Ich fühlte mich in diesem Dreck äußerst unwohl. An Essen war kaum zu denken, es schmeckte hier nicht, ein reines Würgen war das. Es wurde viel gestritten in dem Raum, gebalgt und geprügelt. Besonders ärgerte man sich, wenn in der Pause die Bänder mal standen. Denn dann hatten die anderen auch Pause, sie bekamen die Pause aber nicht als Pause angerechnet.

Nach einer halben Stunde ging es wieder an die Arbeit: Steine klauben, Stunde um Stunde, im Lärm. Nicht mehr genau wissend, was sich bewegt: das Band oder der Raum selbst. Gelegentlich flog ein Stein und traf jemanden. Der Getroffene warf zurück, traf mal den Falschen, eine Staubbombe war die Antwort; man empfand es als Abwechslung. Eines Tages hatte ich einen Zettel auf meiner Markennummer. Das Leseband war die letzte Arbeitsstelle über Tage. Ich sollte in die Grube, nach unter Tage verlegt werden.

Rädelsführer Die Berglehrlinge mußten einmal in der Woche in eine betriebseigene Berufsschule. Die Schule befand sich in einer Baracke, die innerhalb des Betriebsgeländes lag. An der sogenannten Berufsschule befanden sich zwei Lehrer. Mein Lehrlingsjahrgang war in drei Klassen eingeteilt worden: In der ersten Klasse des gleichen Jahrgangs befanden sich diejenigen, die mit Realschulabschluß oder mit abgebrochener Realschule oder mit einem guten Abgangszeugnis der Volksschule zum Bergbau gekommen waren, in der zweiten Klasse befanden sich Lehrlinge mit durchschnittlichen Abgangszeugnissen, in der dritten befanden sich gewissermaßen die Fußkranken, die einen Abschluß in der Volksschule soeben geschafft oder auch diesen nicht zu Ende gebracht hatten.

Ich wurde in die zweite Klasse der Berufsschule eingeteilt, weil ich in der Volksschule nicht die achte Klasse gemacht hatte.

Die Mitglieder der ersten Berufsschulklasse fühlten sich erstklassig, sie ließen es die Mitglieder der zweiten Klasse auch spüren.

Die der zweiten Klasse hielten die der ersten für Streber, für Anscheißer, die sich bei den Meisterhauern anbiederten. Aber die zweite Klasse hatte noch die dritte unter sich.

Wie die von der dritten mit ihrem Problem fertig wurden, weiß ich nicht, ich kannte keinen von der dritten Klasse näher. Merkwürdig war, daß die meisten aus der dritten Klasse aus einem Stadtteil kamen. Es war ein Stadtteil, der dem Klischee des Reviers sehr nahe kam: Es gab dort heruntergekommene Bergmannshäuser, ein paar Seltersbuden, direkt hinter den Bergmannsgärten dieses Stadtteils befanden sich die Kokerei und ein Stickstoffwerk. Zu dem Stickstoffwerk gehörten noch zwei riesige Gaskessel.

Die Mitglieder der ersten Klasse hatten montags Berufsschule. Die Baracke, die sich Berufsschule nannte, befand sich ungefähr dreihundert Meter von der Lehrwerkstatt und der Jugendkaue entfernt. Zu beneiden waren die Erstkläßler schon für den Umstand, daß sie montags in die Baracke mußten, denn die Berufsschule begann etwas später als die Arbeit. Sie konnten montags etwas länger schlafen. Da der Berufsschulpauker ein Anhänger unseres Fußballclubs war, wurden in den ersten Stunden die Spielzüge des Sonntags in den Diskussionen wiederholt.

Die Zweitkläßler waren dienstags dran. Obwohl das sonntägliche Spiel jetzt bereits zwei Tage alt war, hinderte es den Lehrer zumindest in der ersten Stunde nicht, wiederum jeden Spielzug noch einmal nachzuempfinden. Kam er nicht von selbst auf das Thema Fußball, so wurde er darauf gebracht. Meist durch eine gezielte Frage. Wären nicht die Diskussionen über Fußball gewesen, die Berufsschule wäre bei keinem nachhaltig in Erinnerung geblieben, denn der Stoff war nicht gerade farbig. Theoretische Erkenntnisse im bergmännischen Beruf gab es damals kaum, das Berufsbild war sehr praktisch, gewissermaßen galt, was ein erfahrener Hauer an handwerklichem Können weitergab. Der Bergmann vor Ort rechnet nie, was ein Stempel eigentlich an Gewicht so tragen könnte, was er wohl pro Zentimeter stützt. Doch wir mußten solche Dinge errechnen. Wir bekamen an Schaubildern den Verlauf von Kohlefeldern erläutert, den Lauf der Wetter. Die Frischluft nennt man hier Wetter. Uns wurde erläutert, wie in der Grube Gas entsteht, warum man kein offenes Licht unten führen darf, warum der Wettermann aber ein abgesichertes offenes Licht trägt. Die zu vermittelnden theoretischen Anleitungen waren überschaubar. Vielleicht

nutzte der Lehrer deshalb jede Möglichkeit, von seinem Stoff abzuweichen, immerhin hatte er das Pensum ja über drei volle Jahre zu dehnen. Das war schon eine pädagogische Kunst. Weil der Lehrer jede Ablenkung vom Unterricht nutzte, gingen wir gern in die Baracke.
Auf den Stundenplänen der Berufsschulbaracke stand auch Turnen. Für den Sport waren zwei Kräfte vom Betrieb zur Verfügung gestellt worden. Einer war ein berühmter Fußballspieler. Wenn er Sport unterrichtete, dann wurde Fußball gespielt, oder er erzählte uns Geschichten. Der Spieler erzählte gern Storys. Obwohl wir wußten, daß er dabei flunkerte, hörten wir gern zu. In seinen Erzählungen waren die Gegner unserer Mannschaft alle übermächtig, schneller, größer, die Torwarte katzengleich, unüberwindbar. Die Schiedsrichter standen alle auf Seiten der Gegner. Selbst der Ball und notfalls auch die Ballistik waren nach seinen Erzählungen gegen unsere heimische Mannschaft, trotzdem siegte sie.
Die andere sportliche Lehrkraft war ein Meisterhauer. Seit Jahren turnte dieser schon im örtlichen Turnverein. Er war wortkarg, fast verklemmt. Hinter seiner Brille standen stechende Augen, er hatte eine spitze Nase und einen breiten Mund, ein Dachsgesicht. Weil er so ganz anders war, mochten wir ihn nicht. Wir fanden keinen Kontakt zu ihm, der Fußballer war unterhaltsamer.
Hatte der Dachs die Sportstunde, so waren wir widerwillig. Es war einer jener Lehrer, der aus dem sportlichen Spiel im Unterricht das Gegenteil machen konnte. Jeder Spaß ging flöten. Da Turnen oder Sport zudem die letzte Stunde des Tages war, hatten wir überhaupt wenig Lust dazu. Wenn noch schlechtes Wetter hinzukam, dann war die Stimmung auf Null.

Es war ein regnerischer Dienstag. Ein Tag, an dem bei der ersten Stunde des Unterrichts noch das Licht eingeschaltet war, es war grau und es wurde nicht richtig hell. Wir rechneten den ganzen Tag damit, daß man uns bei diesem Wetter nicht auf die Wiese vor der Baracke jagen würde. Es würde überhaupt keinen Spaß machen, auf der nassen Wiese zu turnen, wo doch alles so klamm war. So gewannen wir dem Wetter sogar eine gute Seite ab: es würde eine Stunde eher frei geben, wir dürften eher raus aus der Baracke. So waren wir auf Unterrichtsausfall eingestellt.
Kurz nach der Mittagszeit, nach Ablauf der zweitletzten Stunde, war der Lehrer aus der Klasse gegangen, er hatte sich verabschiedet. Für ihn war der Tag gelaufen. Jetzt mußte ihn der Meisterhauer ablösen. Und der müßte sagen, Jungens, packt eure Sachen und haut ab. Die Klassentüren waren geöffnet, ich unterhielt mich mit meinem Banknachbarn so intensiv, daß ich den Ablauf in der Klasse nicht mehr verfolgte. Mit einem Mal spürte ich während des Gesprächs, daß da was vorgefallen war.
An der Stirnwand des Klassenraumes stand der Dachs, bleich und wie versteinert, er sagte: »Ich wiederhole noch einmal: Ausziehen!« Niemand in der Klasse rührte sich, den Anfang dieser Machtprobe hatte ich gar nicht mitbekommen. Der Meisterhauer hatte wohl die Klasse betreten und zur Überraschung der Schüler das Signal gegeben, sich für den Turnunterricht umzuziehen. Für Umziehen sagte er Ausziehen. Irgend jemand muß von hinten aus der Klasse nein gerufen haben, und dieses Nein war dann das nicht verabredete Zeichen zum Widerstand. Durch die Stimmung des Wetters gereizt, hatte die Jungen der Mut zum Ungehorsam gepackt. Der Meisterhauer hatte sofort erkannt, daß es sich für ihn um eine wirkliche Machtprobe

handelte, er hätte aus seiner Sicht nicht nachgeben können, es wäre publik geworden.

»Das ist Arbeitsverweigerung, darauf steht fristlose Entlassung!« Er sagte es ruhig und bestimmt. Jeder wußte, was das bedeutete. Doch niemand rührte sich, wir schauten uns nicht einmal an, alle sahen dem Dachs ins Gesicht. Ebenfalls scheinbar ruhig, aber sehr angespannt. Es war plötzlich eine kollektive Gesinnung vorhanden. Lieber lassen wir uns vors Werk setzen als nachgeben, eine Risikokalkulation gab es bei uns nicht. Es wurde nicht abgewogen, es gab nur diesen einen gemeinsamen Willen: das machen wir nicht, wir turnen nicht.

»Ich gebe euch eine Minute Zeit, überlegt es euch. Es gibt ein Unglück.« Der Dachs wirkte wächsern, seine weißen Backenknochen mahlten, die Augen waren hinter der Brille noch stechender geworden. Er war mehr Windhund als Dachs vom Aussehen. Niemand in der Klasse rührte sich.

»Niemand geht jetzt 'raus«, sagte er. Dann verschwand er selbst aus dem Raum, er ging in das sogenannte Lehrerzimmer. Das war eine kleine Stube neben dem Klassenraum. Wir hörten, daß er telefonierte, es konnte aber kein Mitschüler orten, wem er von unserem Widerstand berichtete.

»Ich habe mit dem Betriebsrat telefoniert. Er sagte, ihr sollt keinen Scheiß machen, wenn ihr entlassen werdet, kann euch der Betriebsrat nicht helfen.« Wahrscheinlich hätte er in der Situation nur ruhig auf die Klasse einreden sollen, Drohungen aber erhöhten den Willen zum Widerstand. Es ging ja nicht mehr um Dinge, die mit dem Verstand zu lösen waren. Es ging um Gefühle. Nachhaltig spürte ich, daß es sich um einen einmaligen Vorgang handelte.

Er blickte noch einmal in die Klasse, dann stürzte er aus dem Raum. Wir sahen ihn durch die Klassenfenster auf einen Mann zulaufen. Der Mann hatte einen Regenmantel an. Dann kam er mit dem Mann auf die Baracke, in der wir schweigend und bockend saßen, zu.

»Der Knieriem«, sagte einer. Knieriem war ein Ausbildungssteiger. Niemand war so gefürchtet wie er, ein ausgesprochener Lehrlingsschreck, ein Mann, der nicht Autorität, sondern Angst verbreitete. Eine schlimmere Waffe hätte der Dachs nicht ins Feld führen können. Aber es war zu spät, die Klasse war zu jedem Widerstand entschlossen. Daß es sich um eine vergleichsweise harmlose Geschichte handelte, daran dachte niemand mehr. Ein fristloser Rausschmiß stand gar nicht in einem Verhältnis zu Turnen bei Regenwetter. Aber darum ging es schon nicht mehr, wir bockten kollektiv, und das Kollektiv machte Mut. Der Ausbildungssteiger Knieriem war weiß vor Empörung.

»Ich schmeiß euch alle eigenhändig raus. Ihr habt nur noch die eine Chance, ihr zieht euch sofort aus.« Er sagte auch Ausziehen statt Umziehen.

Alle sahen ihn an, aber kein Berufsschüler rührte sich. Er zählte erst gar nicht bis drei oder so, sofort drehte er sich um und verließ die Baracke, der Dachs lief hinter ihm her. Die Turnstunde fiel aus. Langsam löste sich bei uns die Erstarrung. »Der war wütend, wa?« so ein Kommentar. »Der soll doch bei dem Scheißwetter selber turnen«, »das sollte reine Schikane sein«, »mit uns nicht«. Es waren Kommentare in Einzelsätzen, die nur so gesagt wurden, zu keinem direkt gesprochen. Siegesstimmung wollte nicht aufkommen.

Zu Hause erzählte ich von dem Vorfall nichts. Mir war unwohl zumute. Denn fristlos rauszufliegen, das hätte zu

Hause zu einem Chaos geführt. Am anderen Tag mußte ich erst mittags zur Arbeit. Als ich in die Jugendkaue gehen wollte, kamen mir Klassenkollegen entgegen: »Die haben sich heute alle vorgeknöpft, die wollten wissen, wer das angezettelt hat; sie wollten wissen, ob du es warst; wir haben aber alle geschwiegen.« Das waren die Hinweise, die mir gegeben wurden.
Sie hatten alle geschwiegen, obwohl sie stark unter Druck gesetzt und mit Entlassung bedroht worden waren. Entweder hatte sich der kollektive Widerstand fortgesetzt, oder sie hatten geschwiegen, weil es tatsächlich keinen Rädelsführer gegeben hatte. Der Widerstand gegen den Dachs war aus der Situation heraus entstanden, er war plötzlich da. Als ich meine Blechmarke mit der Nummer 495 verlangte, bekam ich sie nicht: »Du sollst dich beim Alten melden.«
Das war höchste Kommandosache, denn der »Alte«, das war der Obersteiger. Wenn der sich einsetzte, dann stand man kurz vor der standrechtlichen Erschießung, das größte Geschütz wurde aufgefahren. Und das alles nur, weil einige Jungen bei Regen nicht turnen wollten. Mir wurde es ganz trocken im Hals. Die lange schmale Treppe nach oben schien mir viel zu kurz, ich stand schneller als mir lieb war vor der Tür der Ausbildungsleitung.
»Herein«, rief jemand.
Ich betrat das Büro, sofort verstummten die Gespräche. Alle Ausbildungssteiger waren anwesend, zusätzlich noch der Kauewärter und der Fußballspieler, der Obersteiger aber nicht. Knieriem, der Lehrlingsschreck, übernahm das Gespräch.
»Du weißt ja wohl, was gestern vorgefallen ist?«
»Ja.«

»Das ist Arbeitsverweigerung.«
Keine Antwort.
»Du weißt, daß man deshalb fristlos vor die Tür gesetzt werden kann.«
Keine Antwort.
»Paß auf, wir hatten heute morgen deine Arbeitskameraden hier. Wir haben nach dem Anführer gefragt, sie haben gesagt, du warst es, du hast das organisiert.«
Ich sagte nichts, denn an der Betonung des Satzes war zu erkennen, daß er weitersprechen wollte, er wollte wohl auch keine Antwort. »Wir haben hier eine Erklärung fertig gemacht. Wenn du sie unterschreibst, dann kommt die in deine Personalakte. Da bleibt sie dann mindestens während der Lehrzeit drin. Mehr passiert dir jetzt nicht, aber es ist die letzte Warnung. Also ich lese vor: Hiermit erkläre ich, daß ich die gestrige Arbeitsverweigerung meiner Arbeitskollegen angezettelt habe.«
Er kam mit einer blauen Mappe auf mich zu. Ich sah, daß der Fußballspieler sich zum Fenster drehte, er blickte auf die Zechenbahn, die ihn wohl nicht interessierte.
»Nein, ich unterschreibe nicht.«
Meine Stimme klang so, als spreche ein anderer, als stünde neben mir ein Lautsprecher mit einer Stimme, die zu laut eingestellt war. Ich dachte nicht darüber nach, ob meine Kollegen mich angeschwärzt hatten, das Nein kam deshalb, weil ich es tatsächlich nicht war. Ich hätte nicht einmal sagen können, wer es überhaupt war, denn ich hatte den Anfang der Verweigerung gar nicht wahrgenommen.
»Du unterschreibst nicht?«, fragte er drohend.
»Nein.«
Wieder kam meine Stimme von nebenan wie aus einem Lautsprecher.

Er zögerte wenige Sekunden, der Kauwärter blickte auf den Boden, ein anderer Steiger nestelte an seinen Papieren. Der Fußballspieler schaute weiter durch das Fenster auf die Bahn.
»Dann hau ab, geh arbeiten.«
»Glückauf«, damit verließ ich den Raum. Sie hatten mich reinlegen wollen.

WM Einmal während des Sommers fuhren die interessierten jungen Mitglieder der Gewerkschaftsjugend mit dem Bus in eine schöne Gegend. Mit den Eltern waren wir schon einmal an den Kanal gefahren – den Rhein-Herne-Kanal – oder auch einmal zu einem Stausee. Für die Busfahrten hatten wir wochenlang einige Mark des kargen Taschengeldes auf die Seite gelegt, um dann während des Ausflugs mal einen draufmachen zu können. Die Führung der Gewerkschaftsjugend hatte sich für eine Fahrt an den Rhein entschieden. Das Ziel war der Drachenfels in Königswinter. Eine Fahrt an die Mosel sollten wir mit dem Berufsschullehrer noch machen, so blieb dann Königswinter.

Es war vom Wetter gesehen kein schöner Sonntag. Es nieselte. Aber einer machte uns munter, dann sei nicht soviel los in Königswinter, daß man sich dort gegenseitig auf die Füße trete. Und wenn nichts los sei, sagte er, noch vorne im Bus stehend, dann liege es an uns, etwas in Königswinter loszumachen. Gröhlend kam die Zustimmung. Trotz des Wetters war die freudige Stimmung zu spüren, denn Königswinter lag hinter Köln, also war es schon wegen einer weiten Reise außergewöhnlich und somit schön. Während die Landschaft des Reviers aus den hellen Busfenstern zu sehen war, sangen wir:

Im kohlenreichen Ruhrrevier,
da sind wir ja zu Haus,
die ganze Woche schaffen wir,
doch sonntags geht's hinaus.

Es war der Sonntag des Endspiels der Fußballweltmeisterschaft in Bern. Als die Führung der örtlichen Gewerkschaftsjugend diese Reise lange vorher geplant und festgelegt hatte, dachte noch niemand an das Endspiel. Es hatte

ja niemand damit gerechnet, daß ausgerechnet »unsere« Mannschaft ins Endspiel kam. Vor der Reise hatte einigen diese Überschneidung nicht so recht gepaßt, aber das wohlige Brummen des Motors des modernen Reisebusses wog es wieder auf. In Königswinter wollten wir schon dafür sorgen, daß wir eine Kneipe fänden, in der das Endspiel zumindest zu hören war.
Um die Mittagszeit waren wir in Königswinter. Um Geld zu sparen, gingen wir geschlossen zu Fuß den Drachenfels hinauf. Hin und wieder überholte uns schnaufend die Bergbahn, nur wenige saßen in den Wagen und winkten. Wir winkten zurück, nicht einmal neidisch. Jeder wußte, daß er im Grunde nicht viel Geld hatte, damit mußte man sich abfinden. Daß andere mehr Geld hatten und besser lebten, daß wußten wir inzwischen auch. Auch damit mußte man sich abfinden. So zumindest war die Einstellung, die die Eltern im Laufe der Jahre in unser Gehirn gepredigt hatten.
Auf dem Drachenfels zeigte uns ein Besucher, wo Konrad Adenauer wohne. Wir waren eigentlich alle überrascht, daß der Bundeskanzler in so einem kleinen Haus wohnte. Konrad Adenauers Haus zu den Füßen wissend, aßen wir die Butterbrote, die die jeweilige Mutter zu Hause eingepackt hatte. Bier tranken wir aus Flaschen, die Mädchen tranken zu ihrem Brot Sinalco. Als es zu Fuß vom Drachenfels in die Stadt ging, suchten wir einzelne Weinlokale auf. Es war nicht einer unter uns, der einzelne Weinsorten auseinanderhalten konnte. Bekannt waren nur ganz wenige billige Marken, die es zu Hause beim Lebensmittelhändler gab und deren Geschmack ich unerträglich fand. Bier zu trinken in Königswinter galt als unpassend. So trank ich dann Wein, weil alle Wein tranken und weil alle

meinten, man müsse hier Wein trinken. Bestimmt schmeckte vielen der Wein nicht, aber keiner sagte es. Wir kannten nur Sprüche von dem edlen Saft der Reben, in diesem Weine stecke Wahrheit. Demnach mußte Weintrinken eine edle und nicht eine so gewöhnliche Sache sein wie Bier trinken. Am frühen Nachmittag hatten einige aus unserer Gruppe ein Lokal am Rande des Städtchens Königswinter ausgemacht. Hier konnten wir die Übertragung aus dem Rundfunk hören. Auch hier tranken wir wieder Wein. Einige von uns waren leicht angetrunken. Aber so fein war es in der Gaststätte nicht, daß es besonders unangenehm aufgefallen wäre. In eine gehobene Gaststätte hätte sich niemand getraut, und es hätte sich auch niemand dort wohlgefühlt.

Unserer Gruppe gegenüber saß eine Frau, ungefähr Mitte dreißig. Für meine Begriffe schon eine ziemlich alte Frau. Sie hatte eine dunkel gerahmte Brille auf und sah einer Lehrerin ähnlich. Diese evangelische Lehrerin schrieb sehr oft Artikel für eine Lokalzeitung. Einen richtigen Lokalredakteur konnte sich die Zeitung bei uns im Ort nicht leisten. Die Frau mit der Brille hatte ein kleines Stöckchen in der Hand, das ständig über den Tisch wirbelte. Ähnliche Stöckchen trugen auch britische Offiziere oder Reiter. Wie das Schwanzende einer Katze sauste der Stock zuweilen auf den Tisch, ein erkennbares Barometer der jeweiligen Erregung der Brillenfrau. Wenn der Reporter Herbert Zimmermann eine Gefahrensituation vor einem Tor schilderte, dann schlug sie etwas schneller auf die Tischplatte. Sie rauchte auch sehr hastig und viel. Wenn ein Tor gefallen war, dann schlug sie jeweils rhythmisch mit dem Stöckchen auf den Tisch. Als der Schlußpfiff ertönt war, lehnte sie sich zurück in ihren Stuhl und schlug mehrere Male auf

den Tisch, dann wurden die Bewegungen langsamer, das Stöckchen ruhte, sie lächelte und zog an ihrer Zigarette. Ihr Weinglas war leer.
Nach dem Spiel waren die meisten von uns betrunken. Das wären sie aber auch ohne Spiel gewesen. Während der Busfahrt nach Hause wurde krakehlt oder gesungen, einige schliefen ein.
Zwei Tage nach dem Endspiel hatten wir Dienstags in der Baracke Berufsschule. Unser Geschichtslehrer war ein kleiner österreichischer Mann mit dem etwas merkwürdigen Namen Teufel. Der kleine Teufel kam stets mit einem Moped in die Schule gefahren. Wir hatten darüber deshalb unseren Spaß, weil er einen Gummimantel und eine Motorradbrille dazu trug. Im Gegensatz zu unserem Klassenlehrer schien er sich nicht für Fußball zu interessieren. Alle Versuche, ihn in dieses Thema zu verwickeln, waren bisher gescheitert.
Zu unserer Überraschung begann er seinen Geschichtsunterricht mit dem Hinweis auf das Endspiel von Sonntag. »Was hat uns dieses Spiel gebracht?«, fragte er. »Die Weltmeisterschaft«, stellte jemand lakonisch fest, »einen Sieg«, krähte ein anderer aus der Klasse. Doch das wußte er schon, als Geschichtslehrer müsse er das Spiel anders bewerten. Wie denn wohl?
»Habt ihr denn gesehen«, so fragt er, »wie die Schweizer sich erhoben haben bei der deutschen Nationalhymne? Wie sie das Deutschlandlied gesungen haben?« Und dann zitierte er langsam und augenscheinlich genußvoll: »Deutschland, Deutschland über alles, über alles in der Welt.« So hätten es die Schweizer gesungen, behauptete er. Die wenigsten unter uns hatten Eltern, die ein Fernsehgerät besaßen. Deshalb hatte das niemand gesehen. Und

Lehrer Teufel belehrte uns, der Sieg von Bern sei etwas Großes für Deutschland, so unmittelbar nach dem verlorenen Krieg. Das wäre nicht nur ein Fußballspiel gewesen.
Bis zu den Ausführungen des Geschichtslehrers hatten wir uns darüber keine Gedanken gemacht und geglaubt, in Bern habe man nur Fußball gespielt. Dieser Sieg bedeute viel für den Ruf der Deutschen in der Welt, die Welt habe die Hymne gehört. Deshalb sei der Sieg im Fußball so viel wert für die deutsche Wertarbeit, die deutschen Waren und die deutsche Wirtschaft.
Schweigend saß die Klasse da und lauschte.
»Deutsche Waren werden wieder gekauft, sie gewinnen wieder an Ansehen und Wert in der Welt. Denn eines steigt jetzt in der Welt ganz beachtlich an«, meinte er. Dann schwieg er kunstvoll und dramaturgisch geschickt. Und dann: »Das Ansehen des deutschen Volkswagens.«

Von Ritter-Bier da steht er Dir
von DAB *da wird er schlapp*

Unter Tage Mir war klar, daß ich bei Antritt der Lehre in diesem Beruf auch einmal unter Tage arbeiten müßte. So ganz unten außerhalb unseres Ortes, achthundert Meter tief in völliger Dunkelheit. Gefühle zwischen Angst und Abenteuer machten sich breit. Doch die Gedanken über die Arbeit unter Tage habe ich so verschoben wie die Vorstellungen über den eigenen Tod. Irgendwann mußt du mal 'runter wie der Vater, aber vielleicht brauchst du nicht 'runter, weil irgendwas passiert. Was passieren konnte, wußte ich nicht, aber vielleicht . . .

Angst hatte ich, das war unumstritten. Die Angst wurde auch genährt, weil keine konkreten Vorstellungen vorhanden waren. In einem Ausbildungsraum war eine Strecke eines Luftschutzbunkers so ausgebaut worden, wie unter Tage die Fahrstrecken für die Kohlenzüge. Aber die konnte nie eingedrückt werden, denn die Strecke war nicht echt. Mit dem Lehrer waren wir auch mal in das Bergbaumuseum nach Bochum gefahren. Doch das hatte allen Spaß und keine Angst gemacht. Das war ja nicht echt. Aus dem Bergbaumuseum hatte man noch nie einen Toten geborgen. Da war noch nie ein Mensch tödlich verunglückt, so wie einige Väter von Nachbarkindern oder mein Onkel Franz. Den hat man nicht einmal mehr aus der Grube als toten Bergmann holen können, so hatte es dort gebrannt.

Als ich die letzten Tage auf dem Leseband gearbeitet hatte, hing eines Tages ein Zettel auf meiner Markennummer. Darauf stand kurz und schlicht: »Im Ausbildungsbüro melden.« Sofort hatte ich ein ungutes Gefühl. Hat man dich wieder angeschissen? Hat man beobachtet, wie du einen alten Kumpel am Leseband mit kleinen Steinen beworfen und getroffen hast? Ich ging ins Ausbildungsbüro.

Der Steiger Knieriem teilte mir kurz und bündig mit, am nächsten Ersten ginge die Ausbildung unter Tage weiter. Nach einem Jahr Ausbildung über Tage sollte es unten weitergehen. Dabei hatte ich damit gerechnet, nach zwei Jahren erst nach unten zu müssen. Nach unten ... Was war das eigentlich? Ich konnte darüber nicht lange nachdenken. Der Kauwärter sagte mir, ich müsse dann auch noch in eine andere Kaue und die entsprechende Ausrüstung bekäme ich vom Pütt gestellt. Schon stand ich wieder vor der Tür des Ausbildungsbüros. In wenigen Tagen geht es in die Grube.

Da wollte ich nicht hinunter, nein, das wollte ich absolut nicht. So schnell nicht. Sicherlich war ich gar nicht tauglich für die Grube und gar nicht stark genug. Bestimmt war ich nicht gesund, kränklich und zu schwach. Natürlich, ich war krank, sofort fühlte ich es. Es stand nicht gut mit meiner Gesundheit. War ich nicht immer auffallend blaß? Das muß ein Arzt doch sehen. Ich meldete mich mit einigen anderen Jugendlichen beim Werksarzt, bei jenem Arzt, der die Einstellungsuntersuchung vorgenommen hatte. Der Werksarzt residierte in einer alten Baracke, die Baracke befand sich innerhalb des Werksgeländes. In ihr wurden Reihenuntersuchungen vorgenommen und leichtere Verletzungen sofort behandelt, schwere Fälle kamen ins Krankenhaus.

Der Werksarzt war ungehalten zu uns, geradezu unfreundlich.

»Was wollt ihr denn?« herrschte er das kleine Häuflein verschüchterter Berglehrlinge an. Einer faßte den Mut und sagte: »Wir möchten wissen, ob wir überhaupt tauglich sind für unter Tage.«

»Das kommt mir gerade richtig, das ist ja schön«, wetterte er.

»Vor einem Jahr wurde ich noch von euren Eltern bekniet, daß ihr überhaupt hier genommen werdet. Da wolltet ihr alle wegen des Geldes auf der Zeche anfangen, jetzt, wo ihr auf der Zeche seid, jetzt steht es mit einem Mal nicht mehr gut mit der Gesundheit, kommt gar nicht in Frage.« Damit stand im Grunde seine Diagnose fest. Wir hätten wieder gehen und ihn beim Betriebsrat ablehnen sollen wegen dieser Äußerung. Doch wir waren nicht clever, nicht gebildet genug, und deshalb auch zu wenig selbstbewußt.
Wir blieben einfach in der Praxis stehen und warteten auf seine weiteren Kommandos.
»Dann zieht mal die Hemden aus«, sagte er nach der Beendigung seiner Schimpfkanonade. Wir zogen unsere Hemden aus. Mit nackten Oberkörpern standen wir in einer Reihe, schweigend, betroffen, eingeschüchtert, und ohne Hoffnung, aus dem Entscheid, nach unten zu müssen, wieder herauszukommen.
Er betastete mich ein wenig grob, wie ich fand. Er knuffte mich mehr als daß er mich befühlte. »Ist doch nichts, ist doch nichts«, sagte er immer wieder vorwurfsvoll, so als sei ich schuldig, gesund zu sein. Oder auch umgekehrt: als täte ich krank zu sein, wo ich doch gesund war. Es war eine unangenehme Situation.
»Einatmen, ausatmen«, die üblichen Anweisungen.
»Huste mal.« Erneut machte er mir Vorwürfe, daß ich gesund sei. Als wir nach einiger Zeit verdutzt vor der Baracke standen, sagte einer: »Der hätte uns auch tauglich geschrieben, wenn wir im Sarg gelegen hätten.« Was blieb uns anderes übrig, als Witze zu machen? Gegen den hohen Herrn waren wir machtlos. Als wir betroffen ins Hauptgebäude der Zeche zurückgingen, überholte er uns in seinem Mercedes. Wir hatten ihn vielleicht sogar an seinem pünktlichen Feierabend gehindert.

Das Urteil war unumstößlich gefällt, wir mußten in die Grube, und das nach knapp einjähriger Tätigkeit über Tage. Am letzen Tag des Vormonats mußten wir unsere Sachen packen und in jene große Kaue umziehen, wo die richtigen Bergleute duschten. Zwar waren wir von denen noch räumlich abgeteilt, aber wir waren dem Akkord schon näher gekommen: Räumlich und zeitlich. Mir wurde erneut und hart bewußt, daß der Entschluß, in den Bergbau gehen zu müssen, eine falsche Entscheidung war. Aber im Grunde hatte ich nie eine Entscheidung fällen können, die Entscheidung war gar keine Entscheidung. Unser oberster Ausbilder war jetzt ein Steiger. Von dem hatten wir schon gehört, daß er groß, magenkrank, sehr mager sei und gebeugt ginge. Er hatte den Spitznamen Sägebügel, weil die Holzbügel über den Sägen ja auch gekrümmt waren. Steiger Sägebügel verschrieb uns am Tag vor der ersten Grubenfahrt unser Werkzeug und die Arbeitskleidung.
Dazu gehörte ein Helm, ein paar Grubenschuhe, Knieschoner, damit wir über den Boden rutschen konnten ein Arschleder. Von dem Arschleder wurde auch gesungen: »Die Bergleute sein kreuzbrave Leute, denn sie tragen das Leder vor dem Arsch bei der Nacht.« Ich ging an einen Schalter hinter dem der Steiger Sägebügel saß. Er nahm einen rötlichen Zettel zur Hand, die von ihm darauf eingetragenen Werkzeuge und Kleidungsstücke sollte ich dann im Magazin des Betriebes bekommen.
»Was soll ich aufschreiben?«, fragte er.
»Helm.«
Er schrieb, dann blickte er mich an.
»Grubenschuhe.«
Er schrieb.

»Handschuhe.«
Er schrieb.
»Knieschoner.«
Er schrieb erneut, dann blickte er mich wieder an. Es war für mich eine ungewöhnlich peinliche Situation. Was sagt man, wenn man ein Arschleder haben will, doch nicht etwa Arschleder, zumindest nicht zum Steiger.
»Ist das alles?«, fragte er.
»Tja . . .«
»Moment«, sagte er, als er die Posten auf dem roten Zettel überflogen hatte, »das Arschleder fehlt ja noch.« Und dann schrieb er das Wort aus: Arschleder.
Die Kleidung für die Arbeit unten erhielt ich dann aus dem Magazin. Am anderen Tag ging es das erste Mal in die Grube. Normalerweise fährt man dreißig Jahre lang runter, nur unterbrochen von Urlauben, die einem die Rückkehr so schwer machen. Gelegentlich auch unterbrochen von Krankheiten, über die man sich als Junggeselle freute, wenn sie nicht zu ernst zu nehmen waren, weil man dann nicht runter mußte. Viele ärgerten sich auch, wenn sie krank waren, weil dann die Prämie futsch war und das Krankengeld wegen der geplanten Anschaffung oder wegen der Ratenzahlungen nicht ausreichte. Dreißig bis fünfunddreißig Jahre geht es dann so runter. Wenn man dann mit Steinstaublunge und nur ein paar verkrümmten Gliedern Schluß machen kann, dann hat man Glück gehabt, denn viele schafften die dreißig bis fünfunddreißig Jahre gar nicht, die einen gingen vorher hops, kamen um, oder mußten mit zu kleinen Renten aufgeben.
Die Montur wurde angelegt: Helm auf, ein merkwürdiges Gefühl. Das Arschleder wurde umgegurtet, ich kam mir dabei sehr männlich vor, wie ein Frontkämpfer, so richtig

kampfbereit. Ein gar nicht so schlechtes Gefühl, wenn man die Kaue in dieser Montur verließ und sich zum Schacht begab. Unterwegs wurde die schwere Handlampe noch von der Lampenbude geholt, dann ging es zur Einfahrt. Nach einer kurzen Wartezeit ging es in den Korb, außerhalb des Bergbaus würde man den Korb einen Fahrstuhl nennen. Ein Drahtgeflecht wurde vor uns heruntergelassen, das eiserne Tor zugeschoben, dann setzte sich der Korb mit einem leichten Ruck abwärts in Bewegung. Kurz sah man noch einmal das Tageslicht, dann senkte er sich in die Dunkelheit, tauchte unter. Die Bergleute auf dem Korb schwiegen, sie hingen ihren Gedanken nach. Der Korb schoß an einem Licht vorbei, es war die Siebenhundert-Meter-Sohle. Weiter ging es in der Dunkelheit abwärts, es kam die Achthundert-Meter-Sohle. Nach dieser Ankunft waren wir noch nicht an unserem Arbeitsplatz. Lehrlinge, die schon länger unten waren, führten uns durch die halbdunklen Strecken zu einem Zug mit leeren Loren. Darin sollten wir uns setzen, der führe uns zu dem Lehrstreb, sagten sie. Tatsächlich, nach einigen Minuten setzte sich der Zug in Bewegung, er fuhr in Richtung Dunkelheit. Gelegentlich tauchte ein dünnes Licht auf, Signale, Hinweislampen, er ratterte weiter durch die Strecken, von denen eine angenehme Wärme ausging. Weniger angenehm wirkte der Geruch, es roch leicht modrig. Offensichtlich von dem Holz, mit dem die Strecken verkleidet waren. Ein leichter Grabgeruch war das, wie ich empfand.
Ich wünschte mir, der Zug würde die ganzen acht Stunden so fahren, obwohl es in ihm zugegeben nicht sehr bequem war. Wir saßen auf kleinen Brettern zu viert in einem leeren Wagen. Wer kein Brett in der Nähe des Schachtes gefunden hatte, der saß auf seiner Grubenlampe. Ich war be-

reit, die Unbequemlichkeit der Fahrt acht Stunden in Kauf zu nehmen, denn die Arbeit vor Ort konnte nur schlimm sein. Ich kannte niemand, der über Tage behauptet hatte, unter Tage sei es angenehm. Viele meinten, unter Tage könnte man zwar nicht so kontrolliert werden wie über Tage – es könne sich niemand heimlich nähern, denn man sehe sein Licht –, aber die Arbeit an sich war schwerer und ungesunder unter Tage.

Nach einer, wie ich meinte, verhältnismäßig langen Fahrt war der Zug am Lehrrevier angekommen. Wie einst zu Beginn der Arbeit über Tage, so war es auch hier unter Tage: Die Jungen saßen zunächst wie die Schwalben auf dem Draht, auf einem dicken Rohr, und warteten, bis sie in unterschiedlich kleinen Gruppen zu irgendwelchen Arbeiten eingeteilt wurden. Die Einteilung nahm der Steiger Sägebügel vor. Auch unten war es wie oben: die letzten bissen die Hunde, wer übrig blieb, der mußte »vor Kohle«. Der mußte in den kleinen Streb und zusammen mit einem Lehrling, der schon länger unten war, »Kohle machen«. »Kohle machen« hieß praktisch, mit einem Preßlufthammer die Kohle lösen. Der jüngere Lehrling mußte die Kohle mit der Schüppe, auf den Knien sitzend, in eine blecherne Rutsche befördern. Die Rutsche bewegte sich rhythmisch, deshalb hieß sie Schüttelrutsche. Mich hatte es gleich voll erwischt: vor Kohle. Ein sogenannter Meisterhauer betreute eine Gruppe, er erläuterte zunächst die Lichtsignale, und dann ging es ab, einen kleinen Schacht hoch. Dann ging es durch eine Strecke. Mir brach der Schweiß aus, die Luft war verbraucht und dünn. Das Tragen von Geräten wurde schwerer, der Schweiß lief in die Schuhe, am Ende der Strecke befand sich der Streb. Er war vielleicht fünfundsiebzig Zentimeter hoch, mit Holz vor

Einstürzen gestützt, nicht gerade einladend, sargeng. Bükken, hinein, auf dem Hintern rutschend ging es rasch nach unten. Der Meisterhauer zeigte, welche Kohlenwand von uns zu bearbeiten war, von dieser Lampe bis zu jener. Die Kohle wirkte ganz sympathisch, sie schien weich zu sein, weil die Kohlenwand nicht steinern war.

Es gab einige Lichtsignale, die ich gar nicht so schnell verfolgen konnte. Dann setzte sich die Schüttelrutsche in Bewegung. Sie war laut, aufdringlich und wirkte einschüchternd. Zwischen der Schüttelrutsche und der Kohle befanden sich vielleicht Freiräume von zwanzig Zentimetern, das war unser Arbeitsplatz. Mein Kollege arbeitete mit dem lauten Preßlufthammer, die Kohle fiel seitlich von ihm in den Freiraum, ich mußte sie dann mit einer kurzstieligen Schüppe in die Rutsche befördern. Ich hatte erhebliche Schwierigkeiten, die Kohle kam atemberaubend schnell. Da ich Linkshänder bin, hatte ich zusätzliche Schwierigkeiten.

Ich mußte die Kohle gewissermaßen über die Körperachse von rechts nach links in die Schüttelrutsche bringen. Und das über mehrere Stunden. Die Luft war feucht, sie nahm keinen Schweiß auf, der Schweiß blieb am Körper, lief in die Hose, in die Schuhe. Das Hemd wurde ausgezogen, unsere Körper glänzten schwarz. Der Kohlenstaub rieb sich am Gürtel auf der Haut, alles war klebrig. Laut war es, kein Wort konnte gesprochen werden, wir gaben uns nur Zeichen oder arbeiteten mit den Lichtsignalen. Notfalls kamen wir ganz nah aufeinander zu und brüllten uns etwas in die Ohren. Diese Art der Verständigung reduzierte Mitteilungen auf ein Minimum. Ich meinte, einen Tag lang gearbeitet und geschuftet zu haben, als es erst Zeit für die Frühstückspause war. Also waren gerade zwei Stunden um, das war ja furchtbar. Mein Kumpel, der ältere Lehrling, gab mir mal den Preßlufthammer. Ich konnte ihn gerade heben. Als ich den Hammer arbeiten ließ, konnte ich ihn kaum beherrschen. Beherrschen mußte man ihn aber.

Wenn mein Kumpel einige Kubikmeter Kohle gelöst hatte, legte er den Hammer zur Seite. Dann mußten wir was für unsere Sicherheit tun, wir mußten den Streb ausbauen. Teilweise war er mit Holz gesichert, an anderen Stellen gab es Eisenausbau. An unserem Arbeitsplatz gab es Eisenausbau. Er holte eine sogenannte Kappe, hob sie hoch, ich mußte sie dann halten, während er sie an einem Eisenstempel befestigte. Von Zeit zu Zeit rutschten wir den Streb hoch, dann zogen wir einige dort liegende Eisenstempel zu uns herunter. Gelegentlich kamen auch Eisenstempel über die Schüttelrutsche. Sie wurden oben in die Rutsche gelegt, nach Bedarf wurden sie entnommen. Das war aber nur möglich, wenn die Rutsche Kohle führte, weil die Stempel dann auf der Kohle lagen und sich langsam abwärts bewegten. War die Schüttelrutsche leer, bekamen die Eisenstempel eine ungeheure Fahrt. Sie kündigten sich dann durch ein heulendes Geräusch an. Dieses gefährliche Spiel machte viel Spaß.

Ich hatte das Gefühl, einige Tage hintereinander ununterbrochen dort unten die Schüppe geführt zu haben. Da mußte irgendwas schiefgegangen sein, die mußten uns bei Feierabend vergessen haben. Nichts dergleichen, mein Zeitgefühl war da unten in die Binsen gegangen. Nach unendlich langer Zeit gab es das ersehnte Signal. Das Hemd und die Jacke wurden wieder angezogen, auf dem Arschleder ging es abwärts zu jener Stelle, wo der Zug am Morgen angekommen war. Jetzt war es hier kalt, weil wir aus einer noch wärmeren Stelle des Pütts kamen. Zum Feierabend stand kein Zug mit leeren Loren da, die wurden für die Kohleförderung gebraucht. Jetzt konnten wir die lange Strecke zu Fuß laufen mit den schweren Lampen. Der militärische Aufzug war dahin, alles hing am Körper, man kam sich abgeschlafft vor, aber doch wie nach einer schweren Schlammschlacht.

Die Auffahrt war angenehm. Als der Korb das Tageslicht erreicht hatte, blendete es, dabei schien an dem Tag nicht einmal die Sonne. Es war ein grauer Tag, Ruhrgebietswetter. Die Dusche in der Kaue wirkte befreiend, sie entfernte jetzt hart gewordenen Staub, der in der Hüfte gekratzt hatte.

Die Dusche brachte den Menschen erneut zum Vorschein, es war eine kleine Wiedergeburt, das normale Leben hatte mich wieder. Die Nacktheit unter der Dusche wirkte angenehm, ich fühlte mich von einer Last befreit.

Doch in der normalen Straßenkleidung fühlte ich mich dann nicht so wohl. Noch immer hatte ich das Gefühl, ich sei schmutzig. Um die Augen herum war ich noch immer schwarz. »Das mußt du zu Hause wegmachen, mit Butter oder Fett, hier geht das nicht«, sagte mir ein älterer Lehrling.

Zu Hause schmeckte mir das Essen überhaupt nicht. Meine Mutter hatte extra Kotelette mit Rotkohl gemacht. Nach dem Essen legte ich mich auf unser Sofa. Es war halb drei am Nachmittag, ich fiel in einen tiefen Schlaf.

Ein Nachbar sagte am Abend zu mir in der Kneipe, vor Kohle bin ich Kommunist, beim Duschen in der Kaue Sozialdemokrat und sonntags wähle ich dann die CDU.

Wenn Onkel Kalla kam... Meinen Onkel Karl Krawietz aus Datteln nannten alle Kalla, wenn sie jedoch von ihm sprachen, dann sagten sie der Karl Krawietz. Mein Onkel Karl Krawietz bewohnte während seines Lebens nur zwei Mietwohnungen. Nach seiner Heirat hatte er in unserem Ort gewohnt, dann später in Datteln. Er hatte dort Arbeit als Bergmann auf der Zeche Emscher-Lippe bekommen, deshalb war er in eine Bergmannssiedlung von Datteln gezogen. Weil es auf der Zeche Emscher-Lippe angeblich mehr Unfälle gegeben hatte als auf der unseres Ortes, hatte sie den Namen Knochenmühle erhalten.
Zusammen mit meiner Tante bewohnte mein Onkel Karl Krawietz zwei Zimmer unter dem Dach, beide Räume mit schrägen Wänden. Klo zwei Etagen tiefer. In den Sommermonaten lebten mein Onkel und meine Tante in der Waschküche. Die Waschküche lag zu ebener Erde. Sie hatten sich die Waschküche wohnlich ausgebaut. Es stand ein Herd darin, einige Stühle und ein gebrauchter Tisch, das Klo lag direkt neben der Waschküche. Neben seiner Wohnung hielt mein Onkel Tauben. Bilder hingen nicht an den wenigen geraden Wänden der Dachwohnung. Wo Platz war, hingen Urkunden von Wettflügen der Tauben. Wer soviel Tauben hielt wie mein Onkel Krawietz, den nannte man einen Taubenvater. Mein Onkel hielt auch noch Enten, einige Karnickel und gelegentlich hatten sie auch ein Schwein. Den kleinen Garten bearbeitete mein Onkel auch. Um die Karnickel zu füttern, fuhr er fast täglich mit dem Fahrrad an den Rand der Zechensiedlung und suchte an den Wegrändern nach Löwenzahn, dazu sagte er »Grünes holen«. Meist hatte er eine leere alte Einkaufstasche an die Lenkstange gehängt, wenn er »Grünes holte«.

Man hat mir erzählt, daß mein Onkel früher aktives Mitglied beim Arbeitersport gewesen sein soll. Dort soll er in der Fußballmannschaft zusammen mit einem seiner Brüder sehr gut gewesen sein. Er soll auch ein hervorragender Elfmeterschütze gewesen sein. Mir selbst hatte er gelegentlich erzählt, daß sie im Arbeitersport oft barfuß gespielt hätten. Zu Fußballschuhen hätte das Geld nicht gereicht. Mein Onkel Karl Krawietz war kein tief politischer Mensch. Er gehörte dem Arbeitersport aus einer gewissen Selbstverständlichkeit heraus an. Bei seiner Herkunft gehörte es sich gewissermaßen, daß man mit den Arbeitskollegen in einem Sportverein organisiert war, in dem nur Arbeiter spielten. Ich hatte auch einen Onkel, der Nazi war. Der hat in Gesprächen die Nazis dafür gelobt, daß sie den Arbeitersport abgeschafft hatten. Sport sei Sport, hatte der Nazi-Onkel immer gesagt. Mein Onkel Karl Krawietz konnte den Sinn des Arbeitersports nicht begründen, weil er dem Nazi-Onkel sein Gefühl nicht übermitteln konnte. Gönnerhaft bestätigte aber der Nazi-Onkel stets, daß Karl Krawietz ein sehr guter Mittelstürmer gewesen sei.
In den Jahren der Oberliga kam mein Onkel sonntags mit dem Fahrrad zu uns. Wir wohnten nur wenige hundert Meter vom Fußballstadion entfernt. Er schob das Fahrrad auf den Hof hinter unserem Haus und verschwand hastig. Er konnte sich über Spiele sehr heftig ärgern. Eines Tages kam er nicht mehr.
»Da geht es nur noch um's Geld«, sagte er nur. Für ihn war die Mannschaft nicht mehr interessant. Die Spieler hielten die Hand auf, das war nicht mehr seine Welt. Er kümmerte sich wieder mehr um die Tauben und besuchte gelegentlich kleine Amateurvereine.
Mein Onkel Karl Krawietz war kein politischer Mensch.

Er hatte als Arbeiter eine gewisse gerade Denkweise. Die Nazis nannte er nur schlicht »die Idioten« oder auch »Kanarienvögel«, wegen der geblich-braunen SA-Uniform. Mein Onkel Kalla war sehr oft krank. Er war Brillenträger. Die Brille behinderte ihn bei der staubigen Arbeit stark. Er war benachteiligt bei der Arbeit, er bekam Kopfschmerzen. Seine Hände nahmen ganz merkwürdige Formen an. Am Handgelenk war die Hand schmal, dann schien sie sich an den Fingerwurzeln stark zu verbreitern, vielleicht mag die Kohlenschüppe die Hände so verformt haben. Er hatte oft Schmerzen in den Händen. Mit seinem von der Ruhrknappschaft zugeteilten Arzt hatte er sich überworfen. Der Arzt schrieb im Dienste der Nazis schneller die Arbeiter arbeitsfähig als menschlich zulässig. Mein Onkel Karl Krawietz hatte ihn dann mal gefragt, ob er das mache, um den Kanarienvögeln zu gefallen. Der Arzt hatte sofort gewußt, wen mein Onkel Karl Krawietz mit Kanarienvögeln gemeint hatte. Wegen der allgemeinen Gesinnung über die Kanarienvögel konnte er meinen Onkel nicht denunzieren, denn dann wäre der Arzt gewissermaßen unten durch gewesen. Fortan schikanierte er ihn mit ungerechtfertigten Gesundschreibungen. Er schrieb ihn als kranken Mann arbeitsfähig, weil er von den Kanarienvögeln gesprochen hatte. Der Arzt mag sich darüber geärgert haben, daß einer so respektlos von den Nazis sprach. Nach dem Kriege schikanierte er ihn weiter, weil er wußte, daß mein Onkel wußte, daß er damals für die Nazis war. Aber beweisen konnte ein Mann wie mein Onkel Karl Krawietz nichts. Der Arzt sprach nicht einmal mit ihm. Wenn mein Onkel vom Werksarzt zunächst arbeitsunfähig geschrieben wurde und er zu seinem Hausarzt kam, dann schrieb der arbeitsfähig auf den Schein. Mein Onkel stand vor dessen Schreibtisch, der Arzt blickte aus dem Fenster. Und mein Onkel war ohnmächtig vor Zorn, weil der Arzt bei den Kanarienvögeln die Macht hatte und jetzt nach deren Ära immer noch.

Erst sehr spät wurde mein Onkel nach über Tage verlegt. Hier verdiente er aber so wenig, daß es ihm im Grunde immer sehr schlecht ging. Solange ich mich an ihn erinnere, es ging den beiden nie gut. Sie saßen noch in den Möbeln der ersten Anschaffung, neue Kleidungsstücke wurden kaum gekauft. Während seines gesamten Lebens hat mein Onkel Karl Krawietz nicht eine Urlaubsreise gemacht. Da er auch nie Soldat war, hat er von der Welt gewissermaßen nichts gesehen.

Trotz seines miesen Lebens hat er nur Heiterkeit in seiner Umgebung verbreitet. Er war krank und benachteiligt, aber er war eine Frohnatur. Seine besondere Fähigkeit bestand in Erfindungen von Geschichten. Wenn sonntags Onkel Kalla kam, wurde sofort Bier aus dem Keller geholt. Wurde das Bier nicht geholt, sagte er zu meiner Mutter: »Paula, hol mal ne Flasche Bier.« Grundsätzlich trank er das Bier aus der Flasche. Gläser lehnte er ab, daraus schmecke nur gezapftes Bier. Wegen seiner schlechten Gesundheit machte er nur noch Bewachungsarbeiten. Aber auch hier wurde er benachteiligt. Viele Jahre seines Lebens mußte er sonntags einen Schacht bewachen. Dieser Schacht lag außerhalb des Zechengeländes in der Nähe einiger Bauern. Eine Straße führte etwas weiter vom Schacht entfernt. Es war schlicht langweilig sonntags am Schacht. Er konnte als kranker Mann keine Forderungen stellen. Wegen der Krankheit schaffte er auch die Tauben, dann die Enten und dann die Karnickel ab. Er konnte sie nicht mehr pflegen.

Seine Rente war gering. Aber Onkel Kalla war beliebt. Er war beliebt, weil er die Gespräche der Kumpel beleben konnte. Er war auch gern gesehen, weil er abstruse Thesen vertrat. Wenn er zu sagen hätte, behauptete er zum Beispiel, dann gäbe es Wahlzwang für den Bundestag. Wer trotzdem nicht wählen ginge, der müsse sich am Montag um elf auf dem Marktplatz von Datteln melden. Dort würde er dann erschossen. Er erzählte, er würde deshalb nicht mehr Grünes für die Karnickel holen, weil er mit seinem Moped Pech gehabt habe. Diese Mopeds seien unmöglich gebaut. Sie schüttelten auf den Feldwegen den Fahrer derart durcheinander, daß er seine zitternden Hände nicht mehr in der Gewalt habe. So habe er sich in die Hose gepinkelt, weil er mit den zitternden Händen die Hose nicht habe aufknöpfen können.

Dann war er einmal nach einer leichten Operation drei Wochen lang nicht mehr zu Bewußtsein gekommen. Doch die Ärzte holten ihn zurück. Als ich ihn darauf ansprach, erklärte er mir, daß er sich über die Ärzte sehr ärgere. Das hatte er absolut nicht spaßig gesagt.

Als er einen kleinen Amateurverein samstags besuchte, fiel er auf dem Fußballplatz um. Er hatte während eines Anfalls das Bewußtsein verloren. Noch drei Tage lag er ohne Bewußtsein im Krankenhaus, dann starb er. Er war Mitte fünfzig. Mein Onkel Karl Krawietz bekam ein Reihengrab. Als der Sarg aus der Leichenhalle getragen wurde, begann ein heftiger Regen, es stürmte sehr stark. Eine kleine Glocke auf dem Dach der Halle läutete. Es ist alles wie in einem Spielfilm, dachte ich, als ich hinter seinem Sarg ging.

Ernas Schwester Die Gespräche drehten sich fast nur um Mädchen. Die Jungen vom Jahrgang über uns, die ein Lehrjahr weiter waren, »gingen« schon fast alle mit einem Mädchen. Sonntags sah ich ihnen neidvoll zu, wenn sie mir auf der Hauptstraße entgegenkamen. Zwar gingen viele noch nicht eingehakt, aber »er« trug ihren Handschirm, sie gingen nebeneinander, vereinzelt sah ich auch einige Händchen halten.

Ich traf mich an den Sonntagen noch mit Freunden. Wir gingen rudelweise aus, wir gingen als Gruppe ins Kino, in dem wir uns dann, wenn der Hauptfilm lief, laut unterhielten. Je mehr Leute sich darüber ärgerten, um so interessanter fühlten wir uns. Wir gingen als Gruppe zum Schützenfest oder einfach in die Kneipe. So verfolgten wir als Rudel ein Rudel Mädchen, was meist nichts brachte, denn wir rivalisierten untereinander, deshalb kamen keine Verabredungen zustande. Diese Art der Unterhaltung war auch beachtlich oberflächlich. Man war sich im Rudel meist auch einig: die waren ganz schön blöd. Die Mädchen waren mit Sicherheit bei ihrer Bilanz der gleichen Meinung. Doch vereinzelt fiel einer von der Truppe ab, er hatte dann ein Mädchen gefunden. Er hatte sie irgendwo zufällig getroffen, oder bei einer Familienfeier kennengelernt, bei irgendwelchen Verwandten oder auf der Kirmes, als er zufällig allein dort war.

Bei der Arbeit prahlte, wer schon eine Freundin hatte, wie prima das sei. Es sei wohl teurer, weil man zwei Kinokarten bezahlen müsse, aber anschließend im Wald zahle man nichts und habe dafür den ganzen Nachmittag seinen Spaß. Ein Mädchen zu küssen, das sei eine ganz tolle Sache und Brüste hätten die . . .

Die Mädchen, die im jagdfähigen Alter waren, kannte

man, denn so groß war unser Ort nicht. Einige Mädchen arbeiteten als Verkäuferinnen in den Geschäften der kleinen Stadt. Andere arbeiteten im Haushalt oder waren bei den Eltern geblieben. Andere arbeiteten in der nahen Kreisstadt, auch dort meist als Verkäuferin. Wenn jemand eine feste Freundin hatte, wurde es sofort allgemein registriert. Die Gerüchtebörse funktionierte, jeder war bemüht, seinen Erfolg an der Börse zu melden.
Ich war auf ein schwarzhaariges Mädchen aufmerksam geworden. Im Ort sprachen die Jungen aber mehr über ihre ältere Schwester, denn die galt als Ortsschöne: auch schwarzhaarig, mandeläugig, eine Provinz-Carmen in voller Blüte. Viele waren hinter ihr her, einer aber hatte den Daumen drauf. Er war am Drücker, wie man das bezeichnete.
Die Orts-Carmen hieß Erna, ihr Name beherrschte viele Gespräche. Sie stellte das dar, was man sich so wünschte. Viele beneideten ihren Macker wegen der Erna. Aufgrund ihrer augenfälligen Attraktivität hatte Erna zwangsläufig auch einen Nachteil, sie konnte nämlich keinen anderen Freund heimlich ausprobieren, denn fast jeder kannte sie. Sie wäre gesehen worden, es wäre herausgekommen, um Erna drehte sich zu viel.
Ihre Schwester stand in ihrem Schatten, weil sie erheblich jünger war. Die sollte noch nicht so weit sein, obwohl sie auch ungewöhnlich attraktiv war. Sie hatte fast blauschwarzes Haar, ganz dunkle Augen, sie war klein und handlich. An ihr war schon unübersehbar alles dran. Die Schwester der Erna lernte ich durch einen Zufall kennen. Ein Mädchen einfach anzusprechen, dazu hatte ich Hemmungen. Ich hätte nicht gewußt, was ich hätte sagen sollen. So gab es nur die Möglichkeit, ein Mädchen durch Zu-

fall kennenzulernen, denn tanzen ging ich auch nicht, nur in die Kneipe, und da waren keine Mädchen vor der Theke.
Ein Arbeitskollege ging mit einer Nachbarin der Schwester von Erna. Nach der Arbeit traf er sich mit ihr. Ich war dabei, Ernas Schwester war mit ihrer Nachbarin gekommen. So unterhielten wir uns dann: die Schwester der Erna und ich. Das Gespräch war schwerfällig und qualvoll.
»Du wohnst auf der Lindenstraße?« fragte ich, obwohl ich es schon wußte.
»Ja«, sagte sie.
Pause.
»Und du?« Gottseidank, sie hatte etwas gefragt.
»Auf der Knappenstraße.«
»Ach, da am Bunker.«
»Ja, am Bunker, da ist die.«
Pause.
»Ist das dein Fahrrad?«
»Nein.«
»Nicht deins?«
»Nein.«
Pause.
»Wem gehört es dann?«
»Das gehört meiner Schwester.«
»Braucht sie es denn nicht?«
»Doch.«
Pause.
»Wieso hast du es dann?«
»Sie hat es mir geliehen.«
»Du hast kein Fahrrad?«
»Ich bekomme bald eines.«
So verlief das Gespräch noch eine zeitlang. Es durfte nicht

zu Ende gehen! »Du mußt am Ball bleiben«, sagte ich mir selbst. Nach wenigen Minuten trennte sich mein Arbeitskollege von der Nachbarin der Schwester von Erna. Es war klar, daß die Mädchen gemeinsam weiterfahren würden.

»Sollen wir uns treffen?« fragte ich. Ich war über den Satz selbst erstaunt. Es war so, als hätte ihn jemand anderes gesprochen, ein mutiger Fremder, nicht ich. Er war nicht strategisch geplant, der Satz war plötzlich da.

»Ja«, sagte sie ohne Umschweife, sie zierte sich nicht und suchte auch keine Ausreden. Sie sagte einfach ja. Ja! Darauf war ich nicht vorbereitet, das hatte ich mir ganz anders vorgestellt. Aber sie hatte ohne jede Umschweife ja gesagt. Da stand ich zunächst mit ihrem einfachen ja da, denn mehr als ja sagte sie nicht. Es entstand wieder eine unangenehme Pause.

»Wo denn?« fragte ich.

»Ist egal«, sagte sie. Damit war ich wieder am Zuge, ich war noch nicht aus dem Schneider.

»Morgen?«

»Ja, gut, Morgen.«

Wieder war ich am Zuge.

»Und wann?«

»Ist mir gleich.«

»Morgen ist Samstag«, sagte ich.

»Ich weiß.«

»Also, dann morgen, am Samstag.«

»Ja.« Dieses ja brachte mich erneut aus dem Konzept. Verdammt, war das kompliziert, sie sagte einfach nur ja, und das brachte mich stärker in Schwierigkeiten, als ein Disput über den Ort des Wiedersehens.

»Um vier?«

»Ja, um vier«, sagte sie.
»Hier?«
»Ja, hier.«
Jetzt war es klar, mein Gott, was für eine Geburt.
»Also tschüß«, sagte sie. Sie sah mich kurz an, sie lächelte etwas. Das wirkte fremd und gar nicht vertraut.
»Tschüß«, sagte ich.
Ich war betroffen. Das war alles zu schnell gekommen. Einerseits war ich überrascht, wie unkompliziert es mit Mädchen war, andererseits fand ich es doch sehr kompliziert, weil die schwierigen Dinge ja noch kommen würden. O Gott, irgendwann mußt du sie küssen. Dabei habe ich noch nie ein Mädchen geküßt. Ob sie schon? Wenn sie schon hat, dann wird sie merken, daß ich ... Nein, das wird sie nicht merken, ich werde tun, als hätte ich schon.
Am anderen Tag war sie nicht gekommen.
Ich war kurz vor vier an der verabredeten Stelle. Sie war nicht da. Ich fuhr mit dem Fahrrad in Richtung ihrer Straße, ich fuhr dann aber wieder zurück, sie hätte ja aus einer anderen Richtung kommen können. Es blieb aber dabei, sie kam nicht zu unserer ersten Verabredung. Selbst um fünf Uhr am Nachmittag wartete ich noch. Sie kam auch dann nicht.
Ich war hilflos und ratlos. Sie hatte doch zugestimmt und sich gar nicht geziert. Sie war doch sofort bereit gewesen und hatte mich leicht angelächelt. Langsam kam Zorn auf, der Zorn der Enttäuschung.
Am darauffolgenden Tag – am Sonntag – ging ich in die Nachmittagsvorstellung des Kinos. Über den Film war sehr viel geredet worden, er hieß »Don Camillo und Peppone«. Die Vorstellung begann um siebzehn Uhr, das Kino war für diese Zeit ziemlich voll. Sehr viele wollten den Film

schon am Nachmittag sehen. Während ich schon Platz genommen hatte, kam sie zusammen mit einem noch jüngeren Mädchen ins Kino. Ich verfolgte sie mit meinen Blikken. Ob sie mich hat sitzen sehen, konnte ich nicht ausmachen, anzumerken war ihr zumindest nichts. Die beiden Mädchen setzten sich einige Reihen nach vorn, ich sah ihr schwarzes Haar, es hing lang über die Schultern. Dabei empfand ich überraschend keinerlei besondere Gefühle ihr gegenüber. Nur Neugier und Ärger spürte ich; Neugier wegen der ungeklärten Frage, warum sie nicht gekommen war, und Zorn, weil sie nicht gekommen war, und ich nicht wußte, warum.
Ich fand den Film vor Ärger und Zorn nicht so interessant. Wenn im Kino laut gelacht wurde, verstand ich nicht, warum. Während der Vorstellung konnte ich sie nicht sehen, sie saß etwas zu weit vorn. Ich konnte mich auf den Film aber trotzdem nicht richtig konzentrieren. Nach der Vorstellung drängte alles aus dem Kinosaal. Ich versuchte, in ihre Nähe zu kommen, so, als sei es zufällig. Ansprechen konnte ich sie in dem Gedränge nicht, weil es die anderen Menschen mitgehört hätten. Wer fragt schon vor Zuhörern, warum er versetzt worden ist? Sie sah mich plötzlich an, aber so wie die anderen auch, richtig teilnahmslos. So, als kenne sie mich nicht, denn sie grüßte nicht, nickte nicht einmal zu mir herüber, lächelte nicht, sie schaute einfach nur. Dagegen hatte ich kein Mittel, darauf war ich nicht gefaßt. Wir ließen uns im Menschenstrom aus dem Kino drängen, dann entfernte sie sich zusammen mit dem kleinen Mädchen aus ihrer Nachbarschaft. Ich ging ihr nicht nach, denn ich wußte, es hätte keinen Zweck. Das war also die erste Freundschaft: kaum gekannt, schon zu Ende.

Einige Tage später begegneten wir uns zufällig in der Stadt. Ich sah sie an, fragen wollte ich nicht.
»Ich konnte nicht kommen«, sagte sie.
Mit ihren fast schwarzen Augen sah sie mir voll ins Gesicht. Sie entschuldigte sich nicht, sie nannte auch keinen weiteren Grund. Sie hatte nicht kommen können, was sollte ich da sagen? Nichts. Wir verabredeten uns für den nächsten Tag.
Sie kam. Ernas Schwester kam mit Ernas Fahrrad. Erna hatte ihrer Schwester das Fahrrad geliehen, deshalb konnte sie kommen. Am Rande unseres Ortes liegt ein großer Wald. Er ist fünfzehn Kilometer tief. Wer ein Mädchen hatte, fuhr mit ihr in den Wald, da konnte man sich ungestört näherkommen. Wer in den Wald wollte, der mußte durch die Stadt fahren. Wir fuhren nebeneinander auf dem Fahrradweg. Das war zwar verboten, aber das kümmerte uns nicht, man sollte sogar sehen, beide fuhren in den Wald. Ich glaube, es war beiden recht, daß die Leute so dachten.
Je näher wir dem Wald kamen, um so unruhiger und nervöser wurde ich. Ich müßte versuchen, sie im Wald zu küssen. Versuchte ich es nicht, würde sie vielleicht nicht mehr kommen. Da ich noch nie ein Mädchen geküßt hatte, fürchtete ich mich vor der Blamage. Ich wußte, daß man das mit der Zunge macht, denn ein Mädchen küßt man nicht wie die Mutter, nicht mit spitzen Lippen und lautem Schmatz. Was man bei der Mutter gemacht hat, das war Küssen, aber mit einem Mädchen knutschte man, das war was völlig anderes. Theoretisch hatte ich das alles voll drin, ich hatte es ja oft genug an der Arbeitsstelle gehört.
Wir schleppten unsere Fahrräder über einige leichte Berge durch den Sand des Waldes. Dabei sprachen wir über be-

langlose Dinge. Eine Gelegenheit, sie zu küssen, fand ich nicht, die Fahrräder waren im Wege. Deshalb konnte ich es auch nicht überraschend tun. Der Treff drohte ohne Ergebnis zu Ende zu gehen. Wenn ich keine Gelegenheit für einen Kuß fände, dann käme das Mädchen nicht mehr. Immer öfter ging diese Erkenntnis durch meinen Kopf.
»Du hast mich versetzt am Samstag.«
»Ich konnte nicht.«
»Dafür müßte ich einen Kuß bekommen.«
Das war mein Frontalangriff, jetzt oder nie.
»Den kannst du haben«, sagte sie ruhig und beachtenswert gelassen. Ich kam um das Fahrrad herum, spürte ihren Mund, ich schloß dann die Augen, weil man das so machen sollte. Zwar wirbelte ich mit der Zunge, fand aber keinen Sinn darin: auf jeden Fall war ein Kuß keine sonderlich aufregende Sache. Ich verstand gar nicht, was daran toll sein sollte. Ich war enttäuscht. Wir fuhren wieder zurück in die Stadt.
Von diesem Tag an trafen wir uns öfter, fast täglich. Immer dann, wenn Erna ihrer Schwester das Fahrrad lieh, trafen wir uns. Dem Kuß hatte ich in der Zwischenzeit doch mehr abgewonnen, monatelang bestand unser Zusammensein nur aus Küssen. Mehr trauten wir uns nicht. Wenn ich gelegentlich mit dem Arm an ihre prachtvoll gefüllte Bluse stieß, zuckte ich zurück, sie zeigte keine Reaktion dabei.
»Hasse se auch schon mal anne Titten gepackt?« wurde ich in der Kaue gefragt. Wahrheitsgemäß verneinte ich. »Idiot!«
Ich hätte schon ganz gern, aber das wäre eine Überwindung zu einer Tat gewesen. Wo man doch auch im Ort schon registriert hatte, daß die Brüste von Ernas Schwester ganz schöne Klöpse seien.

Wieder wurde eines der vielen Schützenfeste gefeiert. In den einzelnen Stadtteilen wechselte man sich da ab. Dieses Schützenfest fand im Ortszentrum statt. Mit einigen Kollegen wollte ich einen drauf machen. Wir gingen nicht in das Festzelt, doch es gab auch außerhalb des Zeltes Bierstände. Verabredet war ich an dem Sonntag nicht mit Ernas Schwester. Wenn wir uns sehen würden, dann würden wir es auf einen Zufall ankommen lassen, denn zu oft ließen die Eltern sie nicht aus dem Haus. Das Bier schmeckte, es lief gut, langsam wirkte es. Es war die Wirkung, die Trinker mögen: man registriert noch alles genau und ist dabei in einer mutigen und launigen Stimmung. Mit einem Mal sah ich sie, sie war mit einem blonden Nachbarmädchen ausgegangen. Das war für sie oft die einzige Möglichkeit, aus dem Haus zu kommen. Das Nachbarmädchen war flachsblond, es war eine Zeitlang mit einem Kollegen von mir gegangen. Jeder wußte es, jetzt hatten die beiden »Schluß«, was auch fast jeder wußte. Ungeniert machte sich ein anderer Kollege an die Flachsblonde. Mir fiel auf, daß die Blonde ihre Brille nicht aufgesetzt hatte. Ich fand, sie sah mit Brille besser aus, vielleicht auch, weil ich mich an ihre Brille gewöhnt hatte. Die beiden Mädchen standen bei unserer Gruppe an der Bierbude. Ein Sommerabend war über die Stadt gekommen, es war dunkel geworden. Auf dem erleuchteten Festplatz hatten wir das gar nicht bemerkt. »Gehen wir?«, fragte mein Kollege die Flachsblonde. »Ja«, sagte sie. Sie hakten sich ineinander ein und verließen den Platz. Ernas Schwester und ich gingen zwanzig Schritte hinter ihnen, wir wollten sie nicht stören. Gemeinsam machten die beiden Paare einen Umweg, um dann in die Richtung der Wohnungen der Mädchen zu gehen. Es gehörte sich so, daß man die Mädchen nach Hause

brachte. Zunächst gingen wir in Richtung einer alten katholischen Kirche, die in der Nähe des Zentrums der Stadt lag, dort war es einsam und still.
Das Bier hatte mich mutig gemacht. Ernas Schwester erzählte mir, ihr Kleid habe sie von einer Nachbarin aus meinem Haus gebraucht gekauft. Darauf machte ich mutig Anspielungen, daß sie ja viel mehr im Kleid habe als das Nachbarmädchen. Und dieser Ausschnitt, der reize geradezu, dort hineinzugreifen. »Greif doch«, sagte sie. Ich griff mit der rechten Hand in ihren Kleiderausschnitt. Den Arm hatte ich um ihre Schulter gelegt, meine Hand hatte vorher an ihrem Oberarm geruht. Ich bekam eine Brust voll zu fassen, es war überraschend viel. Die Brustwarze fühlte sich an wie ein Druckknopf, ansonsten war es weiches, sehr warmes Fleisch. Das sollte alles sein? Ich hatte mir mehr darunter vorgestellt, wußte aber auch nicht was. Meine Hand wechselte zur anderen Brust, die gleiche Fülle, der Wechsel von Brust zu Brust gefiel mir. Ich hatte nicht den Mut, beide Hände in den Ausschnitt zu versenken, sie hätte darauf nein sagen können. Im Grunde konnte ich mit der Hand die Brust nur halten, sie leicht drücken, mit Daumen und Zeigefinger um den Druckknopf reiben. Ich registrierte genau: zwar brachte eine Frauenbrust nicht das, was man so gehört hatte, aber die sexuelle Erregung war stärker als vorher. In den nächsten Monaten beschäftigte ich mich sehr mit den Brüsten von Ernas Schwester.
Wir waren schon viele Monate zusammen, sie hatte sogar genau gezählt, denn sie sagte, jetzt gehen wir schon fünf Monate, oder sieben Monate. Wenn sie es in Wochen ausgerechnet hatte, schien es schon ungeheuer lang zu sein. Sie brauchte auch nicht mehr Ernas Fahrrad, denn sie

hatte inzwischen selbst eines bekommen, was unsere Treffs eher möglich machte. Mit ganz wenigen Ausnahmen trafen wir uns täglich, jeweils an den Nachmittagen, denn am Abend mußte sie zu Hause sein. Ich ging abends zu den Veranstaltungen der Gewerkschaftsjugend, sie war nicht in der Gewerkschaft. Sie arbeitete im Haushalt eines Schuldirektors, für ihre Gruppe gäbe es keine Gewerkschaft, sagte sie.

Während die anderen bei der Arbeit erzählten, wie sie reihenweise die Weiber umlegten, tat sich bei uns nichts. Ich hatte keinen Mut dazu. Zwar erzählte ich schon mal Witze darüber, aber mehr traute ich mich nicht. Wir streiften dieses Thema auch schon mal, sie wich nicht einmal aus, doch ergiebig wurden die Gespräche nicht, weil wir darüber zu wenig wußten. Zwar versenkte ich täglich meine Hände in ihre Bluse, aber an der Taille war die Abwärtsfahrt der Hände zu Ende, ich bremste sie selbst.

Aber einmal muß es doch so weit sein! Zwar hatten Ernas Schwester und ich viele kleine Reibereien, aber insgesamt verstanden wir uns gut. Vielleicht deshalb, weil die Eltern nicht wollten, daß wir miteinander gingen, dazu seien wir noch nicht alt genug. So predigte zumindest meine Mutter erfolglos.

Wochenlang beschäftigte ich mich damit: Du mußt ihr jetzt was tun, vielleicht wartet sie sogar darauf. Die anderen tun es ja auch, die tun es eigentlich nur. Und gerade das, das sollte es sein, darum drehte sich doch alles. So war es doch nichts: Küssen und Brüste kneten, die würden alle über mich lachen, wenn ich das am Arbeitsplatz eingestehen würde.

Immer mehr drängte ich mich selbst zu der Entscheidung: Du mußt es mit Ernas Schwester tun, es darf aber nichts

dabei passieren. Also müssen Pariser her. Pariser gab es in der Drogerie, in der Drogerie kannte man mich und würde es vielleicht meiner Mutter erzählen. Also mußte ich die Pariser kaufen lassen. Ein älterer Arbeitskollege kaufte mir eine Packung.
Ich gab ihm dafür ein Bier aus.
Dann sollte es an einem Sonntag endgültig so weit sein. Wir hatten uns schon um halb zwei am Mittag verabredet. Die Packung Pariser hatte ich eingesteckt. Alles klar? Alles klar!
Es war ein grauer Sonntag Ende März. Menschen waren kaum auf der Straße, die Bäume sprießten noch nicht, das Gras war gelblichgrau vom Winter. Wir trafen uns im vollen Sonntagsaufzug ohne Frahrräder. Ich hatte einen hellgrauen Wintermantel an, sie trug einen bläulichen Mantel. Man nannte diese Mäntel Bärenmäntel, weil sie pelzähnlich und aufgeplustert wirkten. Es war ein ganz modernes Stück, Ernas Schwester sah gut aus darin. Eine richtige kleine Dame.
Wir spazierten durch die Stadt, besuchten einen alten Stadtteil und näherten uns, wie gewohnt, dem Wald. Der Spaziergang dauerte sehr lange, wir gingen bestimmt einige Kilometer. Ich schätze so fünf bis sechs. Während des Nachmittags versuchte ich oft, auf dieses Thema zu kommen, jedoch ohne zu sagen, daß ich es mit ihr wollte, dazu fehlte mir der Mut.
Als wir uns von innen her wieder dem Waldrand näherten, wurde es schon leicht dämmrig. Verdammt, dachte ich, jetzt wird es wieder nichts. Ich hatte nicht genau gewußt, wie ich es hätte anstellen sollen. Vielleicht wäre eine direkte Frage viel einfacher, sie hätte nur ja oder nein sagen können. Doch fragen konnte ich nicht, sie hätte ja nein sa-

gen müssen, denn ja kann kein Mädchen sagen. Das war halt so, also war alles kompliziert.

Ich wollte es an diesem Tag wissen. Seelisch hatte ich mich schon wochenlang präpariert, technisch auch. Mühsam hatte ich mir die Packung Pariser besorgt, sogar noch ein Bier hatte ich dafür ausgegeben.

Ich tat so, als sei ich kaputt. Das schien nach einem so langen Marsch einleuchtend. Kurz vor dem Waldausgang setzte ich mich an den Wegrand. »Ich bin kaputt«, stöhnte ich.

Dabei beobachtete ich, was sie machte. Sie blieb einen Moment stehen, dann setzte sie sich neben mich. Offensichtlich war sie nichtsahnend. Ich blieb noch einen Moment so sitzen, als müßte ich Kräfte sammeln, während ich spürte, wie aufgeregt ich war. Sie sah auf den Boden und dachte über irgend etwas nach. Ich war sicher: Ernas Schwester ahnte nicht, was in mir vorging. Meine Herzschläge hörte ich ganz deutlich in den Gehörgängen.

Sie saß etwas höher, denn der Weg wurde durch einen leichten Hang begrenzt. Langsam legte ich meinen Kopf an ihren Unterarm, mein Kopf lag dabei ungefähr in der Höhe der Taille, an meinem Scheitelansatz spürte ich eine Brust von ihr.

Meine Hand legte sich wie zufällig auf ihren Oberschenkel, den ich nur schwach durch ihren Bärenmantel spürte. Die Hand drückte etwas, so daß ich den Oberschenkel fühlte. Meine Hand ging langsam abwärts, bis zu ihrem Unterschenkel, denn so weit reichten Mantel und Kleid. Dann berührte ich ihr bestrumpftes Bein. Das Bein war kalt, der Strumpf löste aber ein angenehmes Gefühl aus. Vielleicht wegen der Kunstseide, oder wegen der Erwartung.

Alles vollzog sich ohne ein Wort. Die Hand ging langsam

höher, zum Knie, sie hatte die Knie zusammengepreßt. Ganz leicht spreizte sie die Beine, kaum merklich. Meine Hand ging zwischen ihre Knie aufwärts, sie hielt an, als sie das Strumpfende erreicht hatte. Denn hier war der angenehmste Punkt, die ungewöhnlich seidige Haut des Oberschenkels machte mich kurzatmig. Es war ein angenehmes Gefühl an meinen Fingerspitzen, ich spürte die Strumpfbänder. Wie das mit den Strumpfbändern so ist, das hatte ich schon in Filmen gesehen. Bei Marlene Dietrich zum Beispiel. Die Hand ging höher, ich bekam mit einmal Angst. Ich wußte: Du kannst nicht zurück, das wird dann peinlich. Ginge ich mit der Hand zurück, das würde eine Blamage.

Die Fingerspitzen hatten das Höschen erreicht. Überraschend leicht drangen sie durchs Hosenbein. Nicht vorbereitet war ich auf die Feuchtigkeit, die mich da erwartete. Das hatten die Kumpel bei der Arbeit vergessen zu erzählen. Niemand hatte gesagt, daß es da feucht würde. Und dann noch so feucht. Der Finger drang in Ernas Schwester. Das ging leichter als erwartet. Doch ich wußte, ich mußte mehr tun. Inzwischen lag sie halb an den Hang des Wegrandes, Ernas Schwester hatte die Augen geschlossen, sie tat nichts. Sie gab lediglich nach. Meine Hand ging zurück, sie tastete sich außen an dem Höschen hoch, dann versuchte ich, die Hose abzustreifen. Dabei kam es zu dem angenehmsten Augenblick: Sie hob leicht ihren Hintern, damit ich die Hose über die Wölbung bekam. Als ich das Höschen fast auf ihre Knie gezogen hatte, sagte sie: »Dreh dich um, ich möchte nicht, daß du mich so siehst.«

Mir war das eine Erleichterung, wann hätte ich sonst das Gummi überziehen sollen? Etwa wenn sie zusieht? Wir drehten uns ab, sie zog das Höschen völlig aus und dabei

sollte ich sie nicht sehen. Ich zog das Gummi über. Sie hatte das Höschen – es war weiß – beiseite gelegt. Doch züchtig war der Rock bis zum Knie heruntergezogen. Wir waren unerfahren, beide hatten wir es noch nicht getan. Sie lag am Hang, den Oberkörper höher, der Hintern lag zudem noch in einer leichten Mulde. Es war so gut wie unmöglich, in sie einzudringen. Kaum hatte ich sie zudem berührt, schoß der Samen in das Gummi. Eine blöde Situation. Wir fummelten noch eine Weile herum, wobei sie sehr passiv war, ob ich drin war, wußte ich nicht und fragen konnte ich sie nicht. Sie sagte nichts. Ob sie enttäuscht war? Jetzt kannte ich auch das letzte Geheimnis: Das Sexuelle, worum sich alle Gespräche drehten. Aber das war es? Jetzt gab es nichts mehr zu entdecken! Alles, was eine Frau zu bieten hat, kannte ich? So meinte ich zumindest.
Ich wurde auf dem Heimweg zu Ernas Schwester aggressiv. Ernas Schwester verstand sicherlich nicht, warum ich so war. Wo sie mir doch alles gegeben hatte. Als wir uns an diesem Abend trennten, sagte ich »Kuh« zu ihr, so sehr hatten wir uns noch gestritten.

Streiktag Auf der Zeche sollte nicht wegen höherer Löhne, sondern aus politischen Gründen gestreikt werden. Ein Oberhausener Direktor hatte die Äußerung gemacht, die Mitbestimmung sei unter Adenauer von den Arbeitern erpreßt worden. Reusch hieß der Direktor. Niemand kannte ihn persönlich, Oberhausen lag für uns weit weg, und Direktoren waren hohe Herren.
Im Betriebsratszimmer herrschte Hektik. Die Kollegen des Betriebsrates waren aufgebracht wegen der Äußerung des Direktors Reusch aus Oberhausen. Die Betriebsräte waren alles Männer der sogenannten ersten Stunde, die nach der Besetzung 1945 den Betrieb wieder flott gemacht hatten, zu einer Zeit, als die hohen Herren der Direktion entweder getürmt oder von den Briten festgesetzt worden waren. Die Engländer hatten auf diese Männer des Betriebsrates gesetzt, es waren überwiegend Sozialdemokraten und einige wenige Kommunisten. Es waren Männer, die seit 1933 verfolgt worden waren und als schlichte Kumpel über die tausend Jahre gekommen waren. Als die tausend Jahre 1945 um waren, krempelten sie buchstäblich die Ärmel auf. Sie organisierten die Wiederaufnahme der Arbeit, entlohnt wurde diese Tätigkeit mit wertlosem Papiergeld. Die Betriebsräte hatten dann erleben müssen, wie sie im Laufe der Jahre immer stärker zurückgedrängt wurden, wie ihnen der Einfluß im Betrieb genommen wurde. Sie hatten erlebt, wie die Direktion immer stärker versucht hatte, den Herrn im Hause zu spielen. Was ihnen am Ende verblieben war, war die gesetzlich geregelte Mitbestimmung, und selbst die spürten sie kaum noch. Im täglichen Grabenkampf der betrieblichen Arbeit wurden sie nämlich ständig ausgetrickst. Und jetzt sollte es auch noch an die Mitbestimmung gehen? Der alte Reusch war ja nur

vorgeschickt, der sollte testen, wie weit man gehen konnte, vermuteten sie.

Beim Betriebsrat herrschte Empörung, der Gewerkschaftsvorstand in Bochum hatte ihnen eine Entscheidung abgenommen, er hatte zu einem eintägigen Warnstreik aufgerufen.

Hektik herrschte beim Betriebsrat: der Streik mußte vorbereitet werden. Es wurde die Parole ausgegeben: Alle aktiven Gewerkschafter treffen sich abends zur Vorbereitung des Streiks im Gewerkschaftsheim. Streikposten mußten ernannt werden, es mußte organisiert werden, wo die einzelnen Streikposten aufgestellt würden. Mit der Betriebsleitung mußte ausgehandelt werden, welche Arbeiten nicht eingestellt werden durften: die Kokerei, die Wasserpumpen unter Tage mußten in Betrieb bleiben und die Wettermänner durften anfahren. Wettermänner waren Kumpel, die messen mußten, ob die Wetter, also die Atemluft, unter Tage giftfrei waren.

Es war beeindruckend, wie hier geplant wurde, denn die Betriebsräte und die Gewerkschafter hatten keine Streikerfahrung. In der Nazizeit waren Streiks verboten, direkt nach dem Krieg wurde wieder aufgebaut, erst jetzt, als Fortschritte aus dem Wiederaufbau zurückgenommen werden sollten, wurde erstmals nach Jahrzehnten wieder gestreikt.

Wichtig war, die Mitarbeiter auf den Ernst der Lage einzustimmen, weil es ja nicht um Löhne ging. Das machte der Betriebsratsvorsitzende. Er hieß mit Nachnamen Winter. Winter war Betriebsratsvorsitzender und auch Bürgermeister in unserer Stadt, er war eine geachtete Persönlichkeit. In manchen Stunden hat er aus seiner Jugendzeit erzählt. Alle sieben bis zehn Wochen hatte er die Schule wechseln müssen, weil sein Vater als aktiver Sozialdemokrat jeweils nach wenigen Wochen seine Arbeit verloren hatte. Er konnte dann aber nicht auf dem nächsten Werk arbeiten, dort kannte man seinen Vater schon, oder die schwarze Liste mit seinem Namen war hier schon eingetroffen. Der Vater unseres Betriebsratsvorsitzenden mußte mit seinen Kindern und seiner Frau schon erheblich weiterziehen, um irgendwo Arbeit zu finden. Der Betriebsratsvorsitzende war auch aktiv gegen den Kapp-Putsch im Jahre 1920 als verhältnismäßig junger Bursche. Er hatte zu denen gehört, die mit dem kurzen Generalstreik nicht zufrieden waren, die Rückkehr der Regierung nach Berlin unter den alten Verhältnissen, das war ihm zu wenig gewesen. Er hatte auch nicht eingesehen, daß die gleiche Reichswehr, die vorher geputscht hatte, jetzt als Ordnungsfaktor wieder auftreten sollte. Unser Betriebsratsvorsitzender streikte 1920 weiter, er hatte sogar mit der Waffe in der Hand gegen die Reichswehr gekämpft. Als der Streik an der Ruhr damals zu scheitern drohte, wollte er zusammen mit einem Kollegen aus dem Ort zurück nach Hause. Sie kamen von Dortmund und versuchten, über einen Stadtteil von Recklinghausen nach O. zu kommen. Auf der Höhe des Friedhofes des Stadtteils von Recklinghausen trabte ihnen ein Pferd entgegen. Das Pferd eines Bauern, das sich losgerissen hatte. Der Kollege unseres Betriebsratsvorsitzenden nahm das Pferd beim Zügel: »Das bringen wir dem Bauern«, soll er gesagt haben. In diesem Augenblick sprangen Soldaten der Reichswehr aus dem Graben am Straßenrand. Sie hielten dem Kumpel, Tauscher hatte er geheißen, vor, er habe das Pferd gestohlen, um damit zu flüchten. Ohne auf seine Einwände einzugehen, schleppten sie ihn zum nahen Friedhof. Sie banden ihn an einen Pfahl

und erschossen ihn. »Scheibenschießen haben sie veranstaltet«, erzählte unser Bürgermeister oft verbittert.
Dieser Bürgermeister und Betriebsratsvorsitzende hatte die Aufgabe, den Mitarbeitern den Streik zu erläutern. In der Waschkaue war eine Lautsprecheranlage installiert worden, weil sich während des Schichtwechsels von der Morgenschicht zur Mittagschicht die meisten Arbeiter in dem Raum aufhielten.
Winter begann seine Ansprache. »Kumpels«, sagte er zu Beginn, den weiteren Teil seiner Ausführungen habe ich nicht begriffen, ich habe ihm inhaltlich nicht folgen können. Er erinnerte seine Zuhörer an die Zeit direkt nach dem Kriege, aber zu der Zeit war ich noch nicht hier auf der Zeche, das konnte ich auch nicht nachverfolgen. Er muß es aber treffend geschildert haben, denn viele riefen: »Genau«, oder »Hört, hört«, oder »Unerhört«. Ich verstand die Worte nicht, spürte aber die Stimmung, und die Stimmung stand auf Streik.
Am Vorabend des für einen Tag geplanten Warnstreiks trafen wir uns im Gewerkschaftsheim: die Aktiven der Organisation, Jugendfunktionäre, Betriebsräte, Hauskassierer und Mitglieder ohne Funktion. Das Heim war gefüllt bis zum Ausgang. Die Atmosphäre war eigenartig, sie war positiv gereizt. Dichte Tabakwolken hingen in dem Raum, einige Männer hatten rosige Gesichter. Der Gewerkschaftsvorstand teilte die Streikposten ein, die Betriebsräte spielten bei dieser Zusammenkunft die zweite Geige, das Gesetz des Handelns lag bei der Gewerkschaft. Zusammen mit einigen älteren Kollegen wurde ich als Streikposten für das Haupttor des Werkes eingeteilt. Ein Nachbar aus dem gleichen Haus gehörte auch dazu. Der Nachbar war Kommunist, er war der einzige Kommunist im Hause. Für

seine politischen Einsichten fand er im Hause keine Parteigänger, aber er war sehr geachtet unter den Nachbarn. Er wohnte mit seiner Frau und seinem Sohn in der Dachwohnung unseres Hauses. Unten im Haus wohnte ein praktizierender Katholik, mit Sicherheit auch wohl CDU-Wähler, der einzige in der Gegend. Doch auch er schätzte den Kommunisten persönlich sehr. Wenn die beiden ein politisches Gespräch führten, dann bekam das nie eine persönliche Bissigkeit. Dieser kommunistische Nachbar war Kassierer bei unserer Gewerkschaft. Mit ihm ging ich morgens schon um vier Uhr zur Zeche. Am Haupttor des Werkes trafen wir uns mit den anderen Streikposten. Gegen fünf Uhr zogen wir unsere Armbinden auf, darauf stand: »Streikposten«. Weil es ziemlich kalt war, hielten wir uns in der Wachstube des Werkschutzes auf. Wir durften offiziell den Betrieb nicht betreten, aber es war kalt und niemand in der Nähe. Da auch die Männer des Werkschutzes Gewerkschafter waren, konnten wir uns aufwärmen, illegal gewissermaßen.
Kurz nach fünf Uhr stellten wir uns vor dem Tor auf, denn einige Kumpel waren gekommen, so cirka zwanzig bis fünfundzwanzig. Arbeiten wollten die angeblich nicht, nur mal schauen, sagten sie. Sicherlich werden einige nicht die Wahrheit gesagt haben. Wer steht schon vor fünf Uhr auf, um sich ein paar Streikposten anzusehen? Einer wollte sogar in den Betrieb, doch er wurde daran gehindert. Laut beschimpfte er die Streikposten, immer wieder rief er laut: »Ihr macht alles kaputt.« Mir war nicht klar, was wir kaputtmachen würden. »Mensch geh doch zur Mutter«, rief einer der Zuschauer. Alle lachten. Durch das Gelächter verärgert, schimpfte er noch mehr. Immer wieder warf er uns vor, mit dieser Politik alles kaputtzumachen. »Mutter

hat ein warmes Bett, hast du Angst davor?« Wieder hatte der Spaßvogel aus dem Hintergrund einen Einwurf gemacht. Gegen das Gelächter kam der Schimpfer nicht an, er kündigte nur noch an, sein Gewerkschaftsbuch hinzuwerfen. Dann verschwand er. Gegen sechs Uhr in der Frühe rief wie immer die Werkssirene zum Arbeitsbeginn. Wir lachten. Niemand hatte bis dahin das Tor durchschritten, lediglich die Notstandsarbeiter mit Ausweisen, die von der Gewerkschaft ausgestellt worden waren.
Um halb sieben kam der Betriebsratsvorsitzende zu den Streikposten. Er hatte vorher die Posten an den beiden anderen Toren des Betriebes besucht. Auch waren jene Stellen des Pütts von Streikposten bewacht, wo Züge und Autos in den Betrieb einfahren konnten, das waren sogenannte offene Stellen. Daß einer über die Werksmauer klettern würde, das nahm man nicht an.
Gegen sieben Uhr kamen einige Wagen vorgefahren. Es waren die Mitglieder der Werksleitung. Die Werksleitung streikte natürlich nicht. Sie wurde auch nicht daran gehindert, den Betrieb zu betreten, wohl aber ihre Fahrer. Die Wagen wurden vor dem Werk angehalten, dann mußten die Mitglieder der Werksleitung zu Fuß in den Betrieb gehen. Als der Betriebsdirektor für unter Tage den Betriebsratsvorsitzenden sah, kam er auf ihn zu und begrüßte ihn mit Handschlag. Das fanden wir alle sehr gut. Fair fanden wir das, der Mann war in unserer Achtung gestiegen.
Gegen neun Uhr kam die Ablösung. Das Hauptkontingent der Streikposten konnte Schlaf nachholen, jetzt standen nur noch wenige am Werkstor. Um zwölf Uhr mußten wir uns wieder einfinden, denn zum Schichtwechsel sollte wieder alles stark besetzt werden.
Zum Schichtwechsel waren wir wieder vor dem Tor, ich

hielt mich dabei ständig in der Nähe meines Nachbarn auf. Denn ich hätte nicht gewußt, wie ich mich im Ernstfall hätte verhalten sollen. Es muß sich für eventuelle Streikbrecher herumgesprochen haben, daß da nichts zu machen gewesen wäre, die Zahl der möglichen Streikbrecher war sowieso recht klein. Die übergroße Mehrheit der Belegschaft stand zu dem Streik.

Am Nachmittag kam ein Kollege von einem anderen Tor zu uns und rief, im Lokomotivschuppen des Werkes sei einer, der habe sich in einen Zug gelegt und sei so in den Betrieb gekommen. Das war durchaus möglich, denn ein Zug rangierte im Betrieb. Wenn die Waggons zusammengestellt wurden, dann fuhr der Zug zuweilen außerhalb des Betriebes. Die Bahngeleise lagen zwischen Kornfeldern und den Bäumen des Fußballstadions, da konnte man schon ungesehen in ein Bremserhäuschen springen. Wenn der Zug dann zurücksetzte, war man im Werksgelände.

»Willst du mit«, fragte mich mein Nachbar und ergänzte: »Zu dem gehen wir hin.« Natürlich wollte ich mit, weil ja sonst nichts los war. Mein Nachbar und ein zweiter Mann von einer Nebenstraße wollten sich um den Streikbrecher kümmern. Ich durfte mit ihnen gehen. Durch das Haupttor konnten sie nicht in den Betrieb, denn Streikposten durften das Gelände nicht betreten. Wir gingen zu dem Nebentor, durch das die Lehrlinge im ersten Lehrjahr den Pütt betreten. »Was wollt ihr«, fragte der Werkschutzmann, er sah, daß wir geradewegs auf sein Tor zugingen.

»Komm Willi, mach keinen Ärger«, sagte mein Nachbar.

»Ihr dürft nicht«, antwortete der Uniformierte mit dem Vornamen Willi.

»Im Lokschuppen sitzt einer«, hielt mein Nachbar dem Willi vor.

»Aber ihr dürft nicht«, erneuerte der Bewacher seinen Standpunkt.

»Willi, mach keinen Scheiß«, und damit gingen wir zu dritt an ihm vorbei und schon waren wir drin. Ich sah mich um, Willi war hilflos. Aufhalten konnte er uns allein nicht, wir waren ja zu dritt; zweieinhalb, denn ich zählte wohl noch nicht als volle Person. Willi hätte die Zentrale anrufen können, vielleicht wäre dann ein Trupp Werkschutz gekommen und hätte uns vom Gelände weisen können, aber mit Sicherheit wollte er das nicht. Der Werkschutzmann Willi tat nichts, er sah uns aus seinem Stubenfenster nach.

Wir überschritten die Bahngleise. Das war ansonsten streng verboten, aber es rangierte nur ein Zug. Und wer wollte uns bestrafen oder bei der Werksleitung melden? Es war ja niemand da. Das Gefühl, verbotswidrig über die Geleise zu gehen, war angenehm.

Im Lokschuppen saß tatsächlich ein Streikbrecher. Er saß in einem gläsernen Häuschen, von dort aus hatte er uns kommen sehen. Wachsbleich saß er vor einigen Knöpfen und Schaltern, die er wohl sonst zu bedienen hatte.

»Hör mal Kumpel, du kannst uns doch nicht so einfach in den Rücken fallen.«

Der als Kumpel angesprochene Mann schaute mit weit geöffneten Augen nach draußen, so als träume er. Die beiden Männer sprachen auf ihn ein, er antwortete überhaupt nicht. Wenn einer nichts sagt, ist es schwer, mit ihm zu reden. Nach einiger Zeit wurden die Streikposten hilflos, mit körperlicher Gewalt konnten sie ihn nicht aus dem Betrieb bringen.

»Sei mal ruhig, Walter«, sagte der eine Mann zu meinem Nachbarn, er war dann auch still. Der andere Streikposten

redete dann entschieden ruhiger. Er machte dem Streikbrecher keine Vorwürfe mehr, er fragte ihn auch: »Bist du mit dem Zug hier reingekommen?«
Der Mann nickte, es war seine erste Reaktion.
»Na, das war kein schlechter Einfall«, lobte der Streikposten den Streikbrecher, der Streikbrecher lächelte leicht. Mit ruhiger Stimme sprach der Streikposten auf ihn ein, er erzählte ihm, daß die Kumpel zusammenhalten müßten, alle streikten, weil sie es dem Reusch mal zeigen wollten, sie wollten dem zeigen, was eine Harke ist.
»Und warum streikst du nicht, Kumpel?«, fragte der Streikposten mit ruhiger Stimme.
»Ich brauche das Geld«, sagte der Mann, es war sein erster Satz.
»Geht mal raus«, sagte der Streikposten zu meinem Nachbarn und mir, wir gingen aus dem Schuppen. Durch das Glas sahen wir, daß die beiden miteinander redeten. Nach zehn Minuten kam der Streikposten zu uns: »Laßt uns gehen, der haut gleich ab, der streikt jetzt auch.« Wir gingen zurück über die Geleise, es war so schön verboten. Währenddessen unterhielten wir uns nicht. Als wir auf der Höhe von Willi, dem Werkschutzmann, waren, sah ich, wie der Streikbrecher aus seinem Glashäuschen kam und den Betrieb verließ.

Jetzt geht's ums Geld Drei Lehrjahre gingen vorbei, Jahre, die sogenanntes gutes Geld brachten. Davon hatte ich mir ein Fahrrad gekauft und einen Plattenspieler mit zehn Platten. Sogar zwei Bücher aus einem Kaufhaus hatte ich schon. Im Herbst fuhren wir immer in eine größere Stadt, dann wurden für meinen Bruder und mich Wintersachen gekauft. Und während eines solchen Einkaufs habe ich die Bücher gekauft. Genauer: ich hatte sie mir von meiner Mutter kaufen lassen. Wir kamen in das Kaufhaus und suchten nach Kleidung. Dabei habe ich in dem Kaufhaus die Bücher gesehen, Taschenbücher waren es. Sie kosteten nicht einmal zwei Mark das Stück. Mein erstes Buch war eine Zusammenstellung von Tucholskys Arbeiten. Meine Mutter hatte für diesen Wunsch kein Verständnis, sie hatte nie ein Buch besessen. Meine Oma hatte zwei Bücher: ein Gebetbuch und ein Doktorbuch. Das Doktorbuch hielt sie aber immer versteckt, weil da zwei nackte Menschen drin waren. Die andere große Oma hatte überhaupt kein Buch, sie konnte ja nicht lesen. Mein Vater hatte kein Buch besessen, meine Verwandten hatten auch keine Bücher, ich kannte eigentlich keinen Menschen, der ein Buch besaß. Zwar lasen einige Schmöker, Männer Krimis und Frauen Liebesromane, die lieh man sich aber nur.

Und weil das Tucholsky-Buch nicht viel gekostet hat, hat meine Mutter mir das Bändchen gekauft. Merkwürdig fand sie den Wunsch schon, doch sie hakte nicht nach, sie kaufte mir sogar noch ein zweites Bändchen: »Kleiner Mann, was nun?« Mir hatte der Titel so gefallen. Ich kannte den Autor nicht, auch wußte ich nicht, was mich beim Lesen erwartete. Es war ein schöner Titel, und das Buch hatte einen ziemlich weißen Einband. Es war auch

ein Taschenbuch. Somit war es auch nicht zu teuer. Ich wollte das eine Buch von Tucholsky haben, weil ich von Tucholsky schon etwas gehört hatte, sogar Gedichte von Tucholsky kannte ich. »Überm Graben« hatte ein Gedicht gelautet, es war mir stark in Erinnerung geblieben. Deshalb wollte ich das Buch, als ich es in dem Kaufhaus sah. In unserem Ort gab es keine großen Kaufhäuser, es gab auch keine Buchhandlung, nur ein Schreibwarengeschäft lag in der Nähe der Schule mit Schulbibeln im Angebot.
Gehört hatte ich von Tucholsky in der Gewerkschaftsjugend. An einem Gruppenabend war ein Jugendpfleger zu uns gekommen. Er hatte sich bei uns vorgestellt, er sei jetzt im Kreis tätig, wir hörten nicht so genau hin. Den zweiten Teil des Abends bestritt er mit Vorlesungen, dabei trug er sogar Gedichte vor. Weil er sie packend vortragen konnte, hörten wir hin. Er las Gedichte von Kästner und Tucholsky. Wir hatten die Namen der beiden vorher noch nie gehört, noch nie etwas von ihnen gelesen, auch in der Lokalzeitung nicht. Aber es war spannend, deshalb wollte ich auch ein Buch von Tucholsky haben. Zufällig hatte ich es im Kaufhaus gesehen.
Die materielle Bilanz meiner Lehre war: Fahrradbesitzer, Plattenspielerbesitzer und Besitzer zweier Taschenbücher. Weitere Ergebnisse: politische und literarische Erfahrungen durch die Gewerkschaftsjugend, drei Jahre Arbeit mit unterschiedlichen Erfahrungen, ein Erfolgserlebnis beim Streik, ein gesundes Mißtrauen gegenüber Vorgesetzten, weil die mich ganz bös haben hereinlegen wollen und Erfahrungen in Schikane. Die Erkenntnis, daß Schikane im Arbeitsleben die schlimmste Art der Schinderei ist, weil man sie nur spürt und nicht beweisen kann. Die Abhängigkeit zwingt zur Duldung von Schikanen.

Die Berufsschule in den drei Jahren hatte Spaß gemacht, da man dann nicht arbeiten mußte und weil man mindestens eine Stunde länger schlafen konnte. Hingehört habe ich nie genau. Rechnen konnte ich nicht, also wollte ich auch nicht. Bergbauprobleme interessierten mich wenig, weil ich wußte, daß der Kumpel vor Ort nicht in langen Tabellen den Druck errechnete, lediglich seinen Lohn. Spaß machten mir staatsbürgerliche Themen, die interessierten mich, und sie brachten Widerspruch. Den trug mir Gott sei Dank kein Berufsschullehrer nach.
In den letzten Wochen vor der Prüfung kamen wir nicht mehr ins Lehrrevier, wir kamen in die sogenannten richtigen Reviere, in denen Kohle gewonnen wurde. Aber ich dachte nie darüber nach, für wen und wessen Nutzen Kohle gewonnen wurde. Hier wurde mit der Zeit gegeizt, man konnte sich keine überflüssige Minute leisten: Zeit war Geld. Hier hatte der Satz seinen Sinn. Wer nicht genug schaffte, brachte zu wenig Geld nach Hause, der konnte eventuell die Raten nicht bezahlen. Oder eine Anschaffung noch nicht realisieren, das neue Sofa nicht kaufen. Niedrigere Einsätze bei den Tauben waren die Folge, man konnte weniger riskieren, weil man weniger hatte. Die anderen hatten mehr, die Nachbarn konnten sich das Sofa eher kaufen oder die Wohnung wieder tapezieren lassen. Das ärgerte schon, wenn man selbst hinten hing und sich weniger leisten konnte. Weil wir alle in ähnlichen Straßen wohnten, wußte jeder Nachbar, wie es aussah mit der Neuanschaffung, dem Gesparten, dem Wintermantel. Ich wurde in eine Gruppe eingeteilt, die im Akkord arbeitete; Gedinge nennt es der Bergmann. In dem Betriebsteil wurde in steiler Lagerung abgebaut, das heißt: der Kohleflöz verlief schräg von oben nach unten. Die Kohle, die mit den Preß-

lufthämmern gelöst wurde, lief allein abwärts, unten wurde sie in Wagen geladen. So ein Streb war rund hundert Meter tief. Einem gestandenen Bergmann wurde ich zugeteilt, um ihm bei der Arbeit zuzusehen.
»Auf«, grüßte er morgens.
»Auf«, grüßte ich.
Dann packte er seine Geräte zusammen, lud sich einen Schlauch über die Schultern und sagte nur: »Na, dann komm mal mit.«
Ich trottete hinter ihm her. Wir gingen durch den Streb. Plötzlich sah ich unter mir den gähnenden Abgrund. Noch kein Kumpel arbeitete. Deshalb war die Sicht noch nicht durch Staub beeinflußt. Ich klammerte mich an den Holzausbau, mein Kollege turnte sicher wie ein Affe durch das Gestänge.
»Was ist denn, wenn ich hier abrutsche?«
»Dann fällste runter.«
Er sah mich nicht an. Während er das sagte, hantierte er an dem Schlauch. Es war der Schlauch für die Preßluftzufuhr seines Abbauhammers. Ohne jeden Kommentar begann er dann seine Arbeit. Abgestützt auf Holzbauten bohrte er seinen Preßlufthammer in die Kohlenwand. Bald schon schwitzte er, sein breiter Oberkörper glänzte. Schon nach einer halben Stunde war der Körper schwarz; schwarz und glänzend. Einen solchen Zustand versuchten Lesebücher als schön und edel darzustellen, ich empfand das jetzt nicht. Ich dachte nur: der Kohlenstaub muß doch kratzen, besonders am Hosengürtel. Mit einer beachtenswerten Ausdauer kämpfte er um die Kohlenbrocken. In dieser Atmosphäre war kein Wortwechsel möglich. Ich hielt mich fest. Mein Gott, dachte ich, das schaffst du nicht, diese körperliche Kraft, Stunde um Stunde, ohne jede Erlah-

mung, und dann die Wendigkeit. Er baute zu seiner Sicherheit den Streb aus. Er sägte, bearbeitete das Holz mit dem Beil, die Maße stimmten, obwohl er nur mit dem Augenmaß arbeitete. Gelegentlich maß er mit den Händen.
Arbeitete er nicht korrekt, würde er abstürzen in diese dunkle Tiefe. Er war gezwungen, so zu arbeiten wie er arbeitete. Zwischendurch drehte er sich kurz um, er griff zu seiner Kaffeeflasche, er trank, dann lachte er mich voll an. Und schon ging es wieder weiter. Akkord, Akkord, er konnte dabei noch lachen. Ich dachte an die Bergmannsnummer, über die man oft in der Kneipe sprach. Es war die Geschichte des im Akkord arbeitenden Kumpels, der abends bei der Frau im Bett lag, die Hand auf die Pflaume legte und einschlief. Das war die Bergmannsnummer. Der bringt doch sicherlich nichts mehr, dachte ich. Der kippt doch mittags schon halbtot um, der pennt, frißt zu Abend, pennt weiter, der fickt nur sonntags. Und trotzdem lachte er richtig unbefangen und freundlich. Sollst du auch so werden? Das schaffe ich nicht, dachte ich. Wenn das das Ende der Lehre ist, verdammt, dann ist die schöne Zeit vorbei.
Ich sah dem Mann nur zu. Tag für Tag, sechs lange Wochen lang. Jeder Tag verlief gleich, wortkarg, ohne jede Unterhaltung, doch gehetzt von dem gesetzten Pensum. Das macht der dreißig Jahre so, warum rennt der nicht weg? Meine Situation schien mir schier ausweglos. Er freute sich am Mittag, daß wieder mal Schluß war, daß er in einem Monat soviel Geld verdient hatte, daß er Miete zahlen konnte für eine Wohnung, die nicht nach seinen Bedürfnissen gebaut war, daß er sich satt zu essen kaufen konnte, wobei die Quantität des Essens entscheidend war. Und daß er sich noch kleine Dinge des Konsums leisten

konnte, vielleicht insgesamt zwei Anzüge, einige Hosen, ein Dutzend Hemden, drei Paar Schuhe. Einmal sagte er samstags: »So, wieder eine Woche dem Tod näher.« Er sagte es sehr zufrieden, nicht mit der Angst, das schöne Leben verrinnen zu sehen. Es war seine Fortsetzung zu: »So, geschafft.« Wenn er es geschafft hatte, dann sah der Sonntag wohl so aus: länger schlafen, bis gegen zehn, frühstücken, Frühschoppen, Kumpels treffen und Bier trinken. Gegen eins wieder nach Hause gehen, essen, Schnitzel mit Rotkohl und Salzkartoffeln, gelben Pudding mit Eiweiß als Nachtisch. Dann eine Stunde schlafen, anschließend zum Fußball, je nach Spielausgang Bier trinken und dann nicht zu spät ins Bett. Spielte die Mannschaft auswärts, dann wurden Bekannte oder Nachbarn besucht. Der Nachmittag ging 'rum, irgendwie. Am Montag kam er dann, er sagte: »Auf.« Ich sagte: »Auf.« Er sagte dann: »Na, dann wollen wir mal wieder.« Ich sagte nichts und folgte ihm.
Ich fand die Arbeit als zu schwer für mich, als nicht zu schaffen. Jetzt waren wirklich die guten Zeiten vorbei, der Ernst des Lebens sollte jetzt tatsächlich mit dem Abschluß der Lehre beginnen. Dabei hatten wir das Ende der Lehre immer herbeigesehnt, weil es dann mehr Geld geben würde. Man brauchte nicht mehr vorher auszurechnen, ob man drei oder sieben Bier trinken konnte, und im Kino könnte man den teuren Platz nehmen, den zu einsfünfzig, ganz hinten. Und ein Motorrad für zünftige Spritztouren käme bald vor die Tür.
Aber als ich hinter ihm hing, so im Ausbau der Strebs, da lockten mich die Dinge nicht mehr so sehr. Der Platz zu einsfünfzig, das Motorrad, Bier soviel man wollte, mir war der Preis zu hoch.
Was sollte ich nach der Prüfung machen? Was er machte

auf keinen Fall. Das war zu schwer, zu schlimm, zu aussichtslos.
Die wichtigste Prüfung fand in der Schule statt. Beide Berufsschullehrer waren anwesend, dazu noch einige Ausbilder und der Betriebsrat. Die Herren nahmen vorn auf eilig herbeigeschafften Stühlen an der Stirn des Klassenzimmers Platz. In den Händen hielten sie Mappen, darin waren die Namen der Berufsschüler aufgezeichnet. Wer während des Unterrichts eine Frage beantwortete, bekam einen Punkt eingetragen. Deshalb kamen die Zeigefinger öfter hoch als sonst im Unterricht. Jeder wollte Punkte machen. Der Lehrer referierte, zwischendurch stellte er Fragen zu seinem Referat, oder er beendete einen Satz nicht. Ein Schüler mußte den Satz zu Ende sprechen, zumindest dem Sinne nach. War es richtig, beugten sich die Prüfer über ihre Mappen, um einen Punkt einzutragen. Dann wurde eine Rechenaufgabe gestellt. Es war eine lange Aufgabe, immer wieder wurde ein Schüler aufgerufen, um die Rechnung weiterzuführen. Ich war ein schlechter Rechner, sogar ein außergewöhnlich schlechter Rechner. Es war nicht exakt zu bemessen, aber ich glaube, ich war der schlechteste Rechner der Klasse. Somit hätte die Aufgabe für mich eine Stolperstelle sein können. Doch der Lehrer hatte mir vorher signalisiert: bei Rechenarbeiten käme ich nicht dran, nur bei anderen Fächern. Der Berufsschullehrer war ein menschlicher Lehrer.
Bis auf einen kamen alle durch die Prüfung. Das war deshalb blamabel, weil die Prüfungen im Bergbau nicht als besonders streng galten und die Ansprüche an die Schüler bescheiden waren. Damals zumindest. Wer durch eine solche Prüfung fiel, der konnte sich fast als schwachsinnig bezeichnen. So sahen es zumindest die anderen. Die anderen

in der Klasse. Der Durchgefallene machte die Prüfung nicht nach, er setzte sich unmittelbar danach ab, er ging als Freiwilliger zur Bundeswehr. Übrigens war er der erste Freiwillige in unserer Stadt.

Nach der Prüfung kam die Stunde der Entscheidung, denn jetzt sollte es ins Gedinge (Akkord) gehen. Es gab zwei Möglichkeiten: als sogenannter Schlepper zu arbeiten, das war eine Arbeit außerhalb des Akkord, die entsprechend schlecht bezahlt wurde, so um achtzehn Mark pro Schicht, die andere Alternative war das Gedinge (Akkord). Hier schien der Verdienst fast unbegrenzt, wie wir glaubten. Wer im Gedinge war, konnte sich schnell ein Motorrad kaufen, der hatte was vom Leben. Andere meinten, der hätte nichts vom Leben, weil er so schwer arbeiten mußte. Die meinten, es hätten diejenigen was vom Leben, die sich bei der Arbeit nicht kaputt machten und dafür in der Freizeit ein wenig bescheidener lebten. Ich gehörte zur zweiten Gruppe. Der Zwang des Geldverdienens war nicht gegeben, weil ich bei der Mutter wohnte und keine Miete zahlen mußte. Nur etwas für's Essen, nichts für die Wäsche. Ich wollte nicht ins Gedinge (Akkord), damit blieb mir der Weg zum großen Geld verbaut.

Aber das Unternehmen mußte erst bekunden, daß es mich auch als Schlepper haben wollte, Arbeit kann man sich gemeinhin nicht aussuchen. Zumindest nicht als Arbeiter. Alle, aber auch alle Entscheidungen werden in einem solchen Unternehmen woanders gefällt, nicht von dem Betroffenen selbst. Ich mußte zum Obersteiger. Das war nach Schichtende täglich einige Minuten möglich. Man mußte durch eine Steigerstube, und da mußte man fragen: »Ist der Alte da?« Wenn die nickten, mußte man anklopfen, und dann war man beim Alten. Alle sagten der Alte. Er

wußte es, er sprach sogar von sich selbst so, es war absolut keine Beleidigung, wenn man den Alten der Alte nannte. Nur direkt ansprechen durfte man ihn nicht mit dem Titel, dann mußte man sagen: »Herr Obersteiger.«
Mit einem Kollegen ging ich zum Obersteiger, um ihn zu bitten, als Schlepper arbeiten zu *dürfen*. Das Arbeitszimmer des Obersteigers gefiel durch Helligkeit. Der rote Fußboden glänzte, Neonleuchten gaben dem Zimmer viel Licht, an den Wänden hingen Karten von Grubenfeldern. Für mich waren das böhmische Dörfer. Ein großes Foto vom Pütt schmückte eine Wand, es war ein Foto aus den Gründerjahren der Zeche. Auf dem Schreibtisch befand sich ein Telefon, mehrere Ordner lagen übereinander, ein wichtiger, ein mächtiger Mann. Hier wurde mir gefühlsmäßig klar, wie klein man in diesem Betrieb war.
»Was gibt's?«, fragte er. Wir hatten die Helme abgenommen, zuvor hatten wir artig »Glückauf« und nicht einfach, wie sonst, »Auf« gesagt. An der Tür blieben wir stehen. Zwischen ihm und uns war ein Abstand von ungefähr sieben Metern, er bat uns nicht, doch näherzutreten, oder gar Platz zu nehmen.
Ich trug vor, daß mein Kumpel und ich nicht ins Gedinge wollten, wir würden gern als Schlepper arbeiten.
»In der Etappe gibt es genug. Wir bilden euch aus, damit wir hier Kohle fördern, für nichts anderes.«
Beide wußten wir nicht, was eine Etappe ist. Unsere Väter benutzten diesen Ausdruck selbst dann nicht, wenn sie vom Krieg sprachen. Sie sagten immer nur, die Offiziere lagen hinten, wo es nicht so knallte. Der Obersteiger war sichtlich verärgert. Wir hatten keine Argumente, unsere tatsächlichen Gedanken, nicht so schwer arbeiten zu wollen, konnten wir nicht vortragen. Anders zu argumentie-

ren, als man denkt, hatten wir nicht gelernt, also schwiegen wir. Wir blieben stehen und warteten auf eine Entscheidung.
»Na gut«, sagte er nach einer peinlich langen Pause, »am ersten April meldet ihr euch im Revier 22.«

Fein durchmogeln, Junge! Das Revier 22 war eine Arbeitseinheit, die Ausbesserungsarbeiten unter Tage durchführte, deshalb konnte hier niemand im Gedinge (Akkord) arbeiten. Die Arbeiter des Reviers 22 kannten keine mittlere Generation, es waren zumeist ältere Kumpel hier tätig, die für den Akkord nicht mehr taugten und für die Rente reichte es noch nicht. Nach über Tage wollten sie nicht, weil es bei der Arbeit unter Tage noch ein paar Mark mehr gab als oben. Sie hatten sich meist auch in den rund drei Jahrzehnten unter Tage an die Arbeit dort gewöhnt, keiner von ihnen wollte gern nach oben. Unten kannte er sich aus, er wußte, daß er die besten Jahre hinter sich hatte, jetzt galt es, sich möglichst schonend durch die letzten Jahre zu bringen. Und dabei kam ihnen die Erfahrung zugute. Oben, argumentierten sie meist, da könne man den Vorgesetzten nicht kommen sehen, da müsse man ständig aufpassen, um nicht während des Faulenzens ertappt zu werden. Unten könne einem das nicht passieren, niemand könne sich ungesehen nähern, dazu war es zu dunkel, denn jeder unter Tage mußte ein Licht tragen. Und Steiger, also Vorgesetzte, hatten ein anderes Licht als sogenannte gewöhnliche Kumpel, somit konnten sie keine überraschende Kontrolle vornehmen. Natürlich versuchten auch diese Vorgesetzten, die Arbeiten zu kontrollieren, es galt aber, jeden Trick zur Überwachung durch einen anderen Trick unmöglich zu machen.

Es gab im Revier Alte und Junge, denn ein paar junge Schlepper wurden den alten Kumpeln zugeteilt. Ich war dabei. Die mittlere Generation verschliß sich an den Kohlewänden, die Alten in diesem Revier paukten den Jungen ein, sich nicht durch besondere Leistungen hervorzutun. Das bringe gar nichts, die anderen Arbeiter schätzten das nicht, und die Vorgesetzten würden einen nur solange nach dem Strich bürsten, wie sie den Kumpel brauchten. Wenn er verbraucht sei, würde er weggeworfen. »Versuch dich durchzumogeln, Junge«, dieser Satz beendete fast jede Diskussion über die Arbeit, über die Aussichten, die man hatte. Die Aussichten? Darüber gab es wenig zu reden: Arbeiten, eine Frau besorgen, der ein Kind machen, schuften für Frau und Kinder, Rente, so schilderten es die Alten. Die Jungen: Geld verdienen, Motorradfahren, ein schönes Mädchen lieben, sie heiraten, dann ficken können, so oft man wolle. Naja, Kinder, die würden sich wohl nicht vermeiden lassen. Alt werden? Ach, das waren Dinge, die waren in weiter Ferne. Durchmogeln? Ja, damit konnte man sich anfreunden, damit man am Nachmittag nicht so zerschlagen war und man Zeit und Muße hatte mit einem Mädchen. Alle Gedanken kreisten damals um Mädchen, abweichende Pläne hatte niemand. Zwar wollte jeder hier im Grunde wieder raus, aber wohin?

Jeder wußte, daß seine Herkunft schon ein Hindernis war. Außerhalb unserer Region amüsierten sich die Menschen über unsere Aussprache, sie sagten, wir könnten mir und mich nicht auseinanderhalten. Aber dafür mein und dein, muckten wir auf, doch das war wohl mehr Trotz, nicht die Überzeugung. Der Tatbestand machte unsicher, nicht selbstbewußt. Und was konnten wir mitbringen nach außerhalb? Eine kärgliche Schulbildung für die nötigsten Dinge, eine Ausbildung, die in keiner Weise spezialisiert war, nur auf die geologischen Verhältnisse des Bergbaus. Aber Bergbau war wiederum nur regional begrenzt. Zwei Hände, mehr nicht für den Ernstfall. Und diese beiden Hände könnten sehr schwere körperliche Arbeit ausführen, doch schwere körperliche Arbeit wird nicht besonders gut bezahlt, sie rangiert ziemlich unten. Und Ansehen genießt kaum einer, der nur mit seinen Händen arbeiten muß. Das wußten wir, wer nur Arbeit anzubieten hatte, der galt nichts.

Und da gab es kein entrinnen, absolut nicht. Da konnte man nachdenken und nachdenken, es kam nichts anderes heraus: Du hast zwei Hände, ein wenig Schulbildung, mehr nicht, und damit kommst du nicht weit. Wegen dieser klaren Lage träumte man im Sommer von der Fahrt mit dem Fahrrad einfach weg, gegen Süden, weil Süden so unkonkret war. Deshalb dachte man so oft daran, als Folge des anderen Denkens, des Denkens über die Tatsache, daß man keine Chance hatte. Der Klassenverbleib galt als unumstößlich.

Deshalb hörte man es gern, daß der Bergmann an die Spitze der Lohnskala gehöre, weil er es verdiene. Irgendwo mußten wir Selbstbewußtsein haben ...

Die Gespräche mit den Alten mobilisierten nicht gerade, sie hatten als alte Füchse immer das Ziel, den jungen Füchsen ihre Kniffe beizubringen. Oder sie pflegten ihre Marotten. Einer war ein unbelehrbarer Nazi. Krüppel gehörten eingeschläfert, das wäre besser für sie, denn sie brächten ja nichts. In der Natur sei es genauso, ein Tier, das sich nicht durchsetzen könne, das gehe ein. Warum würden die Menschen da nicht konsequent sein, fragte er immer. Niemand antwortete, es lohnte sich nicht.

Zwei Kommunisten ließen den Vorgesetzten ständig auflaufen. Sie hielten Reden gegen ihn, doch er konnte es ihnen nicht nachweisen, weil man ihre Worte so und so auslegen konnte. Das wurmte den Steiger, mich freute es. Der Steiger ließ sich den Ärger aber nicht lange ansehen, er ließ sich mit ihnen gewissermaßen ein. Er frotzelte zurück, ih-

ren Arbeitsplatz nannte er nur noch den »volkseigenen Betrieb«. Auf eine gewisse Weise hatten sich die beiden aber durchgesetzt, der Steiger fuhr sie nicht an, wie andere. Wenn er von ihnen etwas wollte, dann sagte er ironisch: »Könnten wir den Arbeitsgang jetzt einmal durchdiskutieren?« Anders konnte er ihnen nicht mehr beikommen. So galt im Grunde die Maxime: Abhauen bringt nichts, man kommt nicht weit, weil man zu wenig hat. Abhauen – das war nur ein Traum, es waren Träume vom Süden, Träume, die einige Sommer lang kamen. Da der große Ausbruch nicht möglich war, hieß es, sich arrangieren, aus der Lage das Beste machen. Das mußte nicht direkt Anpassung sein, durchmogeln war die bessere Formulierung. »Mach keinen Aufstand, Junge«, sagte ein Alter zu mir, »es bringt hier nichts. Die ändern den Pütt nicht, weil du gegen Kleinigkeiten rebellierst, laß doch die Arschlöcher.« Seine Philosophie brachte er mir auch praktisch bei. Mit ihm mußte ich Bahnstrecken ausbessern. Bewegungen im Berg – so nannte man das Gestein – brachten Senkungen auf den Transportstrecken. Wir wurden telefonisch informiert, wenn ein Lokführer eine Senkung gemeldet hatte. Oft waren es kaum Senkungen, nicht der Rede wert, dann ging ich in die Luft und wollte den Schwachsinn anprangern. Dann sagte er: »Mach keinen Aufstand, Junge.«
Wir hatten wieder so einen Fall. Telefonisch waren wir zu einer Strecke gerufen worden. Wir verließen unsere Werkstatt, die Geräte für unsere Arbeit hatten wir uns auf den Buckel geladen, in der einen Hand die schwere Grubenlampe, in der anderen eine Hacke, deren langer Stiel als Stock diente. Wir mußten ungefähr eine Stunde lang laufen und dabei Kohlenzügen in den engen Strecken ausweichen. Endlich hatten wir die beschriebene Stelle erreicht.

»Hier muß es sein«, sagte er. Er nahm seine Hacke und kratzte in dem Boden, das machte er so zehn Minuten lang. Dann kam ein Kohlenzug. Als der Lokführer die Stelle passiert hatte, rief er uns zu: »Ja, das ist schon viel besser jetzt.« Tatsächlich war gar nichts gemacht worden, nur der Boden war aufgekratzt. »Mach' das Loch wieder zu.« Der Alte hatte die Absicht, hier nichts mehr zu tun. Ich wollte wieder rebellieren, doch er machte mir klar, daß es sich um Kleinigkeiten handle. Würde ich jetzt »einen Aufstand machen«, würde ich nichts erreichen, denn ich könnte das Loch nicht einfach wieder zuschütten, ich müßte tatsächlich Ausbesserungsarbeiten vornehmen, ohne dafür einen Pfennig mehr zu erhalten. Und die Lokführer würden mich künftig schneiden, als jemand, der sich wichtig mache, der andere anscheiße. Bequemer sei es, »diesen Idioten« glauben zu lassen, die Arbeit sei erledigt worden. Das leuchtete mir ein.
Immer stärker wurde so jeder Elan gebremst. Die Erfolgserlebnisse verlagerten sich: Wenn man unter Tage ein paar Leute austrickste oder über Tage eine neue Freundin hatte. Ich stellte fest, daß ich dabei war, meinen Frieden mit mir selbst zu machen, und das mit neunzehn Jahren. Wo es doch eine rebellische Zeit sein soll. Ein Großbetrieb erstickt jede Initiative, alles ist eingefahren, es ist geordnet nach dem einfachen Prinzip: für den Lohn zu arbeiten und nicht nachzudenken über die Gewinne, die man für andere erarbeitet. Die Gewinner unserer Arbeit waren zudem anonym, Aktionäre kennt man nicht persönlich. Die Vorgesetzten waren nur die »Kalfaktoren«, die im Ernstfall selbst getreten wurden, dieses System zu verändern war unmöglich.
Deshalb fühlte ich mich inzwischen in dem Revier wohl.

Hier wurde niemand gehetzt, ich hatte das Gefühl, ein ganz besonders günstiges Los gezogen zu haben, andere waren schlechter dran. Sie mußten für das Geld schuften, dabei unter schlechten geologischen Bedingungen. Es führte dazu, daß ich diesen Zustand nicht einmal als ungerecht empfand. Ich hatte eben Glück, die anderen hatten Pech. So einfach war das Weltbild geworden. Die alten Füchse hatten die jungen Füchse nach wenigen Wochen gut abgerichtet.

Fertigmachen Das Leben in dem Revier bekam eines Tages eine jähe Wende, denn ich mußte in eine andere Abteilung des gleichen Reviers wechseln. Diese Abteilung galt als unangenehm. Ich mußte überwechseln, ich wollte nicht freiwillig, doch ich war einem Vorgesetzten unangenehm aufgefallen. Galt doch immer die Parole: nur nicht auffallen, nicht anecken. Zwar eckte ich nicht an, doch ich fiel auf.

Ich wollte einen Wechsel auf eine Arbeitszeit am Nachmittag nicht mitmachen, weil ich in der Gewerkschaftsjugend engagiert war. Und gerade in der geplanten Woche hatten wir eine wichtige Veranstaltung. Da wollte ich mitmachen. Beides ging nicht: am Nachmittag die Veranstaltung und gleichzeitig die Arbeit. Ich suchte um Verlegung meiner Arbeitszeit auf den Vormittag nach. Diesen Wunsch mußte ich beim Steiger vortragen. Er schrieb den Wunsch auf, er konnte jedoch darüber nicht entscheiden, das konnte nur der Obersteiger, ein sogenannter Obermakker.

In unserem Betrieb war alles geregelt. Über fünftausend Menschen waren exakt in den Produktionsablauf eingeplant, wer da nicht mitmachte, fiel unangenehm auf. Ich fiel dem Obersteiger zunächst einmal nur auf. Er hatte von dem Steiger den Zettel bekommen, darauf stand mein Wunsch. Der Betriebsrat unterstützte den Antrag, das war dem Obersteiger aufgefallen. Vielleicht war das schon unangenehm, ich weiß es nicht.

Der Obersteiger wollte mich persönlich sprechen und anhören, um dann vielleicht nein sagen zu können. Er suchte mich deshalb in der Betriebsabteilung des Reviers auf. Mit ein paar Arbeitskollegen befand ich mich – unter Tage – in einem Geräteraum. Es waren nur noch ungefähr dreißig

Minuten bis zum Schichtende, Arbeit hatten wir keine mehr zu erledigen, der Tag war um. Meine Kollegen saßen auf Kisten, auch ich hockte auf einer. Wir unterhielten uns. Mit einem Mal sahen wir ein gebündeltes Licht, das Licht eines hohen Vorgesetzten. Er betrat plötzlich unseren Raum, blitzschnell hatten sich viele meiner Kollegen erhoben. Sie verstanden den Eindruck zu erwecken, als arbeiteten sie. Ich verstand das nicht, nach meiner Ansicht hatte der Obersteiger sowieso alle sitzen sehen. Deshalb schien es mir unsinnig, den Eindruck erwecken zu wollen, ich schaffte plötzlich. Das müßte ein erwachsener Mann doch durchschauen, dachte ich. Aber dieser Gedanke war falsch. Der Obersteiger dachte nicht so wie ich dachte. Und das wurde mein Verhängnis. Ich blieb auf der Kiste sitzen, das muß er als übelste Herausforderung empfunden haben.

Ein Obersteiger ist ein Oberaufseher, und Arbeiter sind dazu da, um zu arbeiten. Und der Oberaufseher hat zu sehen, daß sie arbeiten. Und wenn sie nichts zu arbeiten haben, dann haben sie so zu tun, als arbeiteten sie, damit der Oberaufseher sieht, daß sie arbeiten, denn dafür ist er da. Das hatte ich bis zu dieser Begegnung nicht so gesehen. Deshalb sah er in meiner Körperstellung schon einen Angriff auf seine Autorität, vielleicht auf seine Existenz als Obersteiger. Seine Augen blitzten tatsächlich zornig, das registrierte ich genau. Komisch, dachte ich noch, sowas gibt es wirklich, sie blitzen tatsächlich.

»Wie heißen Sie«, fragte er mit schneidender Stimme.

Ich nannte meinen Namen.

Seine Stimme schien sich zu überschlagen.

»Ich suche Sie ja gerade«, das hörte ich noch sehr deutlich. Er hätte auch sagen können: ausgerechnet der Lümmel,

der aus der Reihe tanzt mit der Arbeitszeit, der sitzt auch noch frech auf einer Kiste. Das sagte er so nicht, wahrscheinlich aber sinngemäß, nur sein letzter Satz blieb klar im Gedächtnis: »Sie melden sich heute nachmittag bei mir.« Das hieß oben, nach Feierabend, in seinem Büro. Mir war klar: Gegenüber einem sehr hohen Vorgesetzten ist normales Verhalten nicht normal.
»Junge, da hast du was gemacht.« Die Alten schüttelten mit dem Kopf. Selbst sie empfanden mein Verhalten als Herausforderung, sie waren so angepaßt, daß sie schon so dachten wie die Vorgesetzten wollten, daß sie dachten. »Der macht dich fertig«, sagte einer. Der andere hob die Hand und ließ zwischen Zeigefinger und Daumen einen winzigen Raum: »So klein macht der dich, mit Hut.« »Das läßt der sich nicht bieten.« Ich hatte aufgegeben zu argumentieren, sie dachten ganz anders als ich. Es war mir nicht mehr möglich, ihnen zu erläutern, daß ich ihm gar nicht die Stirn geboten hätte. Ich hatte ein mulmiges Gefühl. Da hat man sich völlig richtig verhalten, und das war total falsch. Ich wußte auch, daß jetzt etwas passieren würde, da mußte ich halt durch. Also, hin zum Obersteiger. Als ich in sein Büro wollte, wurde ich von einem Steiger abgefangen. Es war schon alles geregelt.
»Ab morgen früh melden Sie sich unten am Schacht. Sie sind versetzt worden. Dort können Sie künftig immer morgens arbeiten. Der Betriebsrat wird zufrieden sein.« Hohn klang aus der Stimme und sein Blick sagte: Du bist also der kleine Bursche, der den Obersteiger so gereizt hat. Warte, mein Bürschchen, dich machen wir hier ganz klein. Sicherlich dachte er auch wieder an die wenigen Zentimeter, die zwischen Zeigefinger und Daumen mit Hut noch blieben.

Wer in einem Großbetrieb einen ganz hohen Vorgesetzten zu einem Wutanfall gebracht hat, der trägt einen Makel, er ist das Kalb mit zwei Köpfen. Der hört plötzlich an jeder Stelle: Ach, du bist es, du bist der, auf den der Obersteiger so schimpft. Komisch, du siehst so normal aus. So also sieht der Mann aus, der hier im Betrieb Selbstmord begehen will. Mal sehen, wie der in wenigen Wochen aussieht, sicherlich ganz klein mit Hut.

Von jetzt an war ich der Mann, der fertiggemacht werden sollte. Ich meldete mich am nächsten Morgen unten am Schacht. Der Aufseher erwartete mich schon. Er hatte die Funktion des Erfüllungsgehilfen, des Durchtreters. Der Obersteiger, ein gefürchteter Mann, wollte, daß der fertiggemacht würde, und er, der Aufseher am Schacht, der hatte mich fertigzumachen, obwohl er nicht ausdrücklich diese Order bekommen hatte. Aber er wußte, was die oben wollten, was man mit einem zu machen hat, der so etwas gemacht hatte. Alles hat im Betrieb seine Ordnung, auch die Ordnung des Fertigmachens ist geregelt.

»Naja, da Du ja nur morgens arbeitest, kannst Du ja nicht wechseln.«

Eine Binsenweisheit des Aufsehers, doch mit der Binsenweisheit leitete er eine Gehässigkeit ein.

»Deshalb kann ich Dich nur direkt am Schacht beschäftigen, Du mußt dann die Wagen abziehen.« In der neu eingeteilten Gruppe gab es verschiedene Arbeiten, leichtere und schwerere. Die schwerste und mieseste Arbeit war direkt am Schacht. Dort kamen mit präziser Genauigkeit die Förderkörbe heruntergeschossen, ein eisernes Tor öffnete sich, schwere Wagen mit Steinen beladen verließen den Förderkorb. Sie mußten mit der Hand noch ein wenig nachgezogen werden, es mußte darauf geachtet werden,

daß sie nicht aus den Schienen sprangen. Sprangen sie aus den Schienen, mußten sie wieder hochgebockt werden. Aus dem Schacht schoß eine kalte, zugige Luft, denn gleichzeitig wurde der Betrieb unter Tage durch dieses Erdrohr belüftet. In den Wintertagen war mein Standort der kälteste im ganzen Betrieb. Schutzlos stand ich in dem kalten Zug. Selbst wenn es übertrieben klingt: im Schacht hingen meterlange Eiszapfen, so kalt war es hier. Wer direkt am Schacht arbeitete, der wurde nach einer Woche ausgewechselt, dann mußten andere eine Woche hier arbeiten. Dann wurden diese wieder ausgewechselt. Wer in der Abteilung beschäftigt war, kam vielleicht alle acht Wochen mal dran, also alle acht Wochen eine Woche in der Kälte, jede Minute springen und Wagen abziehen. Für mich gab es keine Abwechslung, ich blieb am Schacht verbannt. Das war das Sibirien des Pütts.
Die Arbeit begann direkt am Morgen nach der Anfahrt der Bergleute. Bis gegen sechs Uhr zwanzig fuhren die Bergleute nach unten, dann begann die Kohlenförderung. Mit dicken Handschuhen stand ich am Schachtausgang, links verschwand der Förderkorb mit Kohlenwagen beladen ruckartig nach oben, er schoß fast aus dem Stand hoch. Ein leichtes Surren war zu hören, ich sah ein Seil pendeln, ein paar Sekunden Pause, der kalte Zugwind pfiff. Es gab keine Möglichkeit, dem Wind auszuweichen. Hier konnte ich auch kein Schutzschild aufbauen, nach ein paar Sekunden war der Förderkorb auf der rechten Seite schon da. Das eiserne Tor öffnete sich automatisch, mit lautem Lärm wurden die leeren Wagen aus dem Korb geschoben, sie rumpelten an mir vorbei. Zwei im obersten Satz des Förderkorbes, ein Klingelzeichen, der Korb hob leicht an, der nächste Satz. Wieder wurden zwei leere Wagen vom Korb

geschoben, mit Kohle gefüllte Wagen drängten die leeren raus, ich zog sie an die Seite fassend an, sie bollerten weg. Beim Abziehen der Wagen war ich dem Windzug noch mehr ausgesetzt, weil ich dann ganz nahe am Schacht stand. Wieder ein Klingelzeichen, der Korb hob erneut leicht an, der dritte Satz war fällig. Der gleiche Ablauf, wieder Wagen abziehen, genau die gleiche Kälte, der gleichmäßige kalte Zug, Klingelzeichen, der vierte Satz. Wieder rumpelten die Wagen an mir vorbei, zwei volle füllten den letzten Satz des Korbes, jeder Korb hatte vier Sätze, also vier Etagen. Jetzt schloß ich das eiserne Gitter selbst. Aus dem Stand schoß der Korb nach oben, wieder sah ich in dem dunklen Schacht die unteren Seile pendeln. Ich trat für einige Sekunden zurück, um dem Windzug auszuweichen. Ich meinte, er sei nach zwei Metern Abstand vom Schacht nicht mehr so stark. Vielleicht glaubte ich es auch nur. Dann war der nächste Korb da. Das eiserne Tor öffnete sich, zwei schwere Steinwagen wurden aus dem Satz geschoben, dunkel polternd schoben sie sich an meiner Seite vorbei. Klingelzeichen, der nächste Satz, die gleiche Arbeit, der beißende kalte Zug, wieder das Klingelzeichen, der nächste Satz, der dritte. Wieder die beiden Wagen, wieder das Klingelzeichen, wieder das leichte Anheben des Förderkorbes zum nächsten Satz, zum vierten. Klingelzeichen, Eisentor vorschieben, zurücktreten, einige Sekunden warten, der nächste Korb war da. Vergangen waren mit der Abfertigung von zwei Körben insgesamt vielleicht drei Minuten, zehn Prozent einer halben Stunde; drei Minuten von vierhundertachtzig Minuten, denn vierhundertachtzig Minuten dauerte die Tortur pro Tag. Acht Stunden lang, die gleichen Bewegungen, schwere körperliche Arbeit, schneidende Kälte, Dreck in

den Augen. Und das Bewußtsein: das mußt du machen, weil ein Obersteiger es so will. Niemand hilft dir, im Gegenteil, wer sowas machen muß, gilt als schwach, als bestraft, an dem kann sich ein Aufseher auslassen.
Nicht etwa mit wüsten Beschimpfungen, dagegen könnte man sich wehren, die Aufseher bedauerten immer wieder, daß ich diese Arbeit machen müßte, weil ich ja nicht auf die Mittagschicht wechsle. Sie würden mich ja gern auch einmal auswechseln, aber ich müßte doch selbst einsehen, daß das nicht ginge. Das trugen sie mir freundlich vor, doch ihre Freundlichkeit war reiner Zynismus. Ich weiß nicht, ob der Obersteiger es so wollte, vielleicht dachten sie, daß er es so wollte. Der Obersteiger selbst hielt sich sehr oft am Schacht auf. Es war die Nahtstelle des Betriebes, hier konnte der Nerv der Produktion getroffen werden. Gab es hier Pannen, konnten die Kohlenhauer zwar schuften, aber die Kohle kam nicht nach oben, das war der wichtigste Engpaß, der Zentralnerv. Deshalb wurde hier die Unterordnung unter die Produktion besonders hart betrieben. An kaum einer Stelle war der Arbeitsrhythmus so vorgegeben wie hier, die Korbfolge in Abständen von wenigen Sekunden, erster Satz, wenig Sekunden, blitzschnell zupacken, ein hastiger Blick: Die leeren Wagen waren raus. Das Klingelzeichen, kurz und schnell, schon zog der Korb an, zweiter Satz, hastig, schnell, geübte Griffe, ein Blick, ein Zeichen, schon hob er ab zum dritten Satz. Die gleiche Prozedur mit gleicher Hast, die Griffe saßen wie beim Gewehrpräsentieren in der Paradearmee. Der vierte Satz, das Eisentor schließen, vielleicht zwanzig Sekunden Pause. Wenn die Abfolge nicht so klappte, konnte das errechnete Födersoll nicht geschafft werden, mit jeder kleinen Panne kamen zwei Tonnen weniger nach oben. Jeder Korb hatte acht Tonnen, der Satz demnach zwei.

Da kam die Lust auf, den Betriebsablauf zu stören: In die Luft sprengen und so. Das war aber nicht möglich, es gab zu wenig Möglichkeiten, hier zu stören. Der einzig schwache Punkt des Ablaufs war kaum zu beeinflussen: wenn die Wagen aus den Schienen sprangen. Sprang aber einer aus den Schienen, dann freute ich mich. Dann versuchte ich alles, damit er nicht wieder so schnell in die Schienen kam. Ich tat dann so, als bemühte ich mich, ihn mit einem Heber hochzukriegen, tatsächlich bemühte ich mich aber gar nicht. Ich spielte nur Anstrengung im Gesicht, nichts tat sich. Es wurde vom Aufseher Hilfe herbeigeholt. Statt den Wagen mit vereinten Kräften zu heben, drückte ich ihn runter, das alles verzögerte den Ablauf. Es mußten noch einige Personen geholt werden, während dieser Zeit stand die gesamte Förderung still, nichts tat sich. Ich frohlockte innerlich. War der Obersteiger selbst in der Nähe, lief er vor Nervosität um den Wagen, das freute mich. Wenn es dann gar nicht klappen wollte, dann setzte er sich selbst ein. Er versuchte, mit beiden Händen mitzuheben, und das war schon ein Ereignis!

Ich glaube, dann versuchten andere auch, ihn mal schuften zu lassen. Darüber habe ich nie mit meinen Kumpeln gesprochen, doch ohne Absprache werden einige auch nur so getan haben, als würden sie sich bemühen, damit der Obersteiger mal von Zeit zu Zeit erfahre, was körperliche Arbeit ist. Es waren die kleinen Kniffe der Unterdrückten gegen den persönlichen Unterdrücker. Der Obersteiger führte Unterdrückung nur fort, er wurde von der Betriebsleitung auch getrieben. Aber selbst die Betriebsleitung war nicht Besitzer des Unternehmens, die richtigen Unterdrücker, die kannten wir gar nicht.

Unter den Umständen war die Arbeitszeit von acht Stunden ungewöhnlich lang. Weil es keine Unterbrechung gab, keine Abwechslung, Pannen passierten selten, denn das waren die einzigen Abwechslungen. Wenn ich Feierabend hatte, genoß ich beim Waschen besonders lange das warme Wasser unter der Dusche. Ich hatte einen ganz kalten Körper, der bekam unter der Dusche erst wieder Leben. Ganz allmählich, langsam, aber es war angenehm, ganz allmählich die Rückkehr des Lebens zu spüren. Wenn ich nach Hause kam, war ich müde. Direkt nach dem Essen legte ich mich hin. Dann schlief ich erst einmal bis kurz vor achtzehn Uhr. Gegen achtzehn Uhr wurde wieder gegessen. Dann ging es in die Stadt, zum Kino oder zur Freundin. An einigen Tagen in der Woche ging ich ins Gewerkschaftsheim. Hier gab es Veranstaltungen, Diskussionen, Besprechungen, Planungsgespräche für gemeinsame Vorhaben. Spätestens um zweiundzwanzig Uhr lag ich im Bett, denn schon vor fünf Uhr rasselte wieder der Wecker.

An den Sonntagen wurde es mir am späten Nachmittag meist übel, dann dachte ich fast ununterbrochen an den Montag, an den zugigen Schacht, den Rhythmus der Korbfolge und an die Tatsache, daß ich fertiggemacht werden sollte.

Die Qualen des Sommers Urlaub gab es vierzehn Tage im Jahr. Jeder war bemüht, seinen Urlaub im Sommer zu bekommen. Man mußte den Urlaub beantragen, über die endgültige Zeit entschied der Betrieb, nach seinen Interessen. Im Winter nahm niemand Urlaub, selbst der Begriff Wintersport war kaum bekannt. Man wußte aus Illustrierten: reiche Menschen machen im Winter Urlaub, und Winterurlaub war ein besonders teurer Urlaub. Die wenigsten fuhren während des Urlaubs weg. Viele verbrachten ihn zu Hause, dann schliefen sie sich aus. Einige fuhren tagsüber in den nahen Wald, wenn es dort ganz still war, weil die anderen arbeiten mußten. Andere besserten in dieser Zeit den Taubenstall aus, oder den Gartenzaun. Ein Nachbar tapezierte dann seine Wohnung. Die Eltern waren es nicht gewohnt, im Urlaub wegzufahren.

In meiner Generation wurde es anders. Der Pütt machte es möglich. Wir fuhren klassenweise nach Borkum oder nach Schellenberg bei Berchtesgaden. Während des Urlaubs wohnten wir in Zimmern zu fünfzehn, mit doppelstöckigen Betten, mit Aufsehern vom Pütt, gedeckelt mit den Drohungen, strafweise nach O. geschickt zu werden, wenn wir uns nicht angemessen verhielten.

Aber man kam raus. Die Rückkehr war jeweils schlimm. Die Wiedereinführung in den Rhythmus des grauen Lebens zu Hause, der Sommer wurde zur Qual. Im Sommer wuchs das Bedürfnis, hier abzuhauen, einfach nicht mehr zum Pütt zu gehen. Das Fahrrad nehmen, einige Sachen draufpacken, ein Zelt vielleicht, ein paar warme Sachen, sonst nichts. Man hatte ja auch nicht mehr. Es war nicht teuer, seine Zelte in O. abzubrechen, materielle Werte hatte niemand, kein Haus, kein Gut, nicht einmal Möbel. Was man tatsächlich besaß, das konnte man transportieren. Also konnte es heißen: weg hier, einfach alles abbrechen, die Vergangenheit abstreifen wie die staubigen Schuhe nach der Wanderung. Aufs Fahrrad steigen und wegfahren, ohne ein Ziel. Einfach nach Süden fahren, wo alles leichter ist, sonniger, grüner, fröhlicher. Einfach morgens wegfahren, vorbei an den gebeugten Figuren, die murrend zur Zeche gingen, die kaum grüßten, kaum miteinander sprachen, sich kaum ansahen, kaum lebten. An ihnen vorbei, unbeschwert und frei, sie überholend, wenn sie gebeugt zur Zeche gehen, ab in Richtung Süden. Durch die Ortsmitte, langsam einen Hang hoch, bis zum Ortsrand, dann einbiegen in die sogenannte Verbandsstraße. Die große Straße, die zu anderen Städten führt, die größer und schöner sind als unsere. Wo mehr los ist. Wenn man auf dieser Straße ist, dann blickt man noch einmal nach rechts, zurück auf den Ort, der rechts leicht abfallend in einer Mulde liegt. In der Mitte des Ortes der gewaltige Pütt, alles überragend, auch die Kirchtürme, damit jeder sieht, wer hier in dem Ort den Takt bestimmt: der Pütt, der langgestreckt und gewaltig in der Stadt liegt. Er wird weißen Dampf ausstoßen. Ein Zeichen, daß die anderen seiner Sirene gefolgt sind, die anderen, die sich nicht frei machen konnten, die keinen Mut hatten, beim Taubenschlag blieben, bei der Freundin, die deshalb immer langweiliger wurde, weil sie über ihre Schwierigkeiten redete, über ihren Ärger mit der Chefin im Betrieb, dem Vater, der sie am liebsten einsperren möchte, der Mutter, die zu oft von Hochzeit spricht. Die Freundin, die immer wieder Angst vor dem Kinderkriegen hat, obwohl man es schon seit Monaten mit ihr treibt, die immer nach den Gummis fragt, oder ob man ihn auch ganz bestimmt vorher rausziehe. Soll sie einen anderen langweilen mit ihren Problemen, mit ihren Ängsten beim Vögeln. Gut, die Mutter wird heulen, weil sie nicht weiß, was Freiheit bedeutet, sie kennt die Welt ja gar nicht. Hat sie schon mal die Alpen gesehen? Auf Postkarten. Hat sie schon mal ein bayerisches Gasthaus gesehen? Wo man in der Gaststätte essen kann? Nein, hat sie nicht. Sie kennt nur die Bierkneipen. Und von denen hält sie nichts. Hat sie schon mal den Rhein gesehen? Nein, hat sie nicht. Den Kölner Dom? Auch nicht. Nicht einmal das Sauerland, höchstens mal den Möhnesee. Sie hat ein wenig von dem geschnuppert, was jetzt vor einem liegt, direkt vor dem Vorderrad.

Und das läuft geradewegs in Richtung Süden, wo es Wälder gibt, durch die man erst nach Tagen kommt. Wo es grüne Wiesen gibt, die an keiner Stelle durch eine Fabrik zerstört sind, wo es überhaupt keine Fabriken gibt. Und da haben sie immer eingehakt: Keine Fabriken, also keine Arbeit, keine Arbeit heißt Armut, Armut heißt Hunger. Und merkwürdiger Weise heißt es auch frieren. Aber frieren doch nicht im Süden, denn Süden heißt Sonne, immer schönes Wetter, gute Laune, Lebensfreude, saftige Weiden. Wenn es mal regnet, dann nur, um die Weiden noch grüner werden zu lassen. Das alles gilt es zu erreichen. Morgen früh mit dem Fahrrad. Oder spätestens übermorgen, oder überübermorgen, im Herbst, im nächsten Jahr, auf jeden Fall im nächsten Sommer . . .

Nach mehreren quälenden Sommern ging es dann nicht mehr, weil die langweilige Freundin die Frau geworden war, weil er doch mal zu spät herausgezogen wurde, weil es Möbel gab. Hätte man sich damals im Sommer einfach aufs Rad geschwungen und wäre gefahren, einfach nach Süden . . .

Der Unfall Der Unfall passierte an einem Dienstag, einem Karnevalsdienstag, also einen Tag nach Rosenmontag. In der zweiten oder dritten Stunde nach Arbeitsbeginn. Der Mann, der tödlich dabei verunglückte, hieß Karl-Heinz Zawar, wir nannten ihn Fänna. Niemand wußte, was Fänna hieß, aber er hieß so und keiner konnte begründen, warum Fänna Zawar Fänna genannt wurde.

Karl-Heinz Zawar war unser Nachbar, zwei Häuser gegenüber, rechts, da hatte er gewohnt. Er war älter als ich, so alt wie mein Bruder. In den Kindertagen war ich oft in der Wohnung seiner Eltern, die auf mich achteten, wenn meine Mutter mal unterwegs war. Die Eltern verkehrten miteinander. Zawars hatten einen kalten Flur, sie wohnten in der ersten Etage. Da mußte man einen Flur hinaufgehen, der war immer sehr sauber und roch nach Bohnerwachs, er glänzte, er war wenig sympathisch. Wenn man die Haustür geöffnet hatte, kläffte ein kleiner Köter mit einer sehr hellen Bellstimme. Es war ein Zwergpintscher, klein, hastig, keifend, aufgeregt, aggressiv und ängstlich, ständig zitterte er. Er hatte herausstehende Augen, die ärgerlich funkeln konnten. »Bistu ruhig, bistu ruhig«, das sagte dann immer die Mutter von Fänna Zawar, doch der Köter war nicht ruhig. Im Laufe der Zeit beruhigte er sich dann wieder. Er lag dann hinter dem Ofen. Der Hund war schwarz und hatte bräunliche dünne Beine sowie ein kurzes Stummelschwänzchen. Fänna Zawar saß meistens auf dem braunen Ledersofa. Er war klein und rundlich, eigentlich hatte er eine verkehrte Gesichtsform. Während normalerweise die Gesichter unten schmal und oben breiter sind, war es bei ihm umgekehrt, die Wangen hingen voll durch, er hatte unterhalb des Mundes eine dunkelbraune

Warze. Die fiel auf, jeder hätte sie als Beschreibungsmerkmal angegeben, wenn Fänna Zawar je flüchtig geworden wäre. An seinem Hinterkopf hatte er eine Narbe von vielleicht vier Zentimetern Höhe, schmal und weiß. Eigentlich hatten viele Menschen dort eine Narbe, sie waren irgendwann mal auf den Hinterkopf gefallen. Fänna Zawar aber nicht. Bei einem Indianerspiel hatte ihn ein Speer genau in den Hinterkopf getroffen, so erzählte es mein Bruder. Dabei soll er geblutet haben, »wie eine kleine Sau«, die gerade abgestochen worden sei. Und so soll er auch gequiekt haben. Fänna Zawar soll ein Pechvogel gewesen sein, sagte mein Bruder. Wenn irgendwann mal ein Stein vom Himmel fiele, er würde genau Fänna Zawar auf den Kopf fallen, und wenn es mitten in der Wüste passiere. Das Unglück suche ihn geradezu. Denn auch der Indianerspeer sei eigentlich nur auf einen Busch geworfen worden, als aber der Speer schon in der Luft gewesen sei, da sei Fänna Zawar aus eben diesem Gebüsch gekommen und sei voll in den Speer gelaufen. Einem anderen wäre das nicht passiert, meinte mein Bruder.
Fänna Zawar war ein Einzelkind. Er hatte nicht das Unglück gepachtet, meinte ich, im Gegensatz zu meinem Bruder. Denn Fänna Zawar hatte immer besondere Spielsachen, seine Eltern waren aufmerksam, umhegten ihn. Irgendwo gab es ein Bild, darauf war ein Junge gezeichnet, im Ohrensessel sitzend, einen Schal um den Hals, der Junge hatte Pantoffeln an, Ziegenpeter hatte er. An diesen gezeichneten Jungen erinnerte er mich, zwar hatte er nie Ziegenpeter, aber umhegt wurde er, und sein Ledersofa hätte auch ein Ohrensessel sein können.
Fänna Zawar hatte keinen besonderen Freund. Er spielte auch selten mit einem Jungen oben in der Wohnung. Die

Wohnung war zu sauber, da fühlte sich auch niemand wohl. Er spielte oft tagelang allein oben, er sonderte sich aber grundsätzlich nicht ab, im Gegenteil. War er unter uns, unterhielt er die Kinder, er war putzmunter, launig, bei allen Schandtaten vorn dabei. Er wurde deshalb auch öfter erwischt als andere. Meine Mutter erzählte mir, er esse jeden Abend ein Stück Fleischwurst. Polnische heißt diese Wurst im Revier. Ein Stück Polnische soll er seit Kindestagen gegessen haben, Abend für Abend.
Direkt nach dem Krieg kam Fänna Zawar aus der Schule. Da gab es keine Wahl, Fänna Zawar ging wie die anderen auch zum Pütt. Er wurde Bergmann wie sein Vater Nikolaus, der aber nur Nickel gerufen wurde. Fänna Zawar hätte wenig Chancen gehabt, sich damals schon zu entwikkeln. Er soll nur ein durchschnittlicher Schüler gewesen sein, er war aber beliebt, bei den Klassenkameraden, weniger bei den Lehrern. Die hätten sich gegen seinen Witz oft nicht wehren können, erzählten die älteren Jungen. Bis zur Schulentlassung hat er von seinem Einzelkinddasein profitiert, er hatte einfach schönere Spielsachen, seine Eltern konnten sich mehr um ihn kümmern. Denn Einzelkinder gab es sonst nicht in der Straße, zwei war wohl so eine Art Mindestpflicht.
Fänna Zawar hatte Tauben. Ob er auch ein erfolgreicher Taubenzüchter war, weiß ich nicht. Ich weiß aber, daß die Eltern ihm gute Tauben gekauft haben. Fänna Zawar war wie fast alle ein Anhänger unserer Fußballmannschaft, er kratzte sein Geld zusammen und besuchte sogar Auswärtsspiele. Wir hörten gern zu, wenn er montags davon erzählte. Dann standen wir abends auf der Straße, die Größeren tranken schon eine Flasche Bier, wir durften zuhören. Fänna schilderte jede Szene des Auswärtsspiels, viel

besser als es in der Montagszeitung gestanden hatte. Alle wußten: er übertreibt, aber er übertrieb gut. Als es mit unserer Mannschaft abwärts ging, kamen immer weniger Zuschauer ins Stadion. Man drängte sich nicht mehr, es waren die Treuen geblieben. Die trafen sich stets auf dem gleichen Rang, sie standen Sonntag für Sonntag in der selben Ecke des Stadions. Wo Fänna Zawar stand, gab es immer eine kleine Menschentraube von Leuten, die ihm zuhören wollten: Wenn er kommentierte, wenn er den Zuschauern Ereignisse schilderte, die sich tatsächlich gar nicht abspielten, Pässe beschrieb, die gar nicht so geschlagen wurden.

Bei einem schweren Abstiegsspiel fiel kurz vor Ende ein entscheidendes Tor gegen unsere Elf. »Guck mal der Fänna«, rief jemand. Er stand im Stadion, seinen Hut nach vorn geschoben, er war so traurig, aber wir lachten über ihn.

Bestimmt war er wirklich betroffen von diesem Tor, doch auf andere wirkte sein Gesichtsausdruck erheiternd.

Fänna Zawar hatte viele kleine Situationen des persönlichen Pechs. Es waren kleine Pannen im Alltag eines jungen Menschen, nicht dramatisch, aber eben unglücklich. Durchstand er eine blöde Situation, gab es ihm gegenüber keine Schadenfreude. Zwar lachten wir über den Vorgang, aber nicht darüber, daß es ihm passiert war.

An einem späten Februarabend hatte es plötzlich geschneit. Es schneite in unserer Gegend selten. Wenn es mal schneite, dann war die Freude besonders groß. Obwohl es an diesem Februartag schon dunkel war, durften die Kinder zu einer Schneeballschlacht am Abend noch einmal das Haus verlassen. Fänna Zawar hatte eine Stabtaschenlampe mit mehreren Batterien. Ihr Lichtstrahl konnte verfolgt werden, bis er sich im dunklen Himmel verlor. Als Besitzer der Taschenlampe konnte er zwar die Gegner blenden, doch gleichzeitig bot er sich für einen Teil der Schneeballwerfer als Zielscheibe an. Nach meiner Erinnerung müssen wir uns in der Dunkelheit stundenlang mit Verfolgungen beschäftigt haben. Wir jagten über die dunklen Höfe der Bergmannshäuser. Plötzlich rief Fänna Zawar: »Aufhören.« Und dann: »Wo ist meine Taschenlampe?« Sie wurde gefunden. Er beleuchtete seine Hand und sagte dann im doppelten Sinne des Wortes: »So eine Scheiße!« Fänna Zawar hatte einen besonders harten Schneeball kneten wollen. An der Einbuchtung eines Hauses fand er in der Dunkelheit eine Tüte. Diese Tüte hatte er in einen Schneeball einkneten wollen, damit der Ball eine besondere Härte bekommen sollte. Das geschah in der Dunkelheit. Seine Taschenlampe hatte er wohlweislich beiseite gelegt, er wollte nicht als Zielscheibe erkannt werden. Nach einiger Zeit des Knetens wurde er stutzig, weil der Ball nicht härter wurde, im Gegenteil, er blieb seifig weich. Deshalb hatte er dann nach seiner Lampe verlangt. Fänna Zawar hatte sich vergriffen. Irgend jemand hatte in die Tüte geschissen. Er hatte die Tüte dann unter dem Schnee gefunden und zerdrückt. Die Scheiße quoll durch seine Finger, alles lachte, aber nicht, weil es ihm passiert war. Selbst wenn man sagte, er sehe aus wie ein Schwein, so hatte das nicht die übliche Härte. Fänna Zawar war klein und gedrungen, die Kopfform ist schon beschrieben worden. Wichtig für den Begriff Schwein war noch der Tatbestand, daß er keinen Hals hatte. Er wirkte so, als säße der große runde Kopf mit der Verdickung nach unten direkt auf den Schultern. Fänna Zawar hatte auch eine Freundin. Wir alle schätzten, daß es die einzige war, die er je hatte.

Und die hat er dann auch früh geheiratet.
Kennengelernt hatte er sie, wie es bei uns nicht unüblich war: sie war die Verwandte von Nachbarn. Die Nachbarkinder hatten Tauben wie er, somit bestand eine Verbindung. Dann war sie mal zu Besuch gekommen. Sie kam aus dem Westfälischen, direkt aus dem Münsterland, wo es keinen Bergbau gab, wo die Väter aber oft im Ruhrgebiet arbeiteten. Der Ort lag höchstens zehn Kilometer von einer Schachtanlage entfernt. Die Männer aus dem münsterländischen Städtchen kamen täglich mit einem Bus. Bauern wurden sie bei uns genannt.
Zu diesen Bauern hatte es Fänna Zawar gezogen, er mochte wohl das Bäuerliche, sicher mehr als den Bergbau. Offensichtlich fühlte er sich im Münsterländischen wohl. Wenn keine Fußballspiele bei uns stattfanden, verbrachte er den ganzen Sonntag dort. So manche ironische Bemerkung überhörte er, die Kollegen aus seiner Jugendzeit waren vielleicht auch ein wenig eifersüchtig, weil er diesen Ort unserem vorzog.
Als er dann geheiratet hatte, wohnte seine Frau zunächst noch bei ihren Eltern, er bei seinen. Man wartete, bis eine Bergmannswohnung frei würde, Wohnungen wurden vom Betrieb angewiesen.
Fänna Zawar arbeitete zur Zeit seines tödlichen Unfalls in einem besonders heißen Bereich unter Tage. Für eine Anzahl von Schichten unter den Bedingungen der unerträglichen Hitze gab es eine sogenannte Freischicht. Fänna Zawar hatte eine gut, an eben jenem Karnevalsdienstag wollte er seine Freischicht nehmen. Man konnte sie sich aber nicht so einfach nehmen, man mußte sie beantragen. Bekam man eine Genehmigung, konnte man zu Hause bleiben. Meinte der Steiger, der Arbeiter sei am Tage der

Antragstellung nicht zu entbehren, mußte er arbeiten. An diesem Karnevalsdienstag wurde in dem westfälischen Ort ein Karnevalsumzug organisiert. Das war seit Jahrzehnten schon so. Von seinem Naturell war Fänna Zawar dem Karneval zugänglich, auch den Karnevalszügen. Den wollte er gewissermaßen zweimal genießen: Am Rosenmontag bei uns in O., da gab es einen recht kümmerlichen, und Dienstags bei den Verwandten seiner Frau im Münsterland.

Fänna Zawar wollte dafür seine Freischicht. Er ging morgens an den Schalter, an dem der Reviersteiger für die Arbeiter seines Reviers zu sprechen war. Fänna Zawar wollte sich einen Schein für die Freischicht geben lassen. Er bekam ihn nicht. Er werde gebraucht, hatte der Steiger gesagt. Er, der Steiger, habe nicht genug Leute, es werde jeder Mann benötigt, Fänna Zawar könne die Freischicht später bekommen, nicht heute, am Karnevalsdienstag. Mein Bruder arbeitete mit Fänna Zawar im gleichen Revier. Vor Kohle, wie es hieß. Vor Kohle waren jene, die direkt an der Kohlenwand arbeiteten. Fänna Zawar arbeitete eine Station über meinem Bruder, jeder hatte einen bestimmten Abschnitt zu bearbeiten.

Der Kohlenflöz verlief schräg von oben nach unten, deshalb arbeitete Fänna Zawar über meinem Bruder. Die letzte Stunde des Fänna Zawar hat mein Bruder neben ihm erlebt. Sie kannten sich von Anfang an, denn beide hatten, seit sie sich erinnern konnten, nur auf dieser einen Straße in O. gewohnt. Jeder kannte die Stimmungen des anderen, wußte ihn einzuschätzen. Entgegen seiner Art war Fänna Zawar in der letzten Stunde seines Lebens unzugänglich, knurrig, abweisend. Verständlicherweise ärgerte er sich darüber, daß er an diesem Tag arbeiten mußte. Er war auf den Karnevalszug eingestellt und hatte keine Lust, stattdessen in der Hitze zu arbeiten. Was Fänna Zawar aber auszeichnete, war die Tatsache, daß er mit einem ihm eigenen Humor solche Situationen zu meistern pflegte. Selbst wenn er sich ärgerte, gab es für andere was zu lachen.

Fänna Zawar und mein Bruder fuhren nach unter Tage, wortlos standen sie nebeneinander auf dem Förderkorb. Als sie durch die Strecke unter Tage gingen, suchte Fänna Zawar keinen Kumpel, mit dem er flachsen konnte, er ging allein, blickte zu Boden, kapselte sich ab. »Fänna, ist was?« hatte mein Bruder gefragt. Ihm war das Verhalten von Fänna aufgefallen. »Ach, Scheiße«, hatte er nur gesagt, aus seiner Haltung war abzuleiten, daß er nicht weiter reden wollte, er wollte in Ruhe gelassen werden.

Schweigend gingen sie weiter, bis in den Streb, dann begaben sie sich an ihre jeweilige Kohlenwand. Fänna Zawar oberhalb, mein Bruder unterhalb. Es folgte das übliche Lichtsignal, das hieß: Vorsicht, das Förderband wird in Bewegung gesetzt. So geschah es auch. Mit dem üblichen Getöse übertönte das stählerne Band selbst das harte Rattern des Abbauhammers. Mein Bruder beschäftigte sich ganz mit dem Abbau der Kohle, jeder Kubikmeter brachte für ihn Geld. Nach ungefähr einer halben Stunde kam ein riesiger Stein über das stählerne Förderband, er lag etwas quer und drohte, die Stempel einzureißen, die das Hangende halten. Das Hangende ist gewissermaßen die steinerne Decke des Raumes, in dem der Bergmann unter Tage schuftet. Da der große Stein erheblich über den Rand ragte, versuchte mein Bruder, ihn in das Förderband zu drücken. Überrascht war er, als er plötzlich eine feuchte Hand hatte. Er blickte auf seine Hand, Kohlenstaub, schwarz und naß, nicht feucht. Wasser gab es hier nicht. Mein Bruder blickte hinauf zu Fänna Zawar, der saß zwischen den Stempeln, ganz ruhig, zusammengesunken. »Fänna«, rief mein Bruder gegen den Lärm an. Es war nicht normal, daß er da so saß. Der nasse Stein hatte meinen Bruder auch in Aufregung versetzt, er geriet in eine Art Panikstimmung, er gab Signal, sofort stand das Band still. Im nächsten Augenblick herrschte eine absolute Stille, denn alle hörten auf zu arbeiten, weil das Band stand.

»Fänna, Fänna«, rief mein Bruder. Fänna Zawar saß zwischen den Stempeln. Er blickte nicht auf, mein Bruder hastete nach oben. Als er bei Fänna Zawar war und ihn berührte, fiel er nach hinten. Wieder hatte mein Bruder nasse Hände. Jetzt sah er, was der Grund der Nässe war: es war Blut. Fänna Zawar hatte klaffende Wunden. Mein Bruder gab Lichtsignale, sofort kam eine hektische Unruhe auf.

Mit beachtenswerter Eile spielte sich dann das Geschehen ab. Überraschend schnell wurde eine blecherne Liege herbeigeschaft. Die Liege hatte Kufen. Fänna Zawar wurde auf die Liege gehievt, dann wurde er festgeschnallt, man zog ihn den Streb hinunter. Unten in der Strecke stand schon eine Grubenlokomotive mit einem Wagen. Alle Strecken wurden gesperrt, mein Bruder brachte Fänna Zawar bis zu dieser Lokomotive. Dann fuhr der kleine Verletztenzug mit atemberaubender Geschwindigkeit durch die für jeden Transport gesperrten Strecken. Auch der Förderkorb am Schacht stand seit Minuten bereit, die Kohlenförderung des Pütts war unterbrochen worden, es ging alles nahtlos ineinander über. Mit heulenden Sirenen fuhr der Krankenwagen in die Kreisstadt.

Es hatte alles nichts genutzt. Fänna Zawar war unter Tage von dem Stein erschlagen worden. Der Stein war von vorn aus dem Hangenden gekommen, hatte ihn zwischen die Stempel gedrückt und dabei erschlagen. Dann hatte sich der Stein selbständig gemacht, war am Förderband hinuntergerutscht. Die Bergleute nennen solche Steine Sargdekkel. Fänna Zawar muß sofort tot gewesen sein.

Mein Bruder verließ seinen Arbeitsplatz. Er hatte sich einige Male übergeben müssen. Zwar blieb er noch unter Tage, er tat aber nichts mehr, er saß nur noch so da.

An diesem Karnevalsdienstag 1957 hatte ich Morgenschicht. Gegen 13.00 Uhr kamen wir wieder ans Tageslicht. An der Lampenbude werden die Bergmannslampen abgegeben. Hier erfährt man wichtige Neuigkeiten. »Es hat einen Toten gegeben.« Das war ein Satz, den ich schon von meinem Vater kannte. Das pflegte er immer zu sagen, wenn er beim Essen saß und es einen Toten gegeben hatte.

Als ich in die Kaue kam, hörte ich, Fänna Zawar sei tödlich verunglückt. Ein Kumpel hatte es einem anderen gesagt, nicht mir. Ich schnappte den Satz nur auf. Von diesem Augenblick an machte ich alles nur noch mechanisch. Ich ging mechanisch weiter, setzte mich eine zeitlang auf die Bank, hörte die Gespräche der anderen wie durch eine schallschluckende Wand, lediglich als wabberndes Geräusch, Worte hörte ich nicht. Dann zog ich mich mechanisch aus, wusch mich, zog mich wieder an, verließ den Pütt, grüßte niemand, sah niemand, ging mechanisch nach Hause.

»Fänna Zawar ist tot«, sagte ich zu meiner Mutter.

»Da«, sagte sie und zeigte auf meinen Bruder. Der saß vor einem gefüllten Teller, aß aber nichts. Er stierte nur auf den Tisch. Sein Gesicht war wächsern, das Kinn zitterte, so wie es kurz vor dem Weinen ist.

»Der einzige Junge«, sagte meine Mutter, doch wohl mehr zu sich selbst. Dann ging sie daran, mir Essen auf den Teller zu füllen. »Wo sie doch alles für den Jungen getan haben.« Sie meinte die Eltern. »Und dann sowas. Der einzige Junge.« Ob es einem leichter fällt, wenn man zwei hat, dachte ich. Essen konnte ich nicht. Mein Bruder und ich saßen am Tisch, keiner aß, meine Mutter setzte sich auf einen Stuhl, sie dachte nach, sie sprach einzelne Sätze, aber nur für sich. Sie erwartete zumindest keine Antwort.
»Die junge Frau, mein Gott.« Sie waren ja erst ein paar Wochen verheiratet. »Das Kind ohne Vater.« Die junge Frau war schwanger. »Er soll sich ja so darauf gefreut haben. Und jetzt das. Er wird es nicht sehen.«
»Als kleines Kind war er so krank. Da haben sie ihn durchgekriegt.« Sie dachte und sprach, Erinnerungen gingen durch ihren Kopf, das Radio schwieg, niemand griff zur Zeitung, keiner aß.
»Nun eßt doch«, sagte meine Mutter. Sie sagte es weniger als Aufforderung, sie sagte es einfach so.
Mein Bruder verließ später die Wohnung. Er ging in den Wald. Ich selbst habe mich auf die Couch gelegt, dann war ich eingeschlafen. Fänna Zawar habe ich nicht mehr gesehen. Ich weiß nicht, ob der Sarg überhaupt geöffnet worden ist. Mein Bruder arbeitete einige Tage nicht, viele Jungen unserer Straße blieben der Arbeit fern. Einige nahmen einfach ihren Urlaub, sie wollten nicht 'runter, sie konnten es nicht über sich bringen, nach unter Tage zu fahren. Der Arzt hatte einige krankgeschrieben. Sie waren tatsächlich krank, krank vor Betroffenheit und Angst.
Fänna Zawar hatte das, was man bei uns eine große Beerdigung nennt: Mit Musikkapelle, Fahne auf dem Förderturm, großer Beteiligung, denn er war beliebt in der gan-

zen Stadt. Als man den Sarg hinunterließ, wurde ein Schwarm Tauben aufgelassen. Es war ein zu Herzen gehendes Geräusch.
Drei Wochen nach dem tödlichen Unfall von Fänna Zawar habe ich gekündigt.

»Die« »Fritz, ihr verliert den Krieg.« Das war einige Zeit nach dem Fall von Stalingrad. Ich habe es zurückrecherchiert, denn ich erinnere mich an den Satz genau. Er stammt von meiner Mutter, sie hatte es meinem Onkel gesagt, mein Onkel war in der NSDAP. Und er war Kriegsfreiwilliger. Mein Onkel glaubte da »dran«. »Da dran« war die Bezeichnung für den Nazispuk, so bezeichnete mein Vater diese Zeit. Für meine Eltern war es der Krieg der anderen, für die Nachbarn auch. Eigentlich waren sie von allen Dingen ausgeschlossen. Das entnahm ich ihren Formulierungen. Bei meinem Onkel hatte man noch »ihr« gesagt, weil er mit denen hielt. Sonst aber sagte man immer die. »Die« haben die Straße aufgerissen, die haben die Preise erhöht, die haben die Wahl gewonnen, die haben die Wahl verloren, die haben die Kohlenkrise verursacht, die haben den Pütt geschlossen, die kassieren die Steuern, die haben die Umleitung auf der Straße eingerichtet. Alle Entscheidungen außerhalb des persönlichen Bereichs – kaufen wir ein Schwein, neue Möbel, ein Fahrrad – fällten »die«. Arbeiter wissen, daß sie keinen Einfluß haben, daß sie wenig zu sagen haben. Und das drückten sie so und damit auf ihre Weise aus, indem sie »die« sagten. Hin und wieder wurden sie auf ihre Weise konkreter. Bergwerksdirektoren, Spitzenpolitiker und dekorierte Militärs waren hohe Tiere. »Hinten in dem Wagen saßen ein paar hohe Tiere.« Das hatte meine Mutter mal über ein Militärauto gesagt, das während der Nazizeit auf unserer Straße parkte. Wahrscheinlich war es ein Personenwagen mit Offizieren gewesen. Die »hohen Tiere« beflügelten meine Phantasie. Fragen mochte ich nicht. Über viele Jahre hatte ich geglaubt, hohe Tiere seien Bären. Als Kind habe ich das sehr plastisch gesehen: Ein Militärfahrzeug mit einem Menschen

als Chauffeur, hinten drin saßen zwei riesige schwarze Bären. Sie hatten ihre roten Zungen lechzend heraushängen, an ihrer Fellbrust prangten einige Orden. Das tat ihnen nicht weh, weil das Bärenfell so stark war, denn die Orden waren mit Nadeln in ihrem Fell befestigt. Ihre schwarzen Tatzen hatten sie auf die Hintertür gelegt. So fuhr der Soldat die beiden Bären, also die hohen Tiere, durch die Straßen von O.

Hohe Tiere waren im Sprachgebrauch der Eltern ganz mächtige Persönlichkeiten. Für Menschen aus dem mittleren Machtapparat sagte man nur »die da oben«. Die da oben waren Gemeinderat, Werksleitung und Betriebsrat, Gewerkschaftsvorstand und Ausbilder, Wohnungsverwaltung und Behörden, Krankenkasse und Vereinsvorstände. Die da oben hatten zwar was zu sagen, aber über ihren Köpfen entschieden die hohen Tiere. Die hohen Tiere beschäftigten sich nicht direkt mit den Leuten von O. Die Menschen von O. hatten mit denen »da oben« zu tun. Und die entschieden über Krankengeld, Neubauten, Wohnungsvergabe, Ausbildungsbeihilfe, Deputatkohlen, Umleitungen, Schützenfeste, Straßenbeleuchtungen, Versammlungstermine, Müllabfuhr, Straßenreinigung, Zechenschließung, Kündigung, Einstellung, Pensionierung, Arbeitsplatzvergabe. Alles Dinge, mit denen sie konfrontiert wurden. Probleme, mit denen sie lebten, Probleme, die ihr Leben gestalteten, das waren die Leitplanken ihrer täglichen Mühen.

Mitgestalten konnten sie die Formen der Leitplanken nicht. Deshalb sagten sie dann auch, die haben die Pensionsgrenze heruntergesetzt, die haben ein Wasserklosett genehmigt, die haben unseren Sohn als Lehrling genommen, die verlegen die Straße, die haben alle Bäume niederhacken lassen, die haben den Friedhof erweitert, die bauen hier kein Krankenhaus, die wollen das Stadion erweitern, die haben das Hallenbad erneuert, die haben sich ein tolles Rathaus da hingesetzt, die wollen die Zeche schließen, die erhöhen ständig die Preise. In Duisburg sagten mir zwei Delegierte der Bergbaugewerkschaften aus O.: »Wir sind mal gespannt, was die für Spesensätze festgelegt haben.« Selbst bei ihrem Verband sagten sie von einer gewissen Rangordnung an die. Immer sagten und sagen sie die. Mit einer Ausnahme: Komme ich etwas später auf den Fußballplatz, so pflegt man zu sagen, es steht eins zu null für *uns*.

Meine Klasse Als ich zwanzig Jahre alt war, habe ich den Ort verlassen, aber nicht die Klasse. Ich habe buchstäblich erst einmal schreiben lernen und reden lernen müssen. Ich habe lernen müssen, daß man mit Schreiben und Reden überzeugen, seinen Standpunkt verteidigen und Ansprüche begründen kann.

Ich treffe noch oft die Mitglieder der Schulklasse. Sie haben sich, wie ich damals, arrangiert. Viele von ihnen wählen die Sozialdemokraten, weil sie ihnen spürbare soziale Absicherungen gebracht haben. Sie sind aktiv in Vereinen oder sie haben ein Hobby.

Das Vorstandsmitglied von Ford, Robert A. Lutz, hat einmal gesagt, mit vierzig müsse man es geschafft haben. Das trifft für meine Klassenkameraden nicht zu. Im negativen Sinne hatten sie es schon mit dem Schulabgang geschafft. Da war klar, daß sie mit vierzig noch sind, was sie mit fünfzehn schon waren: abhängige Arbeiter.

Sicherlich wird viele Leser mein persönlicher Weg interessieren. Ich meine, er interessiert nicht. Deshalb nicht, weil ich nicht über mich schreiben wollte, und somit auch nicht will. Ich wollte von meiner Oma schreiben, weil Millionen Menschen bei uns eine Oma mit einem ähnlichen Schicksal hatten. Aber über diese Menschen schreibt niemand. In den Geschichtsbüchern steht nichts von ihnen. Ich wollte über meinen Vater schreiben, weil viele Väter so geschuftet haben. Über ihn hatte meine Mutter mal gesagt: »Eigentlich hatte er ein recht armseliges Leben.« Vielmehr könnte sie über ihn nicht sagen, mit Sicherheit aber nicht über ihn schreiben. Weil man in meiner Klasse nicht in dem Sinne schreiben gelernt hat. Man schreibt nur, um Formulare auszufüllen oder Briefe an Verwandte.

Würde ich über mich schreiben, wäre es eine von vielen

Biografien. Biografien handeln von einzelnen Menschen. Es ist darauf zurückzuführen, daß diejenigen, die Bücher machen und diejenigen, die Bücher lesen, aus einer Klasse kommen, in der der einzelne Mensch heroisiert wird.
Es gibt eine Gruppe, die den Aufstieg aus der Masse ins Bürgertum geschafft hat. Das sind Menschen aus dem Show-Geschäft, sie haben den Aufstieg durch eine Stimme geschafft oder durch eine Begabung. Jede Plattenfirma fälscht deren Biografie, krampfhaft wird versucht, ein unnormales Leben zurechtzufrisieren.
Beliebt bei diesen Strickmustern der biografischen Fälschungen sind: Eltern verschiedenster Nationen, möglichst Nationen aus verschiedenen Erdteilen, der frühe Tod eines Elternteils, oder eine große wirtschaftliche Niederlage. Begegnung mit großen Künstlern in Kindheitstagen, weil die Größen der Kunst bei den Eltern regelmäßig zum Tee verkehrten. Beliebt sind Adelsverflechtungen oder Großväter, die Kriegshelden waren, dramatische Erlebnisse gaben dem Leben eine wichtige Wende. Und so weiter, und so weiter. Gutbezahlte Biografienschreiber in den Firmen des Show-Geschäfts verstehen ihr Handwerk. Weil es angeblich langweilig ist, normal gewesen zu sein, gelebt zu haben wie Millionen andere. Der besondere Mensch wird gesucht, damit jeder unten glauben kann, als einzelner Mensch könne er es schaffen, auch oben zu sein.
Biografien erscheinen deshalb von politischen Führern oder Kriegshelden, aber kaum von Arbeitern.
Doch Schreiber und Leser sind festgenagelt auf den großen Menschen. So schrieb die »Welt am Sonntag« am 8. 8. 1976, den verstorbenen britischen Geheimdienstchef Desmond Morton zitierend, über Churchill: »Natürlich

war er ein großer Mann, nach den Maßstäben, mit denen diese Welt Größe mißt. Allerdings waren es danach auch Heinrich der VIII. und Ivan der Schreckliche.«
Mit den Maßstäben, »mit denen diese Welt Größe mißt«, vermochte ich nichts zu schreiben. Ich hatte auch nicht die Absicht, eine Biografie zu verfassen, ich wollte über meine Klasse schreiben und über eine Zeit. Eine Zeit, die nach Begriffen wie Währungsreform, Wirtschaftswunder und Adenauer-Ära historisch katalogisiert wird.
In den vielen Monaten, in denen ich an den Erinnerungen an meine Klasse schrieb, wurde ungewöhnlich oft Kurt Schumacher in den Zeitungen genannt. Kurt Schumacher auch als ein Mann aus einer besonderen Zeit. Die Leiche Kurt Schumachers wurde damals von Bonn nach Hannover überführt. Die politisch bewußten Arbeiter aus unserem Ort sind mit Fahrrädern an die Autobahn gefahren. Ich bin mitgefahren, auf einem Fahrrad, das ich mir von meinem ersten Geld habe kaufen dürfen. Wir standen in Recklinghausen-Suderwich an der Autobahn und grüßten den toten Kurt Schumacher.
Ich habe über einen außergewöhnlichen Mann wie Kurt Schumacher nichts zu schreiben. Ich wollte über jene schreiben, die am Straßenrand standen, von denen nichts in der Zeitung stand.